Ingrid Reidel
Letzte Reise — 146
Brigitte Lamberts
Wodka-Aufguss — 154
Markus Guthmann
Weingut am Ganges — 164
Rita Hausen
Das perfekte Weihnachtsessen — 174
Kerstin Lange
Familientradition — 182
Michael Bauer
Hinterpfälzer Christgebäck — 190
Lilo Beil
Plötzlich und unerwartet — 195
Wolfgang Burger
Geschenke für die Kids — 203
Viten — 218

Rezepte

Dampfnudeln, Kartoffelsuppe	16
Krautwickel	26
Pfälzer Trüffel	33
Weihnachtspastetchen, gefüllt mit Champignons	39
Pfälzer Linsensuppe	47
Anisplätzchen	55
Rindfleisch mit Möhren, Marinierte Zucchini	64
Weihnachtliche Weinkränzle	71
Bärlauchpesto	82
Saure Nieren, Gequellde mit weiße Kees	89
Läwwerknepp (Schweinekamm und Leber)	96
Karpfen mit Specksauce	103
Gänsebraten nach Pfälzer Art	112
Pfälzer Wildgulasch in Rotweinsauce	123
Verheiratete	131
Gemüsesuppe »Quer-durch-de-Gaade«	145
Coq au Vin	152
Maronensuppe, Pfälzer Zanderpfanne mit Rote-Bete-Gemüse	161
Pälzer Grumbeergulasch (Kartoffelgulasch)	173
Wildschweinkeule	180
Würstchen mit Kartoffelsalat	189
Zimtwaffeln	194
Weihnachtlicher Teufelssalat	202
Schweinemedaillons in Champignon-Rahmsauce	217

Harald Schneider

Palzki und die Weinstraßentour

Es hätte so ein schöner Tag werden können.
Dass ich meinen Chef KPD, wie wir Klaus P. Diefenbach aufgrund seiner Initialen nannten, für verrückt halte, ist kein Geheimnis. Ich denke, dass ich mit dieser Meinung auf unserer Dienststelle nicht allein bin.
Es war kurz vor Weihnachten und die letzten Sonnenstrahlen vor einem angekündigten Schneechaos quälten sich durch die eisige Rheinebene. Während KPD am gestrigen Montag in der wöchentlichen Lagebesprechung wieder einmal nichts anderes als seine penetrante Selbstdarstellung pflegte, fragte ich ihn scheinheilig, warum es von ihm, unserem guten Chef, noch kein literarisches Meisterwerk gab. Auf seinen irritierten Blick antwortete ich ihm, ich könne mir gut vorstellen, dass er einen Pfälzer Reiseführer mit speziellen Tipps aus Sicht eines Kripochefs schreiben könne. Das habe Potenzial zu einem Weltbestseller oder sogar darüber hinaus.
»Ach, äh, ja«, stotterte mein Chef unsicher und man sah ihm an, wie sein Gehirn sprichwörtlich rotierte. »Tatsächlich«, sagte er schließlich, »das ist mal eine gute Idee von Ihnen, Herr Palzki. Das zeigt mir als gutem Chef, dass bei Ihnen noch nicht Hopfen und Malz verloren sind.«
»Ich meinte eher die Trauben«, unterbrach ich ihn. Der spontane Einfall, KPDs literarisches Erstwerk in einer Region zu verorten, die keine Überschneidungen mit dem Einzugsgebiet unserer Dienststelle besaß, sollte sich alsbald bitterlich rächen.
KPD stand auf der Leitung und verstand meine Anspielung nicht.
»Wie auch immer«, meinte er. »Einen kriminellen Freizeitführer gibt es noch nicht. Und da Sie gerade von Trauben gesprochen haben und ich, wie Sie alle wissen, nicht nur ein guter Chef,

sondern auch ein ausgezeichneter Weinexperte bin«, er holte tief Luft und stellte sich in Positur, »werde ich zwei meiner vielen Talente verknüpfen und die kriminellen Machenschaften entlang der Weinstraße in einem Freizeitführer beschreiben. Auch der Pfalz steht ein Standardwerk von höchster Qualität bestimmt gut. Dann klappt's auch mit dem Pfalzpreis für Literatur, der fehlt mir noch in meiner Sammlung.«

KPD war noch nicht fertig.

»Als Dank für Ihren tollen Einfall, Herr Palzki, werde ich Sie und ein paar weitere meiner Untergebenen mit auf eine Recherchereise nehmen. Dann lernen Sie etwas über unseren guten Pfalzwein, als Biertrinker sind Sie da ja eher etwas unterentwickelt. Sie werden von mir auch lernen, wie man seinen Verstand schärft und aus augenscheinlich harmlosen Begebenheiten verbrecherische Absichten erkennt. Gerade jetzt um die Weihnachtszeit gibt es in der Pfalz viel zu sehen und erleben.«

Es half nichts, bereits eine Woche später ging es los. KPD höchstpersönlich ließ es sich nicht nehmen, den Mannschaftsbus zu steuern. Als Ideengeber durfte ich auf dem Beifahrersitz Platz nehmen, während Gerhard, Jutta und zwei weitere Kollegen in den Fond steigen mussten. Unser Dienststellenleiter stieg froh gelaunt ein und wuchtete einen offenen Karton auf meinen Schoß.

»Ein paar Unterlagen«, meinte er zu den schätzungsweisen 20 Kilogramm.

»Wo ist denn der blöde Schalter?«, fragte KPD sich selbst, während er das Armaturenbrett absuchte.

»Blinker?«, fragte ich vorsichtig.

»Ach was, ich suche den Schalter für das Sondersignal, ah, da ist er ja.«

Ein ohrenbetäubender Lärm durchflutete das Wageninnere. »Mann, ist das hier drinnen aber laut«, sagte KPD. »Sind die Mannschaftswagen denn nicht schallisoliert? In meinem Dienstwagen höre ich das Martinshorn so gut wie überhaupt nicht.« Sichtlich enttäuscht schaltete er den Lärmmacher wieder aus.

»Sie fahren Ihren Dienstwagen mit Horn?«, fragte Jutta ungläubig aus dem Fond.

KPD, der bereits losgefahren war, drehte sich schwerfällig nach hinten. »Als Leiter der Schifferstadter Kriminalinspektion geht es nicht an, dass ich auf dem Weg zur Arbeit unnötige Zeit in Staus vertrödele. Aus Rücksicht auf meine Frau schalte ich die Anlage allerdings erst 100 Meter von unserem Haus entfernt ein.«

Die Fahrweise unseres Chefs war ziemlich durchwachsen. Das lag vor allem daran, dass er sich wenig um die Verkehrslage kümmerte. Wahrscheinlich war sein Wahlspruch *Der Verkehr bin ich*. Mehr als einmal hatte ich den Eindruck, dass er den Automatik-Wagen mit einem Wagen gleichsetzte, der automatisch, sprich ohne menschliche Eingriffe, fuhr.

Kurz hinter Speyer auf der Bundesstraße nach Landau, kruschelte er in dem Karton, der nach wie vor auf meine Oberschenkel drückte. Nach einiger Zeit zog er ein paar Zettel heraus, von denen er einige auf das Armaturenbrett legte.

»Aha«, sagte er schließlich mit lauter Stimme, sodass selbst die Mitfahrer in der dritten Sitzreihe zusammenzuckten, »da sind meine Handnotizen. Wir schauen uns heute die Deutsche Weinstraße an, die, wie Sie hoffentlich wissen, 85 Kilometer lang ist und im Jahr 1935 eröffnet wurde.«

»War das nicht bereits 1934?«, warf ich unwissend und frech ein.

»Nein, nein, da irren Sie sich, Herr Palzki. Das war ganz sicher 1935. Ich habe das selbst recherchiert. Und bei solchen Sachen gelte ich als unfehlbar.«

»Silvester 1934?« Ich gab nicht auf.

KPD wurde ungeduldig. »Was soll das, Herr Palzki? Habe ich recht oder Sie? Das war jetzt aber nur eine rhetorische Frage. 1935, und dabei bleibt es!«

»Schade«, antwortete ich.

Mein Chef gaffte mich verwirrt an.

»Na ja«, klärte ich ihn auf. »Wenn Sie Ihr Werk noch dieses Jahr veröffentlichen, dann könnten Sie das 85-jährige Jubiläum erwähnen.«

KPD grummelte eine Weile vor sich hin. »Das geht nicht, Herr Palzki«, sagte er leise. »Wenn das rauskommt.«

»Warum sollte das rauskommen? Wenn Sie in Ihr hoch qualifiziertes Werk 1934 reinschreiben, dann ist es eben so. Bei Ihrem gesellschaftlichen Standing und Ihren Beziehungen wird das wohl niemand infrage stellen oder kontrollieren wollen. Das ist auch schon so lang her.«

»Meinetwegen«, gab er sich endlich geschlagen. Ich nahm mir vor, weiter zu intrigieren. Das wäre doch gelacht, wenn es mir dieses Mal nicht gelingen sollte, den Ruf meines Vorgesetzten nachhaltig zu schädigen.

KPD referierte längst weiter über seine Notizen. »Wir beginnen unsere Tour am Deutschen Weintor in Schweigen-Rechtenbach, das ist im Moment herrlich weihnachtlich geschmückt. Von dort fahren wir zum Gegenstück am anderen Ende, dem Haus der Deutschen Weinstraße in Bockenheim. Da kommen wir durch das zweitgrößte Weinbaugebiet Deutschlands. Den Namen des größten fällt mir im Moment gerade nicht ein.«

Hinter Landau bog er von der Autobahn ab, auf der wir nur wenige Kilometer zurückgelegt hatten, und fuhr durch eine immer hügligere Landschaft durch gefühlt 1.000 Ortschaften in Richtung Berge. Mehr als einmal kam er mit dem Wagen in den engen Gassen in Kontakt mit irgendwelcher Weihnachtsdekoration, die die Gemeinden oder Bürger an Straßenlaternen und Hauswänden befestigt hatten. Inzwischen zierten mehrere Tannenzweige, die sich im Scheibenwischer verhakt hatten, unsere Motorhaube.

»Ganz in der Nähe ist in Steinfeld das Kakteenland. Mit meiner Frau bin ich dort mindestens alle drei Monate. Da gibt's auch Schwiegermuttersitze, Herr Palzki. Ein ideales Geschenk.«

»Ich schenke meiner Schwiegermutter nichts«, antwortete ich. »Die schenkt mir im Leben auch nichts.«

Dass ich meine Bemerkung anders meinte, verschwieg ich.

Eine Viertelstunde später hielt KPD vor dem Tor in Schweigen an. Während unser Chef das Symbol bestaunte und von allen möglichen Seiten fotografierte, legten wir Untergebenen eine kollektive Pause in einer Wirtschaft ein. Nach einer Weile stieß er zu uns.

»Ja, was trinke ich denn?«, fragte er schon wieder sich selbst mit einem Blick in die Weinkarte.

»Ich habe für Sie bereits die hiesige Spezialität bestellt«, sagte ich zu meinem Chef. Meine Kollegen drehten sich allesamt zur Seite, um nicht verräterisch herauszulachen.

Als die Bedienung kam, reagierte ich, bevor diese die unheilsame Frage *Für wen ist die Cola-Rot?* stellen konnte, und sagte: »Das Getränk ist für diesen Herrn da.«

Sie stellte das Glas ab und verschwand mit einem Kopfschütteln, was ich durchaus nachvollziehen konnte. In meiner Jugend galt Cola-Rot, also eine Mischung aus Rotwein und Cola, als Kultgetränk. Inzwischen wurde es zu Recht gemieden.

»Boah, was ist das denn?«, blökte und rülpste KPD gleichzeitig. »Das kann doch kein Mensch trinken!«

Ich legte den Zeigefinger an meinen Mund. »Leise, Herr Diefenbach. Wollen Sie es sich mit den hiesigen Weinbauern verscherzen? Niemand wird Ihr Buch kaufen, wenn Sie ihren Wein kritisieren. Es mag sein, dass er um Nuancen anders schmeckt als Ihr Favorit. Aber stellen Sie sich mal vor, wenn alles gleich schmecken würde.«

KPD beruhigte sich und trank weiter. »Na ja, nach ein paar Schluck gewöhnt man sich daran. Trotzdem, der Abgang ist ein wenig zu süß geraten. Wie heißt die Sorte?«

»Schweigener Rotkoller«, sagte ich schnell, weil mir spontan nichts Besseres einfiel.

»Dann werde ich diesen Rotwein in meinem Werk besonders positiv darstellen.«

Wieder machte er sich Notizen. Ich begann langsam, mich über das noch nicht erschienene Buch zu freuen. KPD war natürlich der Einzige, der dieses abscheuliche Getränk in seinem Glas hatte. Da uns die Mägen knurrten, bestellten wir uns alle ein typisches Pfälzer Gericht: Dampfnudeln mit Kartoffelsuppe.

»Hm, das ist mal richtig was Gegensätzliches zu den Sternerestaurants, in denen ich gewöhnlich diniere«, meinte KPD. »Palzki, besorgen Sie mir das Rezept, damit ich es in meinem Werk veröffentlichen kann.«

Nach dem Ende der Pause drohte uns unser Führer mit neuem Ungemach.

»Jetzt machen wir einen kleinen Abstecher ins benachbarte Ausland. Welcher Staat beginnt gleich südlich von Schweigen, Herr Palzki?«

»Preußen?«, fragte ich vorsichtig zurück und rettete damit die Situation endgültig.

KPD schnaufte tief durch. »Solch eine Antwort habe ich fast erwartet. In Staatskunde waren Sie wahrscheinlich krank. Nur ein paar Meter von hier entfernt beginnt Frankreich. Sagt Ihnen das etwas, Herr Palzki?«

»Ach so, ja. Da liegt doch die Eifel mit dem Eiffelturm.«

Der zukünftige Literaturnobelpreisträger patschte sich mit der Hand auf die Stirn, sagte aber nichts.

Wir stiegen ein und fuhren los. Die Fahrt war kurz. Am Ortsausgang fuhren wir an einem Discounter vorbei und unmittelbar danach sahen wir das Grenzschild. KPD bremste scharf ab und parkte fast direkt vor dem Schild auf einem staubigen Parkplatz.

»Da machen wir jetzt schnell ein Erinnerungsfoto, steigen Sie bitte alle aus.«

Mir drückte er eine Digitalkamera in die Hand. »Passen Sie gut auf dieses hochempfindliche Stück Elektronik auf, Herr Palzki. Der kleine Knopf da oben ist der Auslöser, das da vorn ist das Objektiv. Kennen Sie sich damit ein wenig aus?«

Ich untersuchte das metallene Silberstück in bewusst grobmotorischer Manier. Wie zufällig öffnete ich dabei die

Bodenklappe und ließ mit einem kleinen Druck die Speicherkarte zu Boden fallen.

»Hoppla, was ist das?«, fragte ich erstaunt. »Die fällt ja schon auseinander.«

KPDs rote Birne war mir Belohnung genug. Schnaubend baute er seine Kamera wieder zusammen und überlegte. »Okay, einen Versuch gebe ich Ihnen noch. Wir stellen uns alle unter das Schild und Sie fotografieren uns.«

»Und ich? Ich will auch mit aufs Bild«, protestierte ich, obwohl mir das so was von egal war.

»Beim nächsten Fotostopp sind Sie wieder dabei, Herr Palzki.«

Milde lächelnd wählte ich einen etwas verwegenen Bildausschnitt. Es war natürlich Zufall, dass mein Chef außerhalb des Ausschnittes stand und man von dem Grenzschild nur erahnen konnte, dass es da war. Um eine Kontrolle zu verhindern, schaltete ich die Kamera anschließend aus und stieg wieder in den Wagen.

»Kommt endlich, draußen ist es saukalt. Fahren wir jetzt rein nach Dingsbums?«

KPD nickte. »Ganz recht, da vorne beginnt bereits Wissembourg.«

»Ich habe meinen Ausweis zu Hause vergessen«, bekannte ich und legte einen treudoofen Blick auf.

»Den brauchen Sie nicht, Herr Palzki. Schon mal was von der EU gehört?«

Es war Zeit für die nächste Demontage. »Haben Sie das nicht in der Zeitung gelesen, Herr Diefenbach?« Ich wusste, dass er aus Prinzip keine Zeitung las. Außer, er wurde darin erwähnt.

»Von was reden Sie schon wieder?«

»Von der allgemeinen Mautpflicht auf französischen Landstraßen und Wanderwegen.«

KPD starrte mich an. »Seit wann denn das?«

Meine Kollegen waren mucksmäuschenstill und harrten unseres Dialogs.

»Seit dem 1. Dezember müssen alle PKWs und Rucksäcke einen Mautaufkleber haben. Das ist so ein rundes Ding mit dem ollen Napoleon in der Mitte. Haben Sie das wirklich noch nicht gesehen? Den können Sie an jeder Tankstelle erwerben, kostet nur 10 französische Euro im Monat.«

Ich war mir sicher, dieses Mal übertrieben zu haben. Doch KPD nahm mir diese Räuberpistole ab.

»Ach, das meinen Sie. Klar, das habe ich natürlich mitbekommen. Ich schreibe es mir gleich auf, damit es auch in meinem Reiseführer Einzug findet.«

Nach der Niederschrift der verrückten Mautgeschichte drehten wir um. Schließlich wollte KPD die Weinstraße abfahren und nicht die Tour de France. Nach wenigen Kilometern kamen wir nach Bad Bergzabern. Unser Chef ließ es sich nicht nehmen, durch die Innenstadt zu fahren und über das Schloss Bergzabern, das früher den Wittelsbachern gehörte, zu referieren. Auch das Gasthaus zum Engel erwähnte er gebührend und titulierte es als eine der schönsten Renaissancebauten Deutschlands. Ich konterte natürlich sofort damit, dass es sich eindeutig um ein Gebäude im Jugendstil handelte. Nach einigem Hin und Her glaubte er mir und korrigierte seine richtig gewesenen Notizen. Auch die hiesigen Einwohner sollten schließlich ihren Spaß an KPDs neuem Buch haben.

Weiter ging die Fahrt nach Klingenmünster.

»Die Gegend scheint mir harmloser zu sein, als ich dachte«, meinte unser Chef plötzlich. »Egal, wo ich hinschaue, ich kann keine Anzeichen für kriminelle Machenschaften entdecken.«

»Und dieser Lieferwagen da vorn neben dem Weihnachtsbaum?« Ich zeigte auf einen Sprinter, der halb auf dem Gehweg parkte und gerade mit Kartons beladen wurde.

KPD winkte ab und fuhr an dem Transporter vorbei. »Ich bitte Sie, Herr Palzki. Das ist ein ganz normaler Ladevorgang. Schauen Sie mal lieber hoch auf den Berg. Das ist die Burg Landeck. Von da oben hat man eine schöne Aussicht. Wollen wir eine kleine Pause einlegen?«

Die Frage war nur rhetorisch gemeint. KPD bog nördlich von Klingenmünster in die Zufahrtsstraße zur Burg ein. Auf der anderen Seite sahen wir zwei Traubenvollernter durch einen Wingert fahren.

Die Straße war nicht nur sehr steil, sondern auch eng. Entgegenkommende zu Tal fahrende Fahrzeuge ignorierte KPD, sodass mehrere davon beinahe Bekanntschaft mit der Leitplanke machten.

»Dass die Autofahrer immer so unvernünftig sein müssen«, motzte KPD über die anderen Fahrzeuglenker.

Heil kamen wir oben an. Zum Glück befand sich der Parkplatz direkt vor dem Burgeingang. Die wenigen Meter in den Burghof passten durchaus in mein Konditionsbudget. Fünf Minuten später waren wir im Burginnern angekommen und schauten an dem mächtigen Bergfried nach oben.

»Und das alles ganz ohne Kran«, erklärte unser Chef stolz, als hätte er den Fluchtturm eigenhändig gebaut. Nachdem wir uns am Kiosk eine Kleinigkeit gekauft hatten, suchten wir uns einen Platz mit Blick über die Rheinebene.

KPD holte tief Luft. »So eine schöne und vor allem verbrechensarme Region. Hier kann man nachts die Haustür offenstehen lassen und es wird nichts gestohlen. Ich konnte bisher nicht die kleinste Ungewöhnlichkeit feststellen.«

Ich wagte, meinem Vorgesetzten zu widersprechen.

»Eine Kleinigkeit haben Sie übersehen, Herr Diefenbach! Die beiden Vollernter im Wingert bei Klingenmünster machen im Dezember nicht so richtig Sinn. Da ist irgendetwas im Busch.«

Dampfnudeln

Zutaten:
1 kg Mehl, 1 Würfel Hefe
1 Päckchen Vanillezucker
2 EL Butter
0,5 l lauwarme Milch, 2 Eier
Öl für die Pfanne, Salzwasser

Zubereitung:
Mehl auf einen Haufen schütten und eine Kuhle in die Mitte drücken. Hefe in die Kuhle krümeln und einen Teil der Milch dazugeben. Den Teig in der Mitte verrühren. Butter und etwas mehr Milch dazugeben und weiter nach außen rühren. Vanillezucker und Eier mit der restlichen Milch dazugeben und den Teig komplett verrühren und kneten. Den Teig abgedeckt an einem warmen Ort eine Stunde gehen lassen.
Kleine, glatte Dampfnudeln formen. Öl in der Pfanne auf Stufe 9 erhitzen. Dampfnudeln hineinsetzen und 3 Minuten auf Stufe 7 backen.
Salzwasser dazugeben, Deckel aufsetzen (spritzt!) und 5 Minuten auf Stufe 6 fertig backen. Nach 2 Portionen das Öl wechseln.

Kartoffelsuppe

Zutaten:
1 kg Kartoffeln, 1 Päckchen Suppengemüse
Gemüsebrühe, Wasser

Zubereitung:
Die Kartoffeln schälen und klein schneiden. Das Suppengemüse schälen und klein schneiden.
Alles in einen Topf geben und mit Wasser auffüllen, bis alles bedeckt ist. Mit der Gemüsebrühe alles weich kochen. Mit einem Pürierstab alles pürieren. Nach Geschmack würzen.

Heidi Moor-Blank

Nikolaus

»Heiner?«
»Hmmm …?«
»Gehst du dich umziehen, die Kinder kommen gleich.«
Heiner faltete die Zeitung zusammen, strich mit der rechten Hand über seinen Oberschenkel, der in einer leicht beuligen Breitcordhose steckte, und murmelte:
»Was schtimmd dann mit der Hoss nit?«
»Du hattest sie an, als wir uns kennenlernten. Vor dreiundvierzig Jahren. Und seither gefühlt jeden Tag!«
Heiner strich immer noch.
»Ja, des war noch Qualidääd domools.«
»Bitte. Tu es für mich, ja? Und dann kannst du mir helfen, den Tisch decken und hol noch Saft und Sekt aus dem Keller.«
Heiner stöhnte und grummelte. Dann stand er auf.
»Känn Woi?«
Hilde werkelte in der Küche und rief: »Michael bringt Glühwein mit!«
Heiner stöhnte lauter. Glühwein!
Das Schlimmste, was man einem guten Rotwein antun konnte, war, ihn warm zu machen und seltsame Gewürze reinzuschütten. Und wenn man einen schlechten nahm – der wurde dadurch kein bisschen besser!
»Und wenn du im Keller bist, kommst du gleich wieder hoch, ja? Du gehst NICHT in deinen Schnitzkeller, hörst du?«
Heiner seufzte. Hilde kannte ihn zu gut.
Da unten hatte er seine Ruhe. Beim Schnitzen der Marionetten konnte er komplett die Zeit vergessen, und wenn er dann die Schnüre einfädelte und ihnen damit Leben einhauchte, war das jedes Mal ein erhabener Moment.
Es hatte was von Schöpfung.

Ähnlich schön wie damals, als die Kinder geboren wurden. Ulrike, Ursula und Ute waren prächtige Mädchen! Er liebte sie sehr, aber wenn möglich, jeweils alleine.

Ulrike hatte diesen Akademiker angeschleppt. Irgend so ein Klugscheißer-Doktor, der geschwollen daherredete und mit seinen Fremdsprachen protzte.

Und Glühwein mitbrachte!

Ursulas Ehemann hatte in seiner Firma Karriere gemacht. Von der Schreinerei über die Projektleitung bis zum Leitungsteam mit Gewinnbeteiligung. Seither nutzte er seine Finger nur noch zum Tippen auf allen möglichen Geräten und ging immer nur mit Schlips und Sakko zur Arbeit.

Nur Ute hatte sich für einen echten Handwerker entschieden. Aber seit über einem Jahr war der verschwunden. Weder zu den Geburtstagen noch an Ostern oder Weihnachten tauchte er auf – Ute kam immer allein.

»Papa, Tom ist auf der Walz! Da darf er nicht nach Hause zwischendurch! Nicht mal in die Nähe!«

Heiner blieb skeptisch. Das hatte er ja noch nie gehört!

Hilde kam ins Wohnzimmer mit einem Stapel Teller. Ihr Blick reichte, Heiner stand auf, streckte sich und seufzte wieder.

Hilde schaute immer noch streng.

Dann sagte sie: »Heiner, du nimmst dich zusammen heute Abend. Dass Stefan eine Weihnachtsmann-Agentur beauftragt hat, lässt sich nun mal nicht mehr ändern!«

Ja, ja.

Heiner war trotzdem verärgert. Schlimmer noch, er fühlte sich als Versager. Als nutzloser Versager.

Die letzten Jahre war es immer seine Aufgabe gewesen, die Enkel als Nikolaus zu beschenken. Und das hatte er immer sehr konzentriert und voller Eifer erledigt. Er hatte vorher eines seiner dicken Vogelkundebücher in Goldfolie eingepackt, hatte Zettel eingeklebt, auf denen er fein säuberlich die Namen und die Belobigungen und Ermahnungen der einzelnen Enkel eingetragen hatte. In großer Schrift, versteht sich, weil er seine Lesebrille nicht tragen durfte, sondern eine Nickelbrille mit Fensterglas auf der Nase hatte.

Ein langer Rauschebart aus Watte, Wattelöckchen unter der roten Nikolausmütze und ein Sofakissen unter dem schwarzen Mantelgürtel hatten die perfekte Verkleidung ergänzt.

Bis letztes Jahr der Älteste von Ulrike und Michael, Amadeus, mitten in seinem Gedicht-Aufsagen stockte und fragte:

»Warum hat der Nikolaus Opis Hausschuhe an?«

Das darauffolgende Durcheinander war grandios gewesen.

Hilde hatte mit den Augen gerollt, Ulrike hatte ihren Großen zur Seite genommen und was von »die Stiefel waren zu dreckig und da hat der Opi ihm die geborgt« gemurmelt, Michael hatte sich zwei Becher Glühwein in kürzester Zeit eingefüllt und genuschelt: »Großes Kino. GANZ großes Kino!«, in Endlosschleife.

Ursula hatte Söhnchen Fiete-Ole die Ohren zugehalten und Stefan hatte Töchterchen Luana-Johanna auf den Arm genommen und beim Rausgehen gerufen: »Dafür gibt es doch PROFIS! Mein Gott!«

Die Zwillingsbrüder von Amadeus waren wach geworden und hatten in Jumbo-Jet-Landebahn-Lautstärke gebrüllt und Oma Hilde hatte versucht, beide in die Küche zu lotsen, um sie mit Plätzchen ruhigzustellen.

Nur Ute hatte entspannt auf dem Sofa gelegen, ihr Baby gestillt und in ihre Faust gekichert, bis ihr die Tränen über beide Wangen liefen.

Ja, ja.

Das mit den Hausschuhen. Blöd.

Heiner hatte sich wie jedes Jahr sofort in den Schnitzkeller verkrümelt, als die ganze Mannschaft eintraf. Er musste sich schließlich verkleiden und vorbereiten und – überhaupt war der Nikolaus-Abend dort unten ganz prima zu ertragen!

Er hatte sich eine Riesling-Schorle gemacht und las immer wieder die Anmerkungen im goldenen Buch. Und welches Geschenk in welchem Papier für welches Kind sein sollte.

Hilde würde rechtzeitig mit dem Besenstiel auf den Küchenboden klopfen, und er würde dann wissen, dass er noch etwa fünf Minuten hatte. Das hatte bisher jedes Jahr ganz prima funktioniert und Heiner drapierte das Kissen unter den Mantel.

Er mixte sich noch eine Schorle.

Er schichtete die Geschenke in den alten Kartoffelsack, zog vorsichtig die Mütze über die Glatze und richtete die Wattelöckchen aus. Den Bart ließ er noch weg – damit trank es sich so schlecht.

Er mixte sich noch eine Schorle.

Er klemmte den Wattebart hinter die Ohren und besah sich vor dem Spiegel des alten Utensilienschranks. Perfekt.

Er hob den Bart, nahm einen Schluck, da polterte es über ihm. Aha! Es ging los!

Und dann merkte er, dass er noch die Hausschuhe anhatte.

Er griff nach den Feuerwehrstiefeln in der Ecke, hob das rechte Bein, zog den Hausschuh aus und versuchte, den Stiefelschaft zu treffen. Aber das ging irgendwie nicht so richtig, weil der Kissenbauch ihm die Sicht versperrte und der Stiefel heftig zu wackeln schien.

Über ihm polterte es wieder. Dringlicher.

Zwei weitere vergebliche Versuche, dann gab Heiner auf. Er schlüpfte deshalb wieder in den rechten Hausschuh, packte den Geschenkesack, prüfte noch mal Sitz von Mütze und Bart und stapfte mit lautem »Ho-Ho-Ho!« die Kellertreppe hoch.

Fast wäre ja alles gutgegangen. Fast.

Für dieses Jahr war er als Nikolaus abgemeldet. Stefan hatte einen Profi engagiert. Die beiden Schwiegersöhne hatten das vereinbart und die Aufgaben verteilt – Michael den Glühwein, Stefan den Nikolaus – ihre Frauen informiert und die wiederum ihre Mutter drum gebeten, es dem Opa schonend beizubringen.

Heiner war tief getroffen.

Er hatte schon damit gerechnet, dass es dieses Jahr anders laufen würde, aber dass er völlig außen vor war, wurmte. Und bohrte. Und stach.

Die Einzige, die ihn verstand, war Ute. Sie hatte ihn angerufen und gesagt: »Ach Papa. Ich würde dich wieder nehmen. Ich wusste doch als Kind auch schon, dass DU das warst. Kinder wissen das. Das fühlt man, riecht man – man weiß es eben. Aber Michael befürchtet bei seinen Nachkommen ein frühkindliches Trauma, wenn sie sich betrogen fühlen!«

Es hatte gutgetan, aber enttäuscht war er trotzdem noch.

Als er mit Saft für die Kinder und Sekt für die Frauen wieder nach oben kam, hatte Hilde den Tisch schon gedeckt und summte ein Weihnachtslied vor sich hin. Heiner nahm die Glühweintassen zur Kenntnis, sah aber auch, dass Hilde an seinen Platz ein Schoppenglas gestellt hatte. Ach, Hilde!

Und dann dachte Heiner, dass es vielleicht gar nicht so schlecht war, sich die ganze Sache als Zuschauer zu betrachten!

Bald ging es los.

Immer wieder klingelte es und ein neuer Schwall Menschen überflutete den Flur. Jacken, Mützen, Winterstiefel, Schals, Handschuhe – seine kluge Hilde hatte pro Familie einen großen Wäschekorb für die Kinderklamotten parat gestellt, damit die Rückverteilung später reibungslos laufen konnte.

Ute kam als Erste. Die kleine Emma lief schon ein paar Schritte, zog ihren ohramputierten Knuddelhasen hinter sich her und strahlte glücklich ihren Opi an. Der nahm sie hoch und kitzelte mit dem Bart ihr Näschen, wie jedes Mal zur Begrüßung. Und wie jedes Mal jauchzte die Kleine vor Vergnügen. Heiner hoffte inständig, dass dieses Kind so wonnig bleiben würde. Die Chancen standen gut bei der patenten Mutter, auch wenn die immer noch keinen Mann und Vater an ihrer Seite hatte.

»Papa! Jetzt frag doch nicht immer! Das dauert vier Jahre. VIER! Wir besuchen ihn doch ganz oft, aber hierher kommen, das darf er nicht!«

Heiner atmete tief. Das würde wohl alles seine Richtigkeit haben.

Ursula und Stefan kamen als Nächste. Fiete-Ole und Luana-Johanna stritten sich schon im Hof, zogen sich gegenseitig die Mützen über die Nasen und brüllten dann nach Hilfe.

Stefan checkte permanent den aktuellen Standort des georderten Weihnachtsmanns auf seinem Smart-Phone und Ursula verzog sich in die Küche und fragte Hilde:

»Mama, kann ich dir was helfen?«

Die zog die Augenbrauen hoch und antwortete:

»Ja, bring deine Brut zur Raison!«

Heiner stand mittendrin, Emma auf dem Arm und grinste. Seine Hilde!

Ulrike und Michael kamen als Letzte. Michael schleppte den Elektrokocher mit dem Glühwein und rief: »Steckdose! Steckdose?«, noch bevor er »Guten Abend« sagen konnte.

Hilde lächelte ihn an: »Grüß dich, lieber Schwiegersohn! Nimm die Steckdose, die du JEDES Jahr nimmst, die verschieben sich bei uns nicht!«

Heiners Grinsen wurde breiter.

Ulrike entblätterte ihre Söhne und schichtete die Teile fein säuberlich in den vorgesehenen Wäschekorb. Dann drückte sie Amadeus sein Flöten-Etui in die Hand und schickte ihn ins Wohnzimmer. Die Zwillinge hielten jeweils ein elektronisches Teil in den Händen, das sie nur zum Handschuhe-Ausziehen kurz losließen. Beide starrten auf die Displays, bewegten die Daumen in Höchstgeschwindigkeit und versuchten, ihrem Bruder ins Wohnzimmer zu folgen.

Heiner wartete darauf, bis der erste gegen den Türrahmen stolpern würde, aber Ulrike lenkte die beiden mit kurzen Stupsern auf die Schultern zielsicher zum Sofa.

Einen Moment überlegte Heiner, ob die beiden wirklich lebendig waren, und ihm kamen echte Zweifel, als er merkte, dass er keine Ahnung hatte, wie die beiden hießen und ob sie überhaupt Namen hatten.

»Hilde?«, flüsterte er seiner Frau zu. »Ich hab vergesse, wie die zwää hääßen! Hinz und Kunz? Trick und Track?«

»Max und Moritz«, sagte Hilde und zwinkerte ihm zu.

»Echt jetzt?«
»Nein! Johann-Wolfgang und Friedrich!«

Irgendwann hatte jeder seinen Platz auf dem Sofa gefunden. Amadeus packte seine Blockflöte aus, die drei Töchter schwatzten fröhlich miteinander und schlürften Sekt dabei, Michael verteilte Glühwein – an sich selbst und an seine Frau Ulrike, die die Becher dankend annahm und in einer Reihe auf der Fensterbank parkte.

Stefan und die Zwillinge zeigten eine perfekte Choreografie: wischen, tippen, starren, stöhnen.

Michaels Kinder hatten sich derweil Glühweinbecher von der Fensterbank besorgt, pusteten hinein und warteten auf eine geeignete Trinktemperatur.

Hilde kam rein, stellte einen gefüllten Brotkorb auf den Tisch, packte die Glühweinbecher von Fiete-Ole und Luana-Johanna und drückte sie Michael in die Hand.

Dann klatschte sie in die Hände.

»Der Nikolaus hat viel zu tun heute Abend. Deshalb hat er später nicht die Zeit, all eure Gedichte und Lieder hier anzuhören. Aber ihr wisst ja, der Nikolaus weiß alles und sieht alles! Die Krautwickel brauchen noch zwanzig Minuten, bis dahin ist genug Zeit, alle eure Darbietungen vorzutragen. Also, los geht's! Fiete-Ole fängt an.«

Der Kleine stand auf und begann, sein Gedicht aufzusagen. Mama Ursula flüsterte ihm von hinten die jeweils nächste Zeile ins Ohr und Amadeus rief: »Die sagt ja vor! Das gilt nicht!«

Heiner murmelte: »De selwe Klugscheißer wie sein Vadder!«, und Ulrike zischte: »Das hab ich gehört!«

Heiner übergab Emma an ihre Mutter, schnappte sich das Schoppenglas vom Tisch und schob sich langsam Richtung Tür.

Als er mit seiner Riesling-Schorle zurückkam, war das Gedicht zu Ende und Luana-Johanna packte ihre Blockflöte aus.

»Wieso flötet die hier? ICH flöte hier!«, schrie Amadeus und Heiner nahm einen tiefen Schluck.

Ulrike starrte ihn drohend an und fragte dann in die Runde: »War das so abgesprochen? Michael?«

Der sah sich verwirrt um. »Glühwein, Schatz?«

Ulrike sprang auf, nahm Amadeus an der Hand und ging mit ihm in den Flur. Kurz darauf war sie wieder da, nickte allen zu und sagte zuckersüß zu Luana-Johanna:

»Bitte entschuldige die Störung. Du kannst jetzt anfangen.«

Die Kleine begann mit einer schrägen Aneinanderreihung von Tönen und Heiner versuchte verzweifelt, das Lied zu erkennen.

»Das Intervall im dritten Takt ist eine GROSSE Terz! Von D auf B und NICHT auf H!« Amadeus lehnte sich nach dieser Kritik zufrieden im Sofa zurück.

Heiner murmelte: »De selwe Kluuchscheißer –«, und unterbrach sich sofort, als er Ulrikes Blick bemerkte.

»Papa, in diesem Kontext heißt es der Gleiche, ja? Der GLEICHE! NICHT DERSELBE!«, zischte sie ihm zu.

Dann hatte Luana-Johanna ihren Vortrag beendet, lächelte in die Runde und verbeugte sich.

Keiner klatschte.

Jeder versuchte, das Lied zu erraten, und die Kleine heulte los.

»Alle Jahre wieder wär ääfacher gwesst! Warum muss die Klää so schwere Lieder spiele?« Heiner schaute in die Runde.

»Unn sie hot de Dreivierteltakt net gschbielt. Deshalb hot mer des Lied net gekennt!«

»Du hast doch keine Ahnung von Takt! Von Drei Viertel schon eher!«, zischte Stefan und blickte einen Moment von seinem Display hoch.

Heiner stand auf.

»Ich hab johrelang im Mussigverei die Pauke gschbielt! Johrelang! Ich wääs sehr wohl, was Taktgfiehl is! Ihr hänn all kä Ahnung!« Dann sah er sich alle seine Kinder und Schwiegerkinder und Enkelkinder an, wie sie da auf der Couch saßen, schüttelte den Kopf und murmelte: »Uff die Pauke haue will jeder. Awer traache will se kenner!«

Heiner packte sein Glas und verschwand wieder Richtung Küche. Er machte kein Licht – den Kühlschrank fand er auch im Dunkeln. Es brodelte in ihm und er summte zur Beruhigung das Flötenlied vor sich hin: Kommet Ihr Hirten. Die Melodie WAR aber auch schwer!

Er holte die Rieslingflasche aus dem Seitenteil und schloss die Kühlschranktür. Er goss den Wein ins Glas und horchte auf das Gluckern, das immer höher wurde, bis die ideale Menge Wein eingegossen war.

Heiner schmunzelte. Passte genau, die Flasche war jetzt leer.

Gerade wollte er sie wegstellen und zum Sprudel greifen, als er aus den Augenwinkeln eine Bewegung wahrnahm. Draußen, vor der Terrassentür, hatte sich was bewegt! Und dann sah er, dass der Türgriff in Offen-Stellung eingerastet war! Und wieso war der Rollladen nicht geschlossen?

In dem Moment wurde die Tür mit einem leichten Schubs aufgestoßen und ein Mann schob sich in die Küche. Geduckt schlich er auf Heiner zu, eine Kapuze über dem Kopf, einen Sack für das Diebesgut auf dem Rücken.

Heiner erstarrte nur einen kurzen Moment.

Dann hob er die Flasche und haute sie dem Einbrecher mit voller Wucht aufs Hirn.

Ein lautes Knacken – Heiner war nicht ganz klar, ob es von der Schädeldecke oder der Flasche gekommen war – zeigte ihm, dass er perfekt getroffen hatte. Der Verbrecher sackte mit einem kurzen, lauten Schrei vor ihm auf die Küchenfliesen.

Das Licht flammte auf. Alle drängten sich in der Küchentür, Ursula hielt sich erschrocken beide Hände vor den Mund, Stefan fluchte, Michael nahm einen tiefen Schluck Glühwein und Luana-Johanna starrte auf den Mann in rotem Mantel mit Kapuze, einem Watterauschebart, der über seine Nase gerutscht war und flüsterte dann mit Entsetzen in ihrem Kinderstimmchen:

»Opi, du hast den Nikolaus erschlagen!«

Krautwickel

Zutaten:
1 kleiner Wirsing, 1 Zwiebel, 1 altes Brötchen, 500 g Hackfleisch (gemischt), 1 Ei, Salz und Pfeffer, Kümmel, Majoran, Muskat, Fett zum Braten, Brühe(pulver), Sahne.

Zubereitung:
Den Wirsing vorsichtig zerteilen, die Blätter müssen dabei ganz bleiben. Für jeden Krautwickel zwei schöne Blätter aussuchen und in kochendem Salzwasser kurz blanchieren.
Aus dem eingeweichten Brötchen, der gehackten Zwiebel, dem Hack und dem Ei einen Hackfleischteig zubereiten. Mit Salz, Pfeffer, Kümmel, Majoran und Muskat kräftig würzen. Einen Teil der Blätter, die nicht zum Einwickeln benötigt werden, fein hacken, und zum Hackfleischteig geben und gut vermengen.
Die blanchierten Blätter ausbreiten, etwas Hackfleischteig formen, auf die Blätter legen und zusammenrollen. Dabei die Seiten einklappen, damit kein Teig austreten kann. Mit Küchengarn oder Rouladennadeln schließen. Fett in einer Pfanne heiß werden lassen, die Krautwickel von allen Seiten kräftig anbraten, bis sie schön braun sind. Mit heißer Brühe ablöschen und etwa zwanzig Minuten schmoren lassen. Für die Sauce bei Bedarf etwas Brühe oder Sahne nachgießen.
Abschmecken und mit Salzkartoffeln oder frischem Bauernbrot servieren.

Hilde Artmeier

Stille Nacht in Speyer

Du siehst mich nicht.
Aber du fühlst mich. Tief in dir.
Ich bleibe bei dir, keine Sorge. Kurz verschwinde ich vielleicht, ja, wenn deine Aufmerksamkeit sich auf etwas anderes konzentriert. Aber dann klebe ich wieder an dir. Wie eine zu enge Haut, die dich irgendwann erstickt.
Fast muss ich lachen, verzeih. Das hättest du nicht gedacht – dass auch DU mich eines Tages spüren würdest. Nur in den wenigen Sekunden, wenn du mich in den Augen all jener Frauen entdeckt hast, konntest du dich lebendig fühlen. Es war das Einzige, das dich glücklich machte: dieses ungläubige Flackern, verzweifelte Aufbäumen, ein letztes, hoffnungsloses Auflodern der Lebenskraft. Und dann nichts mehr.
Ich weiß noch, wie es war, als du angefangen hast. An Heiligabend führtest du deinen ersten Auftrag aus. Dicke, weiche Schneeflocken fielen dir ins Gesicht und irgendwo sang jemand Stille Nacht, als du abdrücktest. Das Einzige, das du spürtest, war die Zufriedenheit nach einem gut erledigten Job und einen unbändigen Appetit auf eingelegte grüne Walnüsse.
In dem einzigen geöffneten Lokal am Stadtrand von Speyer hattest du sie auf der Speisekarte entdeckt. Obwohl die oberste Maxime deiner Branche lautet »Nach dem Job nichts wie weg!«, musstest du sie einfach kosten, seit jeher warst du deinen kleinen Schwächen verfallen, deinen allzu menschlichen Gelüsten. Und tatsächlich schmeckte das Gericht genauso bitterzart, wie du es dir erträumt hattest, und auch wenn du seither überall danach Ausschau hieltest, in jeder Stadt, in jedem Land, konntest du es nirgendwo sonst entdecken. An jenem Abend ahntest du natürlich nicht, dass das Schicksal dich eines Tages zurück nach Speyer führen sollte, das dir damals noch wie jeder beliebige Ort

auf der Welt erschien – wieder zur Weihnachtszeit, aber in einer so unendlich stilleren Nacht.

Dein Leben lang hast du jeden Auftrag übernommen, gleichgültig, ob arm, reich, alt oder jung. Du hast sauber gearbeitet, schnell und zuverlässig, dein Bankkonto füllte sich, die Sammlung deiner Schusswaffen wurde von Mal zu Mal größer, du bist herumgekommen. Venedig, Warschau, Kairo, Brisbane, Caracas. Ein ideales Leben für Menschen ohne Wurzeln und mit zersprungenen Herzen.

Es ist dir nicht bewusst geworden. Doch alle, die du getötet hast, waren Männer. Irgendwann stand der Name einer Frau in einer verschlüsselten Mail, sie lebte in Granada. Eigentlich hätte Melissa den Auftrag übernehmen sollen, wie du hinterher erfahren hast. Auch wenn du ihr nie persönlich begegnet bist, so weiß man doch voneinander. Unter Kollegen. Aus irgendeinem Grund lehnte sie jedoch ab, und so wandte man sich an dich.

Zuerst lief alles so wie sonst. Wie immer wurdest du zu einem Schatten, hast dich in das Leben deiner ersten weiblichen Zielperson geschlichen, Tag und Nacht, Woche um Woche. Bald war dir die blonde Dame vertraut, die abends in der Ferne aus dem Landcruiser stieg, in ihrem Glaspalast verschwand und morgens wieder wegfuhr. Ihre Accessoires, die du durchs Objektiv erspähtest, während sie sie in ihre Valentino-Handtasche steckte, änderten sich so gut wie nie: Notebook, zwei bis drei Handys, Designerjäckchen, dazu der gelangweilte Blick. Du wusstest Bescheid über ihre Gewohnheiten, spärlichen Bekannten, eng getakteten Termine und kanntest als Einziger ihre Leidenschaft für die verträumten Stunden am Brunnen ihres Gartens, die sie nur mit ihren zerlesenen Büchern teilte. Als es nichts Neues mehr über sie zu erforschen gab, fingst du an, den exakten Zeitpunkt zu planen.

Auf einmal erreichte dich eine ungewöhnliche Anweisung: Noch vor dem Ende der Transaktion benötigte dein Auftraggeber Daten von ihrem Home-Rechner. Unter der Bedingung eines Aufpreises erklärtest du dich bereit, in ihr Reich einzudringen.

An einem Sommertag, an dem sie wie immer ins Büro gefahren war, zu einem Meeting, einer Präsentation, einem Geschäftsessen.

Ein lauer Wind fuhr durch die Zweige in ihrem verwunschenen Garten, ließ Blätter flüstern und Blüten nicken, während Wassertropfen in den Brunnen plätscherten, Eidechsen im Gebüsch raschelten und winzigweiße Wölkchen am azurblauen Himmel tanzten. In den duftig hellen Zimmern schwebte ein feiner Geruch aus Zimt und Limone, in der Luft hing eine Ahnung ihrer Gegenwart, als ob sie mit nackten Füßen über die Teppiche liefe, wie an den vielen einsamen Abenden zuvor.

Dann stand sie plötzlich vor dir. Keine Zeit zum Nachdenken, wie sie aus dem Nichts aufgetaucht war, woher, warum. Ihre Augen waren nicht einfach nur braun wie auf den schier unzähligen Fotos. Schokoladenfarben, fast ein dunkles Zartbitter, schoss dir durch den Kopf, als du sie zu Boden drücktest. Diese Haut, so glatt wie Seide, ihre sanft perlende Stimme, die du bisher nur aus den Kopfhörern kanntest und die von einer Sekunde auf die andere schrill wurde. Während du sie berührtest, ihr den Mund zuhieltest, ihren Duft einsaugtest. Genickbruch, stellte der Rechtsmediziner fest, als er die Leiche später untersuchte.

Der Auftrag war erledigt, die Spuren verwischt, die Abschlusszahlung kam pünktlich. Aber ihr Geruch schien an deinen Fingern zu haften, noch Tage später, wenn du immer wieder daran schnuppern musstest. Auch etwas anderes klang nach. Etwas, das dich verwirrte, entführte, beglückte. Eine nie gekannte Lust, die sich in diesem einen Moment entladen hatte. Im Moment, als du ihr nahe warst. Im Moment ihres Todes.

Der Zufall wollte es, dass die nächste Reise dich wieder zu einer Frau führte. Oder hatte schon damals das Schicksal seine Hand im Spiel?

Die neue Zielperson lebte in Reykjavik, war hennarot und hatte nicht die geringste Ähnlichkeit mit der Blonden. Nur etwas hatte sich dennoch verändert. Mit jedem Tag musstest du engere Kreise ziehen, dich ihr nähern, Schritt um Schritt. Wie eine frische Quelle zog sie dich an, als wärst du ein Verdurstender, dessen

Verlangen nur durch sie allein gestillt werden konnte. Als du sie endlich berühren durftest, sie röcheln hörtest, die letzten Funken in ihren tannengrünen Augen sprühen sahst, überflutete dich das, wonach du dich so lange gesehnt hattest: diese verzehrende, betörende, überwältigende Lust. Bei ihr hast du dir Zeit gelassen. Und jede Sekunde genossen.

Seither übernimmst du vorwiegend Aufträge, bei denen du Frauen eliminieren musst, gleichgültig, welchen Alters. Du suchst förmlich danach, nimmst alle Mühen auf dich, reist selbst an die entlegensten Orte, ein Service, den deine Auftraggeber großzügig honorieren.

Natürlich haben sich deine Methoden geändert. Es wird gefährlicher, von Mal zu Mal. Ein gezielter Schuss aus sicherer Entfernung ist kaum zurückzuverfolgen, ein Schatten, den niemand kennt, schwer in ein reales Gesicht umzuwandeln. Doch ein hilflos Ausgelieferter hinterlässt mitunter Spuren am Tatort, ein so verzweifelt Liebender wie du. Schon in Reykjavik war es so. Und auch am vergangenen Spätnachmittag, bei der schwarzgelockten Schönheit in Speyer.

Vor drei Wochen bist du hier angekommen und hast dich seither immer wieder so gefühlt, als wärst du heimgekehrt. Während der vielen Stunden, in denen du die Gewohnheiten deines neuen Opfers erforschtest, wuchs nicht nur deine Sehnsucht nach den nie vergessenen Walnüssen, deine eigene kleine Belohnung nach vollbrachter Tat. Nein, im Gegensatz zu deinem ersten Aufenthalt in der kleinen Stadt mit großer Geschichte entdecktest du an jeder Ecke Vertrautes und hinter jeder Biegung eine Erinnerung, ein für dich ungewöhnlicher Umstand, und ihr morbider Charme faszinierte dich von Stunde zu Stunde mehr. Auf dem um diese Jahreszeit oft verlassenen mittelalterlichen Judenhof stieg ein betörender Duft nach Vergänglichkeit auf, in den vorweihnachtlich erhellten Gassen der einst so stolzen Reichsstadt römischen Ursprungs und auf dem Weihnachtsmarkt vor dem berühmten Dom hingegen flackerte das ewige Verlangen der Menschen nach Licht und

Leben. Oder rührte dieser Eindruck nur von der Magie dieser Frau, von deiner eigenen fiebrigen Erwartung?

Dann endlich war es soweit. Ihre samtene Haut bebte unter deinen hungrigen Händen, der Geruch ihres Blutes verzauberte deine Sinne, der Anblick ihrer verlöschenden Augen begleitete dich den ganzen Abend über, als der bitterzarte Geschmack der Walnüsse längst schon deinen Gaumen kitzelte. Sogar in der Nacht hast du von diesem mit Sonnengelb gesprenkelten Blau geträumt, in dem du MEIN Leuchten aufblitzen sahst, wieder und wieder. Und realisierst nicht einmal, dass ICH inzwischen in deinen eigenen Augen zu glänzen anfangen habe, vor wenigen Minuten.

Jetzt bin ich das, was ich für all diese Frauen gewesen bin: dein letzter Gefährte.

Melissa wartet vor der Tür des Hotelzimmers, aus dem du längst hättest abreisen sollen. Jeden Moment kann sie hereinkommen, und du weißt genau: Gleich wird sie vor dir stehen.

Die Mutter der Hennaroten aus Reykjavik engagierte sie, der Preis spielte keine Rolle. Es dauerte lange, bis Melissa deinen damaligen Auftraggeber aufspürte, inzwischen aber hat sie ihn erledigt. Sie ist so erfahren wie du, inzwischen aber weitaus professioneller. Zudem hat sie gute Kontakte. Deinen genetischen Fingerabdruck zu besorgen, den man anhand einer fast unsichtbaren Spermaspur auf der Leiche der Rothaarigen identifizieren konnte, das war ein Klacks für sie. Du bist unvorsichtig geworden, seit jenem Sommertag in Granada. Unvernünftig. Verwundbar. Du hättest dem Duft der Geldscheine folgen sollen, nicht dem Duft deiner Opfer.

Der Name, den du zurzeit benutzt, dein momentaner Aufenthaltsort – auch das konnte Melissa ausfindig machen. Sie hat all deine Waffen vernichtet, jeden Fluchtweg versperrt, ihre Assistentin verfolgt auf den Monitoren die kleinste deiner Bewegungen. Das Einzige, woran du dich festhalten kannst, ist das lächerliche Klappmesser in deiner Hand. Vielleicht gönnt Melissa dir noch zwei, drei Sekunden lang die Illusion, du hättest mit dem zitternden Ding eine Chance.

Heute ist wieder Heiligabend. Wie damals deckt draußen das Winterweiß die Straßen und Dächer zu, und dieses Mal sitzt DU in der Falle. Aber fürchte dich nicht, ICH bin bei dir. Ich bin dir vertraut und werde das Letzte sein, das du fühlst.

Ich bin die Angst vor dem Ende.

Pfälzer Trüffel

Für Pfälzer Trüffel braucht man unreife grüne Walnüsse. Tragen Sie Handschuhe beim Vorbereiten, denn die Gerbsäure der Nüsse färbt Ihre Hände. Das Vorbereiten dauert eine Weile, aber die Arbeit lohnt sich.

Waschen Sie die frisch geernteten Walnüsse und stechen Sie - unter Wasser - in die weiche Schale mehrmals mit einem Zahnstocher. Die Schale sollte schön perforiert sein. Danach müssen die so behandelten Nüsse für ca. 2 bis 3 Wochen in kaltes Wasser eingelegt werden. Wechseln Sie das Wasser regelmäßig 2 bis 3 Mal am Tag, denn die austretende Gerbsäure färbt das Wasser schwarz, gerade zu Beginn.

Zum Schluss übergießen Sie die Nüsse mit kochendem Wasser, schrecken sie mit kaltem Wasser ab, damit auch die letzten Reste der Gerbsäure verschwinden.

Zutaten:
1kg vorbereitete grüne Walnüsse, 1.200g Zucker, 5 Gewürznelken, 1 Vanilleschote, 1 Stange Zimt und die Schale von 2 Limetten (Bio-Qualität).

Zubereitung:
Kochen Sie den Zucker mit 700 ml Wasser und den Gewürzen auf. Sobald sich der Zucker aufgelöst hat, geben Sie die Nüsse hinzu und lassen Sie diese mindestens eine halbe Stunde köcheln. Die Walnüsse sollten dann weich und schwarz geworden sein. Füllen Sie die Nüsse in Schraubgläser, geben Sie den noch einmal aufgekochten Zuckersirup darüber und bedecken Sie die Nüsse gut damit. Stellen Sie die Gläser auf den Kopf, bis der Inhalt ausgekühlt ist. Nach weiteren 6 Monaten ist der Pfälzer Trüffel bereit!

Schneiden Sie die Nüsse in dünne Scheiben und servieren Sie sie zu Käse oder Wildgerichten.

Lilo Beil

Greta und der Engel

Und wieder einmal war sie in die Westpfalz gekommen, in ihre alte Heimat.

Wer weiß, wie lange die Eltern noch leben würden. Beide waren erschreckend hinfällig geworden seit dem letzten Besuch, wie Greta gestern bei ihrer Ankunft hatte feststellen müssen.

Zum Glück sorgte eine nette und zuverlässige Nachbarin, Erna Schäfer, regelmäßig für die beiden alten Leute, die so lange wie möglich in ihren eigenen vier Wänden leben wollten.

Weihnachten stand unmittelbar bevor, und Greta würde eine ganze Woche hier verbringen. Danach würde sie in den Odenwald zurückkehren, wohin es sie nach einer kurzen und missglückten Ehe verschlagen hatte und wo sie erfolgreich als Tierärztin arbeitete. Ein Beruf aus Passion, die große Erfüllung von Greta Stübinger, die nun wieder Single war.

Heute, am zweiten Tag ihres Aufenthalts im Dorf ihrer Kindheit und Jugend, zog es sie magisch hinaus zum kleinen Friedhof am Ortsende, zu »ihrem Engel«. Ein kleiner Spaziergang mit Benni, dem Rauhaardackel ihrer Eltern, der wie seine Besitzer in die Jahre gekommen war und nicht mehr vor Gesundheit strotzte. Es hatte ein wenig geschneit, und Benni wackelte neben ihr daher, zwar etwas kurzatmig und langsam, aber dennoch zufrieden, wie sein freudiges Schwanzwedeln bewies.

So schlenderten die beiden vorbei an Häusern und Gärten, bestückt mit mehr oder weniger geschmackvoller Weihnachtsdekoration. Nur vereinzelt sah man noch Weihnachtsmänner an Fassaden hochklettern, diese äußerst traurig wirkenden Gestalten, die schlaff wie rote Säcke an Balkonen hingen oder auf Dächern Leitern erklommen. Die tristen Gesellen schienen etwas aus der Mode gekommen zu sein. Stattdessen registrierte Greta viele Rentiere mit und ohne

Schlittengespann in den Vorgärten und auf Terrassen, oft mit einer Blinkbeleuchtung versehen, silbrig oder in bunten Farben.

Ein bisschen Kitsch muss sein an Weihnachten, dachte Greta. Und außer den Augen tat es ja sonst nicht weh.

Dennoch, wie wohltuend der Anblick des wunderschönen Jugendstilengels, der von Weitem grüßte und den leicht ansteigenden Friedhof zu beherrschen schien. Ein junger Künstler, ein Sohn des Dorfes, hatte die Engelsstatue als Grabmal für seine Verwandten angefertigt, bevor er bald darauf im 1. Weltkrieg an der Somme fiel. Der vielversprechende junge Bildhauer war nur 22 Jahre alt geworden, wie Greta wusste.

Jedes Mal überrieselte sie eine Gänsehaut, wenn sie den Engel aus weißem Marmor mit dem fast kindlich wirkenden Gesicht erblickte.

Sie musste Benni am Friedhofstor unter dem großen Kastanienbaum anbinden, denn ein Verbotsschild untersagte Hunden das Betreten des Friedhofs.

»Bin gleich wieder da«, sagte sie zu dem kleinen Hund, der fragend zu ihr hochblickte. Greta holte einen Kauknochen aus ihrer Tasche und legte ihn vor Benni ab, der sich sogleich ans Nagen machte.

Der übliche Weg zum Engel hoch war abgesperrt wegen Reparaturen an Steinplatten, und Greta musste den Umweg an der Friedhofsmauer einschlagen, den sie sonst mied.

Doch da war es, das Grab mit dem schwarzpolierten Stein und der goldenen Inschrift: Mathilde Backes. 1942–1989. Ruhe sanft.

Die Buchstaben schienen zu flirren und zu flimmern, und es lag nicht am Schneegeriesel, das eben einsetzte.

1989. Die Jahreszahl brannte in Gretas Augen. Sie beschleunigte ihre Schritte, zumal Benni vorne am Friedhofstor ungeduldig wurde. Der Knochen war verzehrt. Während sich Greta eiligen Schritts dem Engel, ihrem Engel näherte, spulte sich ein Film der Erinnerung in ihrem Kopf ab. Ein Film, den sie gerne für immer aus ihrem Gedächtnis gelöscht hätte.

Es war an Weihnachten 1989 gewesen, und Greta war 19 Jahre alt. Bald würde sie ihr Abitur machen und in Heidelberg Tiermedizin studieren. Tiere, immer wieder Tiere. Schon als kleines Mädchen hatte sie alle möglichen Tiere gerettet, und sie war vor Kurzem »eingefleischte Vegetarierin« geworden. Sie musste lächeln über diesen Ausdruck: ein Widerspruch in sich selbst, denn Fleisch zu essen, das war für Greta eine Art Kannibalismus. Sie musste hart darum kämpfen, dass ihre Eltern die Verrücktheit und den Fanatismus ihrer Tochter, wie sie es nannten, akzeptierten. Sie weigerte sich strikt, etwas zu essen, das Augen hatte. Dann kam Weihnachten, und das Familientraditionsessen Pastetchen mit Kalbfleisch sollte aufgetischt werden. Greta verkündete energisch, sie wolle lieber verhungern als Baby-Kühe zum sogenannten Fest der Liebe zu verspeisen. Wo blieb die christliche Barmherzigkeit der ach so frommen Eltern, wenn sie unterm Tannenbaum hilflose arme Kreaturen verspeisten?

Mathilde Backes arbeitete im Haushalt von Gretas Eltern als »Dienstmädchen«, und das in den 80er Jahren wie zu feudalen Zeiten. Welch Anachronismus, dachte Greta, zudem war Mathilde Backes ein recht altes Mädchen von 47 Jahren.

Sie wohnte im wohlhabenden Haus der Familie Stübinger, eine fleißige Haushaltshilfe und hervorragende Köchin. Vor allem auf das Zubereiten von Fleischgerichten verstand sie sich vorzüglich, wovon Gretas Eltern begeistert waren, nur Greta nicht.

»Für dich gibt es an Weihnachten Extra-Pastetchen mit Pilzen«, versicherte Gretas Mutter, und Greta war mit dem fleischlosen Kompromiss einverstanden.

Gesagt, getan. Das Mahl zu Heiligabend wurde aufgetischt. Die Pasteten sahen wundervoll aus, hübsch angerichtet auf dem Geschirr aus edlem Meißen-Porzellan und herrlich duftend. Knusprig die Pastetchen, sahnig die Füllung. Greta versuchte, den Fleischgeruch, der von den Pasteten ausging, zu ignorieren, indem sie flach atmete, möglichst wenig durch die Nase.

»Und hier deine Pastetchen«, sagte Mathilde. »Extra für dich und mit Champignons gefüllt. Sie lächelte dabei. Auch Gretas Eltern lächelten.

Doch Greta selbst verging das Lächeln. Ein Tierfreund ist nicht zu überlisten. Die Vegetarierin bemerkte den Betrug, versteckt unter besonders viel Sahne und Gewürzen, nicht sofort beim ersten Bissen, wohl aber beim zweiten. Sie stocherte in ihrem Essen herum, hielt mitten beim Kauen inne. Es würgte sie schrecklich in der Kehle. Sie stürzte aus dem weihnachtlich geschmückten gemütlichen Zimmer, und jenseits des Gangs konnten die starr dasitzenden Eltern und Mathilde Backes würgende Töne vernehmen, von Wutschreien und Schluchzen unterbrochen. Danach Stille und dann Schritte, die sich der Küche näherten. Ja, Gretas Verdacht hatte sich bestätigt. Da waren keine Spuren von Champignons, weder von frischen noch von welchen in Dosen. Die Schritte entfernten sich aus der Küche, gingen nach oben. Eine Tür knallte laut zu. Damit war Weihnachten 1989 beendet.

Am ersten Weihnachtsfeiertag kam Greta zum Frühstück und sagte ganz ruhig: »Weihnachten ist das Fest der Liebe und des Friedens. Ich habe nachgedacht. Ihr habt mich zwar hintergangen, aber ich verzeihe euch. Ich habe auch nichts dagegen, wenn ihr heute die restlichen Pastetchen als Vorspeise esst. Ich gönne euch das Fleischessen. Ich mache mir einen Salat.«

Die Eltern und Mathilde wunderten sich zwar über die Nachsichtigkeit der Vegetarierin, aber sollte es am Fest der Liebe nicht auch Wunder geben?

Mathilde Backes, die seit einigen Tagen stark hustete und sehr blass aussah, seufzte erleichtert auf. Greta lächelte ihr zu. »Vergeben und vergessen«, sagte sie.

Am zweiten Weihnachtsfeiertag musste Mathilde Backes das Bett hüten. Zu dem schlimmen Husten war eine Magen-Darm-Grippe hinzugekommen, wie vermutet wurde.

Einen Tag später, am 27. Dezember, verstarb Mathilde Backes. Der Arzt stellte fest, dass die Grippe ein weiteres Opfer im Dorf gefunden hatte. Es war in jenen Tagen zu einer wahren Epidemie gekommen, die vor allem geschwächte und ältere Leute dahinraffte.

Nur Greta Stübinger erahnte den wahren Grund für den Tod der begnadeten Köchin vorzüglicher Fleischgerichte.

In der Vorspeisenpastete der Haushälterin befand sich ein Quentchen des pulverisierten Giftes, das im Schuppen in einer Blechdose aufbewahrt wurde und gelegentlich im Kampf gegen unliebsame Hausbewohner wie Ratten und Mäuse zum Einsatz kam.

Nie würde Greta je erfahren, in wieweit die kleine Prise Gift in der Pastetensauce von Mathilde Backes letztendlich den Ausschlag gegeben hatte für deren Sein oder Nichtsein.

Greta war beim Marmorengel angekommen. Ihrem Engel. Er breitete weit die Flügel aus. Das fast kindliche Gesicht der Engelsstatue schaute sanft auf die Frau hinab, die voller Reue im dichter fallenden Schnee kniete.

Dort unten am Friedhofstürchen winselte und tobte und zerrte Benni an der Leine. Greta erhob sich, und als sie an dem Grab mit dem schwarzen Marmorstein vorbeikam, schien es ihr, dass die Inschrift weniger in ihren Augen brannte als vorhin.

Sie band Benni los und ging eilig zum Haus ihrer Eltern zurück, vorbei an den mehr oder weniger geschmackvollen Weihnachtsdekorationen, die immerhin Licht in die einbrechende Dunkelheit brachten.

Anmerkung der Autorin: Den Jugendstilengel gibt es wirklich. Er steht auf dem Friedhof von Kottweiler-Schwanden bei Ramstein, ein denkmalgeschütztes Werk des Bildhauers Oskar Kneller. Der Künstler fiel im 1. Weltkrieg mit 22 Jahren an der Somme. Er war der Cousin meiner Großmutter Elsa Knapp geb. Kneller.

Weihnachtspastetchen, gefüllt mit Champignons

Für acht Personen

Zutaten:
8 Pasteten
5-6 Schalotten (kleine Zwiebeln)
Butter
500 Gramm Champignons
1 Zitrone
1 Bund Petersilie
4 Eigelb
0,4 l Sahne
Salz
Pfeffer

Zubereitung:
Zwiebeln hacken und im Fett bei schwacher Hitze dünsten. Aufgeschnittene Pilze zugeben und bei starker Hitze kurz schmoren. Die Hitze abdrehen und Zitronensaft und gehackte Petersilie dazugeben. Die Pasteten 5 Minuten bei 200 Grad im Backofen erhitzen. Eigelb mit Sahne, Salz und Pfeffer anrühren. Zu den Pilzen geben, aufkochen, in die Pasteten füllen und servieren.

Barbara Steuten

Rauchen kann tödlich sein

Am Freitag gingen sie zur Eröffnung des Weihnachtsmarktes vor der Landstuhler Stadthalle immer einen Glühwein trinken und schlenderten dann mit einer Tüte Maronen die Buden entlang, um herauszufinden, worüber sich der andere zu Weihnachten freuen könnte. Das war ihr festes Ritual. Seit Jahren. Pünktlich hatte es heute Morgen zu schneien begonnen. Perfekter hätte er den Tag nicht planen können. Er zog den Reißverschluss seiner Daunenjacke bis unters Kinn und vergrub die Hände tief in den Taschen. Seine Linke ertastete dabei die kleine Schachtel und schloss sich vorsichtig um sie.

Der Schnee knirschte unter seinen Schuhen als er die Luitpoldstraße entlangeilte. Zwischen den langen Reihen steinerner Kreuze vor der alten Heilig-Kreuz-Kapelle flackerten rote Grablichte und verliehen dem Ort etwas Geheimnisvolles. Auf der gegenüberliegenden Straßenseite tauchten Lichtschläuche am Vorbau der Bäckerei einen einsamen Raucher in Blau. Wenn sie nicht so hartnäckig gewesen wäre, würde er jetzt vermutlich auch vor irgendeiner Türe stehen und rauchen.

Er bog in die Ludwigstraße ab, tippte eine Nachricht ins Smartphone und schickte sie ihr als Vorwarnung, dass er heute ausnahmsweise vor der Kanzlei auftauchte, obwohl sie das nicht mochte. Als das Anwaltsbüro gerade in Sichtweite kam, erreichte ihn ihre Antwort. Seit wann ging sie mit den Kollegen auf den Weihnachtsmarkt? Nun ja. In wenigen Minuten würde er sie dort am Glühweinstand treffen.

Die Sonne war längst hinter der Sickinger Höhe verschwunden, als er sich nach Norden wandte. In der Hauptstraße pfiff der Wind durch die spätbarocken Häuser und wirbelte den Schnee in Hauseingänge und Toreinfahrten. Im Zickzack lief er durch die Altstadt und machte den wenigen Autos Platz, die sich durch die

Gassen kämpften. Auf dem Weg zur Post wich er mehreren mit Paketen beladenen Passanten aus. Dann hatte er die Kaiserstraße erreicht.

Vom Platz vor der Stadthalle wehten Weihnachtsklänge herüber und es duftete verführerisch nach gebrannten Mandeln, Bratwurst und Glühwein. Bing Crosby träumte von weißer Weihnacht und stimmte ihn beim Anblick des stattlichen Weihnachtsbaumes in der Mitte des kleinen Marktes sentimental. Der Baum war über und über geschmückt mit Schleifen und Paketen in Gold und Rot und seine zahlreichen Lichter warfen ihren Glanz auf die Buden ringsherum. Er brauchte keine tutenden Karussells, keine blinkenden Weihnachtsmannmützen, keine dudelnden Rentiergeweihe auf dem Kopf. Alles, was er brauchte, fand er hier.

Er ließ den Blick über das heitere Treiben schweifen, sah Kinder den Großeltern am Mantelsaum zupfen, sah ihre Augen leuchten, wenn sie das gewünschte Lebkuchenherz umgehängt bekamen, und sah ein paar jungen Leuten hinterher, die lachend eine leere Glühweintasse in ihrem Rucksack verschwinden ließen. Schließlich entdeckte er sie an einem Stehtisch mit drei teuer gekleideten Schlipsträgern.

»Da ist er. Ich muss los.« Sie kippte den letzten Schluck Glühwein hinunter und knallte die Tasse auf den Tisch. »Auf ins Gefecht.«

»Viel Glück, Schatz.«

Sie schnaubte, ignorierte die kussbereiten Lippen von Dr. Erwin Unger und boxte ihrem Kollegen stattdessen auf den Oberarm.

»Du bist noch nicht dran. Glück! Glück ist, was du daraus machst.«

»Dann machen wir doch was draus. Heute Abend. Bei mir.«

Sie nahm ihre Handtasche vom Stehtisch und warf sie sich über die Schulter. »Ich arbeite dran.«

»Wenn du Hilfe brauchst, ruf an.«

Sie schnaufte verächtlich. »Ich brauche keine Hilfe. Er ist Pfälzer!«

»Und das heißt?«

»Manchmal ein bisschen stur. Aber meistens liebenswert naiv.«

»Das liebenswert macht mir Sorgen.«

Sie verdrehte die Augen.

Er hatte sie fast erreicht. Sie musste sich beeilen. Schnell ging sie ihm entgegen. Sein sentimentales Lächeln, seine ausgebreiteten Arme. Wie sie das hasste.

»Na endlich! Ich bin schon tiefgefroren. Nichts wie heim.«

Sie stürmte an ihm vorbei, bevor er Gelegenheit hatte, sie zu umarmen. Sicher hatte er geplant, eine gefühlsduselige Runde mit ihr über den Markt zu drehen. Bereits letztes Jahr hatte sie mehr als einen Glühwein gebraucht, um darüber nicht depressiv zu werden.

»Kann ich mir noch rasch …?«

Sie ignorierte seine Frage und stapfte weiter, ohne sich umzudrehen. Er würde ihr schon hinterherlaufen, wenn sie nicht stehen blieb. Es dauerte eine Weile, bis er zu ihr aufgeschlossen hatte. Mittlerweile hatten sie das Rathaus hinter sich gelassen und liefen durch die Lindenstraße.

»Hattest du einen schlechten Tag? Nervige Mandanten? Das tut mir leid. Wir können auch morgen unsere Glühwein-Maronen-Runde drehen. Aber ich würde gerne noch …«

»Dir muss nichts leidtun«, unterbrach sie ihn, ohne das Tempo zu verringern. »Der Tag war nicht schlimmer als sonst. Und Glühwein hatte ich schon genug mit den Jungs aus der Kanzlei. Aber meine Füße sind zwei Eisklumpen.«

Sie passierten ein weiteres Ladenlokal, das aufgegeben hatte, doch sie konnte sich nicht erinnern, um welche Art von Geschäft es sich gehandelt hatte. Deutlich hörte sie seinen Magen knurren. Viele Möglichkeiten, den Hunger auf dem Heimweg zu stillen, boten sich nicht mehr.

»Wie wär's mit Pizza?«

Er hatte Hunger. Nicht sie. Sie musste packen.

»Hatte ich heute Mittag schon.«

Sie hörte ihn seufzen. Warum konnte er ihr nicht einfach den Wohnungsschlüssel geben und allein Pizza essen gehen?

Auf dem spärlich beleuchteten Bürgersteig kamen ihnen zwei Hundehalter mit LED-beleuchteten Vierbeinern entgegen. Dann hatten sie endlich seine Wohnung erreicht. Im Haus roch es nach Bohnerwachs und die Holzstufen knarrten, bis sie im Dachgeschoss angekommen waren. Nein, diese langweilige Vorhersagbarkeit würde sie nicht vermissen. Sie hatte nicht geplant, hier zu wohnen. Das hatte sich einfach so ergeben. Er hatte nie gefragt, ob sie sich an der Miete beteiligen wollte. Aber auch nie angeboten, ihr einen zweiten Schlüssel machen zu lassen. Irgendwie war es gegangen. Jetzt ging es nicht mehr. Sie pfefferte ihre Moonboots in den Flur, setzte sich auf das Bänkchen neben den Garderobenhaken und massierte ihre Füße.

»Ich koche uns was Leckeres. Dann taust du gleich wieder auf.« Er hängte seine Daunenjacke auf einem alten Plastikbügel an die Garderobe und schaute sie an.

Mitleidig oder bedauernd? Beides konnte sie jetzt nicht gebrauchen. »Mach mal. Ich hab noch was zu tun.« Wenn er kochte, konnte sie ihre Sachen zusammenpacken. Beim Essen würde sie ihm erklären, dass ihre Beziehung zu Ende war, und dann verschwinden. Sie hasste dieses Gespräch schon jetzt. Zu oft hatte sie als Scheidungsanwältin genau diese Situationen miterlebt. Und manchmal geschlichtet.

Sie ging ins Schlafzimmer, hievte ihren Koffer vom Schrank und warf Strümpfe, Socken, Nachtwäsche und Dessous hinein. Darauf bettete sie Jeans, Hosen, Röcke, Pullis, Blusen und Shirts, bis die unteren Regalböden verlassenen Höhlen glichen. Der Koffer beulte sich deutlicher als bei ihrer Ankunft. Dabei hatte sie die Kleiderstange noch gar nicht geleert. Sie schob seine Sachen ganz nach rechts und griff nach ihren Lieblingskostümen und Hosenanzügen. Vier Kombinationen passten in den Kleidersack, den sie behutsam aufs Bett legte. Sie betrachtete die restlichen Stücke, steckte ihre Nase noch einmal in das Sommerkleid mit dem Klatschmohnsaum und ließ es dann schweren Herzens hängen. Aus der hintersten Ecke des Kleiderschrankes kramte sie die Reisetasche hervor und stopfte ein paar von den Schuhkartons hinein, die sich in der Ecke neben der Tür stapelten. Vier Kartons. Dann war die Tasche voll. Missmutig zog sie ein Päckchen Zigaretten aus der Tasche und ging in die Küche. In der Krimskrams-Schublade mussten noch Streichhölzer sein.

Er stand am Herd und rührte im Topf. Der Duft von geschmorten Zwiebeln, Speck und Linsen stieg ihr in die Nase und machte Meldung an den Magen. Sie öffnete das Fenster und zündete sich eine Zigarette an, in der Hoffnung, dadurch Entspannung für Kopf und Bauch zu finden.

Er musterte sie, ohne das Rühren zu unterbrechen. »Seit wann rauchst du wieder?«

Sie verdrehte die Augen, zog gierig an der Zigarette, blies den Rauch in die Dunkelheit und schwieg.

»Essen ist gleich fertig.«

Ein letzter tiefer Zug. Auf dem schmalen Sims vor dem Küchenfenster stand ein erfrorener Kräutertopf. Sie griff nach dem Pflanzengerippe, beförderte es mitsamt Plastiktöpfchen in den Restmüll und drückte die Kippe im Tontopf aus.

»Ich brauche noch einen Augenblick.« Grübelnd steckte sie sich die nächste Zigarette an und blies den Rauch nach draußen. Die Reisetasche war einfach zu klein für ihre Schuhkartons. In der Nähe ratterte ein Güterzug vorbei.

»Vorhin war dir noch kalt.«

Wenn er wenigstens gemault hätte, dass sie nicht rauchen sollte. Sie musste nachdenken. Und ihre Finger brauchten etwas zum Festhalten.

»Gibt ja gleich Suppe. Dann wird mir schon wieder warm.« Hastig rauchte sie zu Ende und drückte den Filter neben dem anderen im Blumentopf aus.

Er deckte bereits den Tisch, als sie die Küche verließ. Im Schlafzimmer holte sie die Schuhe aus den Kartons und legte sie vorsichtig in die Reisetasche. Ohne Schutz. Mit dem noch vorhandenen Seidenpapier wickelte sie die besten Pumps ein.

Den Transport würden sie nicht ohne Spuren überstehen. Sie zuckte mit den Schultern.

»Soll ich schon Suppe verteilen?«, rief er aus der Küche.

Ihr Hunger war größer, als sie zugeben wollte. Einen Augenblick später saß sie am Tisch. Heiß dampfte die Suppe aus den Tellern. Er hatte Kerzen angezündet und Weingläser gefüllt. Üblich war das nicht. Jetzt hob er sein Glas und prostete ihr zu. Auch am Stiel eines Weinglases konnten sich ihre Finger gut festhalten. Sie nahm einen großen Schluck. Ein Funke des Zweifels, ob sie die richtige Entscheidung getroffen hatte, schlich sich in ihre Gedanken.

Sie stand auf und ging mit dem Weinglas zum Fenster, um eine weitere Zigarette zu rauchen. Sie sah die Sorge in seinem Blick. Dass er schwieg, machte alles nur noch schlimmer.

»Wir müssen reden.« Sie zog an der Zigarette, starrte ins Dunkel und schwieg. Sie spürte seine Finger in ihren Locken, roch sein Aftershave und rauchte hastig. »Erwin geht nach Berlin.«

»Welcher Erwin?«

»Dr. Erwin Unger. Er will, dass ich mitkomme.«

Schweigen.

»Und was willst du?«

»Na, hör mal.« Sie leerte ihr Glas in einem Zug. »Berlin!«

Er verließ die Küche und raschelte im Flur.

»Mach es mir doch nicht so schwer«, rief sie ihm nach, steckte sich eine weitere Zigarette an und schloss die Augen.

Als sie sich umdrehte, stand er mit einer Schachtel vor ihr. Im roten Samt steckte ein schmaler Ring mit einem funkelnden Stein. Ein Diamant? Sie schnappte nach Luft, ließ die Zigarette in den Blumentopf fallen und stürzte aus der Küche.

Er hörte, wie sich der Badezimmerschlüssel drehte, hörte sie weinen, klappte die Schachtel zu und steckte sie in die Hosentasche. Dann griff er nach dem Blumentopf, drückte die noch glimmende Zigarette darin aus und ließ ein wenig Wasser über die Kippen laufen. Behutsam füllte er die Zigarettenstummel mit dem Wasser in ein Töpfchen, schloss den Deckel und stellte es auf den Herd. Er kippte die mittlerweile kalte Suppe zurück in den Topf und wärmte sie noch einmal auf. Im Kühlschrank fand er zwei Würstchen, die er in den Topf gab, um sie zu erhitzen. Dann würzte er die Linsensuppe noch einmal mit viel Pfeffer und einem weiteren Teelöffel Salz nach. Zum Schluss rührte er die Brühe aus dem Töpfchen hinein und warf die ausgedrückten Kippen in den Müll. Nein, er würde es ihr nicht schwer machen.

Er hatte die Gläser nachgefüllt und wartete. Endlich kam sie aus dem Bad geschlichen. Ihre Augen waren rot geschwollen, der Kajal verlaufen. Sie setzte sich zu ihm an den Küchentisch. Ohne ein Wort schöpfte er Suppe in die beiden Teller. Sie aßen schweigend und wenn der andere nicht hochschaute, verzogen sie angewidert den Mund und spülten mit Wein nach. Schließlich war der Suppentopf leer.

Um 23 Uhr rief Dr. Erwin Unger auf ihrem Handy an. Am anderen Ende der Leitung blieb alles tot.

Pfälzer Linsensuppe

Für zwei Personen

Zutaten:
200 g rote Tellerlinsen
1 kleine Zwiebel
etwas Butter oder Margarine
2 Kartoffeln
1 l Wasser
1 Würfel Fleischbrühe
1 Bund Suppengrün
50 g gewürfelter Speck
1-2 Nelken
1 Lorbeerblatt
1 Prise Salz
frischer Pfeffer aus der Mühle

Zubereitung:
Die Zwiebel schälen und in kleine Würfel schneiden. Die Kartoffeln schälen und ebenfalls würfeln. Das Suppengrün waschen, putzen und klein schneiden. In einem Topf das Fett schmelzen und die Zwiebeln mit dem gewürfelten Speck darin anschmoren. Kartoffeln zugeben und mitgaren. Brühwürfel zugeben und alles mit Wasser ablöschen. Die Tellerlinsen, Suppengrün, Lorbeerblatt und Nelken hinzugeben und die Suppe mit Deckel auf kleiner Stufe etwa 45 Minuten kochen lassen, bis die Linsen weich sind. Mit Pfeffer und Salz abschmecken. Vor dem Servieren das Lorbeerblatt und die Nelken entfernen.
Wer mag, gibt Würstchen hinzu und lässt sie ziehen und serviert frisches Brot dazu.

KIRSTEN SAWATZKI

Das Versprechen

»Stell dich nicht so an.«
»Aber er ist schwer.«
»Mach schon, nur noch ein paar Stufen«, flüsterte Elvira.
»Meine Güte, dass ich mich dazu überreden ließ.« Katharina schüttelte den Kopf und bog den Rücken durch. Mein Gott, war die Decke schwer, und wenn sie an deren Inhalt dachte, fühlte sie sich sofort um einiges schwerer an. Schweißperlen kitzelten an ihrer Schläfe. Aber sie hatte keine Möglichkeit, sie wegzuwischen. Mit steifen Händen umklammerte sie die Enden der Decke. Aus Angst, sie zu verlieren, hatte sie die Zipfel um ihre Faust gewickelt. Jetzt zeichneten sich die Knöchel weiß ab und sie spürte, wie ihre Muskeln zitterten.
»Gleich haben wir es geschafft.«
Katharina hasste Elvira für ihre Zuversicht. Aber im Moment hatte sie keine Zeit, sich darüber zu ärgern, denn im nächsten Augenblick knallte der Inhalt der Decke hart gegen eine Stufe. Katharina durchfuhr ein Schauer und sie schloss kurz die Augen. Die Stille in dem muffigen Treppenhaus fühlte sich plötzlich genauso schwer an wie die Decke.
Die Holzstufen knarrten unter der ungewohnten Last. Vorsichtig, um den Halt nicht zu verlieren, tastete ihr Fuß nach der nächsten Stufe. Dann eine weitere. Sie schwankte und blieb nach Atem ringend stehen.
»Was ist?«, fragte Elvira.
»Gib mir einen Moment«, japste Katharina. Dann nickte sie, um der Freundin zu signalisieren, dass es weitergehen konnte. Rückwärtig im Halbdunkeln eine Treppe hinunterzustolpern war in ihrem Alter ein gewagtes Unterfangen. Sie hatte bei Tageslicht auf ebenerdiger Fläche schon Probleme. Aber das hier war mehr als töricht. Nicht auszudenken, wenn sie abrutschen

und die Treppe hinabstürzen würde. Den Hals würde sie sich brechen! Mal ganz abgesehen davon, dass Elvira es dann mit zwei Leichen zu tun hätte. Gut, ihr Treppensturz würde sich ja noch erklären lassen. Aber der Tote in der Decke?

Endlich fühlte sie unter ihren Schuhen glatten Boden. Erleichtert sah sie Elvira an. »Und jetzt?«

Die Freundin bedeutete ihr, still zu sein. Sie legte ihr Ende der Decke ab, drängte sich an Katharina vorbei und öffnete die schwere Eingangstür. Nach einem kurzen Blick flüsterte sie: »Die Luft ist rein.«

Schon beim Öffnen der Haustüre drang winterliche Luft in das Treppenhaus. Aber vor dem Haus waren die Temperaturen eisig. Eigentlich war das zu erwarten gewesen, schließlich hatte ihnen die letzte Nacht Frost beschert.

Der Gang über den alten Gartenweg war anstrengend und sie mussten ihre Last ständig absetzen, um Luft zu holen. Er war bleischwer und Katharinas Oberarmmuskeln begannen zu zittern. »Wie weit noch?«

»Nur noch ein paar Meter.«

Diese Aussage glich Katharinas Meinung nach einem Marathon, dessen Ende sie nicht abschätzen konnte. Ihr Ischias meldete sich. Ausgerechnet jetzt. Sie presste die Lippen zu einem Strich zusammen und beschloss, den Schmerz zu ignorieren.

Dieses Mal war es Elvira, die rückwärts gehen musste. Das gab Katharina die Gelegenheit, die Decke noch einmal zu betrachten, und sie kam ihr plötzlich sehr bekannt vor. Sie schluckte und erinnerte sich an die vielen Stunden, in denen sie mühsam ein Stoffkarree nach dem anderen angenäht hatte, bis ein farbenfroher Quilt entstanden war. Wann war er in Elviras Besitz übergegangen? Eine andere Erinnerung löste die Frage ab, denn plötzlich tauchten Bilder aus früheren Zeiten vor ihrem inneren Auge auf. Elvira und sie am See. Im bunten Bikini. Mit Haaren bis zum Hintern, langen Beinen und schmalen Hüften. Sie waren beide hübsch anzusehen gewesen. Nicht nur am Baggersee. Auch in der Diskothek waren ihnen die Blicke der Männer gewiss. Heute war von allem nichts mehr übrig. Mit den Kurven war auch ihre Energie verschwunden. Jetzt verbrachte sie die Nächte damit, ihre Enkel zu hüten. Disco in engen Schlaghosen oder Hotpants waren lediglich eine bröckelnde Erinnerung.

»Wir sind da«, pustete Elvira und bedeutete der Freundin, die Decke unter dem Kastanienbaum abzulegen. »Gott sei Dank«, stöhnte Katharina und stützte sich gegen den Stamm. Ihr Atem ging schwer. »Ich kann nicht mehr.«

Aber Elvira hörte sie nicht mehr. Mit schnellen Schritten eilte sie auf den Holzschuppen zu. Katharina wischte sich den Schweiß von der Stirn und besah die Decke. Irgendwie wirkte das Bündel, umrahmt von Kastanienlaub und Schalen aufgeplatzter Früchte, seltsam kompakt. Eigentlich hatte sie Johannes größer in Erinnerung. Mindestens eins zweiundachtzig. Gut, sie hatte ihn schon einige Jahren nicht mehr gesehen. Jetzt, wo sie darüber nachdachte, musste sie zugeben, dass sie sich kaum daran erinnern konnte, wann sie dem exzentrischen Ehemann ihrer Freundin das letzte Mal begegnet war, weil er keinen Kontakt zu ihr haben wollte und nie mit zu einem Treffen kam. Auch bei ihren seltenen Besuchen in Elviras Haus ließ er sich regelmäßig entschuldigen, was Katharina nur recht war. Sollte er doch bleiben, wo er wollte. Dieser blöde, arrogante Schnösel, sie legte keinen Wert auf seine Gesellschaft. Bei ihm musste sie jedes Wort auf die Goldwaage legen, bevor sie antwortete. Sonst hatte ihre Freundin wochenlang unter seinem Terror zu leiden. Aber das war jetzt vorbei. Zum Glück! Ein leichtes Lächeln huschte über ihre Lippen. Sie machte einen Schritt nach vorn und überlegte unter die Decke zu spitzen. Verwarf den Gedanken aber sofort wieder. Vermutlich würde sie seinen Anblick nie mehr vergessen. Verdrehte Gelenke, aufgerissene Augen und ... Dann traf sie die Erkenntnis wie ein Schlag und das Lächeln erstarb.

Meine Güte, sie hatte ihn zerstückelt! Sie stöhnte. Nicht, dass der Dreckskerl es nicht verdient hätte! Aber das hieß, dass sie noch einmal ins Haus mussten, um den Rest von ihm zu holen. Verflucht! Angeekelt wendete sie den Blick von ihm ab und musterte die umliegenden Häuser. Mein Gott, das konnte nicht gut gehen. Sicherlich würde man sie bemerken! Zwei schrullige alte Ladies, die in der Abenddämmerung etwas vergruben. Das war ja wie im Krimi. Ein Anflug von Panik keimte in ihr auf, aber da tauchte Elvira mit zwei Spaten auf und unterbrach ihre Gedanken.

Katharina stierte auf die Schaufeln und als Elvira fragte, ob es losgehen konnte, nickte sie einfach nur. In stummer Einigkeit machten sie sich daran, den Boden zu bearbeiten. Katharina schwitzte trotz der Kälte und das gefrorene Erdreich machte es ihnen alles andere als einfach. Nach wenigen Minuten sank Katharina gegen den Baum. »Ich kann nicht mehr!«

»Du hast es versprochen!«, zischte Elvira.

Katharina sah sie mit trüben Augen an. »Ja«, gab sie schließlich zu, die arthritischen Hände um die Schaufel verkrampft.

Sie seufzte und ein Zittern durchfuhr sie, als sie den Spaten erneut anhob. Er war schwer, viel zu schwer für sie. Ein letzter Blick zur Freundin ließ sie gehorchen.

Mit einem Aufstöhnen rammte sie die Schippe in den gefrorenen Boden. Die Ausbeute war erbärmlich. Sie biss die Zähne aufeinander, bis die Kiefergelenke schmerzten, und hob den Spaten an. Wieder hatte sich nur ein Häufchen Erdreich gelöst. Sie kratzte die Erde auf das Schaufelblatt und jonglierte das Gartengerät einige Zentimeter von der lächerlich kleinen Mulde weg. Mit einem leisen »Ping« landete der Spaten auf dem Untergrund und die Erschütterung vibrierte in ihren Armen, doch sie ließ sich nicht beirren. Sie hatte ihr Ehrenwort gegeben!

Sie atmete tief ein und stemmte den Spaten noch einmal in die gleiche Stelle. Sie wiederholte die Prozedur. Ihre Lunge pfiff und ihr Atem stieß kleine Wölkchen aus. Trotzdem gab sie nicht auf. Das Herz hämmerte wild gegen ihre schmale Brust, als sie ein weiteres Mal versuchte, das Loch zu vertiefen. Der Holzgriff fühlte sich an wie Sandpapier und riss ihr die Hände auf. Vermutlich war das rostige, stumpfe Ding genauso alt wie sie selbst. Hinzu kam, dass sie unkoordiniert arbeiteten und die beiden Spaten immer wieder aneinanderstießen.

»Ich brauche eine Pause!«, stöhnte sie erschöpft und wütend zugleich.

Sie rammte das Gartengerät in die Erde und umklammerte den Stiel. Ihr war schwindelig. Körperlich schwere Arbeit war sie einfach nicht mehr gewohnt.

»Gib schon her, ich nehme deinen und du kannst die Erde zur Seite schaufeln!«, sagte Elvira, und zog an dem Spatengriff und Katharina wäre fast in das Loch gefallen.

»Mensch, pass doch auf!«, rief sie.

»Ach, stell dich nicht so an und schrei hier nicht so rum! Oder willst du, dass man uns erwischt?«, stieß Elvira hervor und hob kurz den Blick zu den umliegenden Häusern.

Katharina hielt den Atem an. Hatte man sie gehört?

Besorgt musterte sie die Umgebung. Die Fenster der Nachbarschaft blieben geschlossen. Nur das Scharren des Metalls und das Keuchen der Freundin, die bereits weitergrub, unterbrach die vorabendliche Stille. Trotzdem behielt sie die Häuser im Auge. In den meisten Fenstern brannte Licht. Viele waren seit Wochen mit Weihnachtsdekoration geschmückt. Überwiegend dezent und traditionell. Nur die nervige Schmitt bildete in ihrer Siedlung im schönen Stadtteil Hardenburg mal wieder eine Ausnahme. Zu üppig für ihren Geschmack. Wenigstens hätte die alte Krähe auf den riesigen Weihnachtsmann samt Schlitten und Rentieren verzichten können. Denn jedes Mal, wenn dieser zum Leuchten gebracht wurde, flackerten in ihrer eigenen Küche die Glühbirnen.

Katharina nahm die verhasste Aufgabe wieder auf. Bereits nach wenigen Minuten war sie fix und fertig. Trotz der Kälte schwitzte sie und ihr Puls pochte in ihren Ohren. Und dann war da noch der verteufelte Ischias.

»Wie tief muss denn das dämliche Loch sein?«, fluchte sie und sah keuchend zu dem Bündel unter der alten Kastanie, deren Früchte sie immer gemeinsam aufgesammelt, eingekocht oder zu leckeren Gerichten gegessen hatten. Nur noch wenige Blätter hielten sich hartnäckig am Baum.

»Wir müssen ihn so tief vergraben, dass er nicht gefunden wird. Stell dir vor, der abscheuliche Köter der Kaisers reißt mal wieder aus und kommt auf die Idee in unserem Garten zu buddeln. Wir kämen in Teufels Küche!«

»Aber ich kann nicht mehr! Mir ist kalt und gleich wird es dunkel! Hättest du nicht jemand dafür bezahlen können? Die russische Mafia oder so?« Es sollte scherzhaft klingen, doch Elvira lächelte nicht.

»Du musst mir helfen! Ich habe sonst niemanden!«

»Ich muss gar nichts!«, maulte Katharina.

»Oh doch! Du hast immer gesagt, dass du mir hilfst. Egal, um was es geht. Und heute brauche ich deine Hilfe!«

Katharina atmete hörbar aus. Sie erinnerte sich nur zu gut daran, dass sie der Freundin bei einem Treffen prophezeit hatte, dass für Hannes eine Trennung niemals in Frage käme und sie ihn stattdessen töten und seine Leiche verschwinden lassen müssten.

»Ja, aber ...«

»Nix aber!«

»Das war vor dreißig Jahren. Da waren wir noch jung und fit! Und es wird gleich dunkel!«

»Dann sollten wir uns beeilen!«

»Außerdem ...«

»Was außerdem?« Elvira warf ihr einen warnenden Blick zu, um sie erneut an ihren Eid zu erinnern.

»Außerdem müssen wir ja noch einmal ins Haus, um den Rest von ihm zu holen.«

»Den Rest?« Elviras Blick verriet nur eines. Verwunderung. »Welchen Rest?«

»Von Hannes!«

»Von Johannes?«

Jetzt verstand Katharina nichts mehr. Sie war gerade dabei, Anisplätzchen zu backen, als der Anruf kam, und Elvira ihr Versprechen einforderte. Vermutlich musste sie später neuen Teig ansetzen. Jahrelang hatte sie nichts von Elvira gehört und ausgerechnet heute meldete sie sich. Warum die Freundin so lange gewartet hatte, sich des verhassten Ehemannes zu entledigen, blieb ihr ein Rätsel. Sie warf die Arme in die Höhe, als wollte sie sagen: »Herr, schenk mir Geduld!«

Aber Gottes Geduld erreichte sie nicht. Innerhalb weniger Schritte hatte sie die Leiche erreicht. »Von diesem Hannes!«, flüsterte sie.

Elviras Augen nahmen einen seltsamen Ausdruck an. Sie kam auf die Freundin zu und Katharina erkannte die Traurigkeit in ihrem Blick. Mit einem Seufzer ging Elvira in die Hocke und schob die Hand unter die Decke, um den Verstorbenen zu streicheln.

»Dummerchen, das hier ist Bruno, mein Rottweiler. Der arme, alte Kerl ist heute Nacht an Altersschwäche gestorben.« Und ehe Katharina etwas erwidern konnte, fügte sie fast lächelnd hinzu: »Hannes liegt schon viele Jahre im Fundament unserer neuen Terrasse!«

Anisplätzchen

Der Klassiker darf in der Weihnachtsbäckerei nicht fehlen. Damit die Plätzchen die besonderen »Füßchen« bekommen, ist es wichtig, dass sie vor dem Backen über Nacht trocknen. So entweicht die überschüssige Feuchtigkeit.

Zutaten:
150 g Mehl
150 g Puderzucker
1 TL gemahlener Anis
3 Eier

Zubereitung:
Sieben Sie das Mehl und geben Sie anschließend den Anis hinzu. Eier und Puderzucker in der Küchenmaschine oder mit dem Handrührgerät circa 5 Minuten schaumig rühren. Anschließend das Mehl löffelweise hinzufügen und weiterrühren, bis der Teig eine helle Farbe bekommen hat. Legen Sie Backpapier auf ein Backblech und geben Sie mit einem Spritzbeutel kleine Häufchen auf das Blech. Achten Sie auf ausreichend Abstand. Lassen Sie die Plätzchen bei Zimmertemperatur über Nacht stehen. Heizen Sie am nächsten Tag den Backofen auf 150 Grad bei Ober-/Unterhitze vor. Backen Sie die Plätzchen circa 15 Minuten und öffnen Sie während dieser Zeit auf keinen Fall die Ofentür. Lassen Sie die Plätzchen auskühlen und verwahren Sie diese separat in einer Blechdose. Gut verpackt sind sie mehrere Wochen haltbar.

Ursula Schmid-Spreer

Ein heißer Stein?

»Du hast dich wieder selbst übertroffen«, meinte Thekla Dorfner. Susanne lächelte schüchtern und hauchte ein leises Dankeschön heraus.

»Diese weihnachtliche Tischdekoration, hast du die Christsterne selbst gesteckt?«

Susanne nickte scheu, blickte zu ihrem Mann, dessen Mund sich abschätzig verzog.

»Nun ja, auf dem heißen Stein etwas brutzeln ist wohl keine Kunst, ihr habt praktisch selbst gekocht«, entgegnete Karl Reiter, Susannes Ehemann. »Und die Blumen in diesen Schwamm zu stecken – dazu braucht man auch keinen Universitätsabschluss.«

Sein Kamerad vom Schützenverein Rainer und dessen Ehefrau Thekla – die beiden wohnten nur eine Straße weiter – sagten nichts.

»Die Marinade, die ist besonders gut«, meinte Thekla. »Was hast du da reingetan, liebe Susanne?«

»Rosmarin, Olivenöl, Pfefferkörner und eine halbe Chilischote.«

»Schmeckt jedenfalls köstlich. Alles was köstlich schmeckt, hat auch leider, leider«, Thekla seufzte theatralisch, »viele Kalorien. Aber damit hast du ja kein Problem, so schlank und athletisch, wie du bist.«

Susanne nahm die Schüssel, wollte sie Thekla reichen. Dabei fielen ihre weiten Ärmel des Pullovers zurück und zeigten eine Anzahl blauer Flecken. Rainer und Thekla hatten es gesehen, sie schwiegen betreten. Schnell zog Susanne den Ärmel vor. Sie tauschte die herabgebrannten Kerzen aus, richtete die rote Schleife. Dann gab sie ein paar Tropfen Weihnachtsduft in die Aromalampe.

Der Schlaf wollte sich nicht einstellen. Weder bei Susanne noch bei dem Ehepaar Dorfner. Nur Karl schnarchte. Susanne hatte Kopfweh, Arm und Bein schmerzten. Leise stand sie auf, ging ins Bad und träufelte sich kaltes Wasser ins Gesicht. So hatte sie sich ihre Ehe nicht vorgestellt.

»Mach bitte das Licht aus«, sagte Rainer.
»Hast du die blauen Flecke gesehen«, antwortete Thekla.
»Hab ich, was sollen wir tun?«
»Am liebsten würde ich dieses Rauhbein anzeigen«, sagte Thekla heftig. »So ein blöder Kerl. Macht seine Frau lächerlich und ist selber ein Nichts.«
»Wir wollen uns da nicht einmischen, komm kuscheln.«
»Wie kann ich jetzt mit dir kuscheln, wenn ich in Gedanken noch bei Susanne bin. Hast du gesehen, dass sie auch das Bein nachgezogen hat?«
Rainer verzog das Gesicht. »Ich werde gegen ihn stimmen bei der Wahl des Vorstandes im Schützenverein. Zufrieden?«

Da sie nicht schlafen konnte, zog sich Susanne an. Als sie ins Wohnzimmer trat, roch es nach Rauch. Sie kippte die Balkontür, um frische Winterluft hereinzulassen. Vorsichtig und sehr leise ließ sie die Haustür zuschnappen. Weihnachtliche Lichterketten beleuchteten die Fassaden der Häuser.
Ein Spaziergang zur Heidenmauer würde ihr guttun. Hierher flüchtete sie immer, wenn sie Kummer hatte. Hoffentlich bereitete ihr das Laufen nicht zu große Schmerzen; sie wusste, es würde ihren Kopf freimachen. Da sie sich schon immer sehr für Geschichte, besonders für die Kelten interessiert hatte, war dieser Spaziergang Balsam für ihre Seele. Natürlich hatte sie sich schlau gemacht, war sogar in der Stadtbücherei Bad Dürkheim in der Römerstraße gewesen und hatte nachgelesen. Die Heidenmauer war einst um 500 vor Christus als ein Ringwall von den Kelten erbaut worden. Man konnte das Datum so genau feststellen, weil Keramikfunde darauf hingewiesen hatten.

»Guten Morgen«, hörte Susanne. »Entschuldigung, ich wollte Sie nicht erschrecken.«

Ein älterer Herr, gekleidet mit Cape und Hut, machte eine Art Verbeugung vor ihr. Einen dicken Wollschal hatte er ein paar Mal um den Hals gewickelt. »Wer um diese Uhrzeit hier spazieren geht, kann entweder nicht schlafen oder hat Kummer.«

»Was haben Sie denn? Senile Bettflucht oder ...« Susanne war erstaunt, dass sie sich traute, dem Mann zu antworten.

»In meinem Alter kann man nicht mehr so gut schlafen. Darf ich Sie ein bisschen begleiten? Ich verspreche Ihnen nicht zu reden, wenn Sie keine Konversation machen möchten.«

Susanne nickte. Dann gingen die beiden den Weg entlang. Es dauerte nicht lange, dann meinte der Herr: »Wussten Sie, dass die Heidenmauer der Überrest einer großen keltischen Siedlung ist?«

»Ja, ich habe einige Bücher gelesen. Total spannend«, meinte Susanne begeistert.

»Dann wissen Sie sicher auch, dass sich unterhalb des früheren Eingangs der Heidenmauer der ehemalige römische Steinbruch Kriemhildenstuhl befindet?«

Susanne nickte freudig. Der Herr war genau nach ihrem Geschmack. Er war belesen, geschichtlich interessiert. Mit ihm konnte sie sich sicher austauschen und ihre Leidenschaft mit einem Gleichgesinnten teilen. Karl interessierte sich für so einen Quark, wie er sich auszudrücken pflegte, überhaupt nicht. Sie gingen den Weg weiter, schwiegen, um dann beide gleichzeitig zu sprechen. Sie lachten. Susanne fühlte sich wohl in der Gesellschaft des Mannes.

»Haben Sie schon mal den Monolithen gesehen?«

»Natürlich«, meinte der Herr.

»Das habe ich leider noch nicht geschafft.« Mit einem Blick auf die Uhr stellte sie entsetzt fest, wie spät es war. Karl war bestimmt schon wach, würde wissen wollen, wo sie war, und dann würde es wieder Schläge geben.

»Entschuldigen Sie bitte, aber ich muss nun nach Hause.«

Der Mann lächelte sie an, verbeugte sich vor ihr und wünschte ihr einen schönen Sonntag.

Susanne ging eilig. Ruckartig blieb sie stehen. Schläge bekomme ich so und so, sinnierte sie. Egal, wann ich komme. Warum mache ich das alles nur mit? Weil ich nicht weiß, wo ich hingehen soll, gab sie sich selbst die Antwort. Als sie in ihre Straße einbog erwartete sie Blaulicht. Zwei Polizeiautos standen vor ihrem Haus mitten auf der Straße. Links und rechts waren Schneehaufen. Irgendjemand hatte einen Tannenzweig hineingesteckt.

»Was ist hier los?«
»Wer sind Sie?«
»Susanne Reiter, ich wohne hier.«
»Kommen Sie bitte mit.« Der Polizist führte sie zu einem Einsatzwagen. »Kommissarin Wildner, Mordkommission Bad Dürkheim. Ich muss Ihnen leider sagen, dass Ihr Mann tot aufgefunden worden ist.«

Die Polizistin beobachtete Susanne genau. Deren Mund öffnete sich, die Augen waren riesengroß. »A ... aber wie, wie ... was ist passiert?«

»Die Nachbarin hat einen Schrei gehört, sah, dass Ihre Haustür nur angelehnt war. Da hat sie nachgesehen und Ihren Mann erdrosselt am Esstisch sitzend, gesehen.«

»Die neugierige Schwatzbase also«, flüsterte Susanne.
»Wo kommen Sie jetzt her?«
»Ich konnte nicht schlafen und bin ein wenig spazieren gegangen. Mein Lieblingsplatz entlang an der Heidenmauer.«
»Um welche Uhrzeit war das?«
»Gegen vier Uhr dreißig.«
»Hat Sie jemand gesehen?«
Susanne stand unter Schock. Schüttelte den Kopf, nickte dann.
»Was nun? Hat sie jemand gesehen oder nicht?«
»Ja, ein Herr, ich bin sogar ein Stück des Weges mit ihm gegangen.«
Die Kommissarin seufzte. »Na gut.«

Zwei Mitarbeiter eines Bestattungsunternehmens trugen eine Bahre aus dem Haus. Natürlich hatten die Polizeifahrzeuge Aufsehen erregt. Etliche Nachbarn standen am Gehweg.

»Susanne!«, Thekla rannte auf sie zu, nahm sie in den Arm.

»Wir haben eben davon gehört. Können wir dir helfen?«

»Sie sind Freunde von Frau Reiter?«

»Nachbarn und Freunde.« Rainer und Thekla Dorfner nickten unisono.

»Dann kümmern Sie sich bitte um sie.«

Hauptkommissarin Wildner saß an ihrem Schreibtisch und knabberte an einem Bleistift. Sie hatte eine Kerze angezündet. Das war aber auch das einzig Weihnachtliche, das sie gestattete. Sie konnte die vielen *jingle bells* und *last christmas,* die in jedem Kaufhaus ertönten, nicht mehr hören. Sie wusste nicht so recht, was sie von diesem Mord halten sollte. Wie sie mittlerweile erfahren hatte, war Karl Reiter ein Schläger, der seine Aggressionen an der Ehefrau ausließ. Sie hatte veranlasst, dass Susanne Reiter ärztlich untersucht wurde. Das ergab natürlich ein astreines Mordmotiv.

Reiter war nicht nur erdrosselt worden, sondern er hatte auch einen Schlag auf die Schläfe bekommen. Am Tisch standen drei Steingrille, sogenannte heiße Steine. Einer der Steine lag zerbrochen auf dem Boden. Es sprach alles dafür, dass Reiter damit einen Schlag erhalten hatte. Blutpartikel am Stein konnten ebenfalls festgestellt werden.

Wildner warf den Bleistift in die Schale, ging zur Kaffeemaschine und goss sich eine weitere Tasse Kaffee ein. Sie musste noch einmal in die Wohnung der Reiters und auch mit Susanne sprechen.

»Haben Sie ihn umgebracht, Frau Reiter?«

Susanne schüttelte den Kopf. Sie hatte die Arme um die Knie geschlungen und wiegte sich hin und her.

»Ich habe mich oft gefragt, warum ich all das aushalte. Seine Aggressivität und seine Brutalität mir gegenüber.«

»Wie haben Sie ihn kennengelernt?«

»Ich bin mit meinen Brüdern im Zirkus aufgetreten. Karl hat mich bei einem Auftritt gesehen, mich umgarnt, mir Blumen geschickt. Ich war sehr geschmeichelt. Für mich war es eine Chance, aus dieser Herumreiserei herauszukommen und eine Familie zu gründen.«

»Sie haben keine Kinder?«

»Nein, es hat irgendwie nicht geklappt. Karl hat sich auch nie untersuchen lassen.«

»Sie sagten, Sie sind aufgetreten. Was haben Sie denn gemacht?«

Susanne stand auf, öffnete eine Schublade. Dann reichte sie der Kommissarin ein Fotoalbum. Eine feine Röte überzog ihr Gesicht. »Das war eine schöne Zeit, eine sehr schöne. Harmonisch, jede Woche in einer anderen Stadt, viel im Ausland.«

»Aber dann stellten Sie fest, dass Sie älter und müder werden. Und die Sehnsucht nach Sesshaftigkeit wurde größer«, meinte die Kommissarin.

Susanne sagte nichts, wiegte sich wieder hin und her.

»Ich habe Karl nicht umgebracht, bitte glauben Sie mir. Ich war an der Heidenmauer, bin sogar einige Zeit mit einem Herrn gelaufen.«

»Wir werden ihn finden, das verspreche ich Ihnen, Frau Reiter.«

Kommissarin Wildner blätterte interessiert in dem Fotoalbum. Zeitungsausschnitte, Bilder, Eintrittskarten, alles fein sortiert und eingeklebt. Susanne Reiter war eine Zirkusartistin gewesen. Bereits in der dritten Generation war sie mit ihren Brüdern als *The flying fireballs* aufgetreten. In goldenen Buchstaben stand dies auf dem Fotoalbum.

»Sie hat zwei Brüder«, sagte Wildner zu sich selbst.

Es klopfte an die Tür. Ein Beamter in Uniform kündigte einen Herrn an.

»Guten Tag, mein Name ist Beer, Hans Beer. Ich habe in der Zeitung gelesen, dass Sie nach einem Mann suchen, der am

Sonntagmorgen in aller früh an der Heidenmauer spazieren gegangen ist.«

»Guten Tag, Herr Beer, nehmen Sie Platz.« Kommissarin Wildner stellte sich ebenfalls vor.

»Sie sind also am vergangenen Sonntag gegen fünf Uhr morgens unterwegs gewesen?«

»Ja, da war ich an der Heidenmauer und habe mich nett mit einer jungen Frau unterhalten. Wir sind sogar ein Stück des Weges gemeinsam gegangen.«

»Würden Sie das beeiden?«

»Selbstverständlich!«

Kommissarin Wildner legte sehr behutsam den Hörer zurück in die Schale. Sie lächelte. Das Telefongespräch mit der Artistenagentur war aufschlussreich gewesen. Dann griff sie erneut zum Hörer und verabredete sich mit Susanne Reiter in einem Café. Sie wusste jetzt, wie sich der Mord zugetragen hatte. Sie konnte jetzt den Akt *Tötungsdelikt Karl Reiter,* auf den Stapel erledigt legen.

Das Leben war schön. Susanne zog sich sehr sorgfältig an, legte dezentes Make up auf. Die blauen Flecke waren verblasst. Die körperlichen Schmerzen wurden weniger. Auch ihre Seele begann sich langsam zu erholen.

Die Kommissarin war nicht dumm – das wusste sie.

Ihre Brüder mussten mittlerweile in Kuba gelandet sein. Das Land lieferte nicht aus. Sie konnte jetzt in Frieden und ohne Angst leben.

Als Artisten war es ein leichtes für die beiden gewesen, die Hausfassade in den 3. Stock hinaufzuklettern und das Problem zu lösen.

Die Monate vergingen und Susanne erholte sich zusehends. Im ehelichen Schlafzimmer konnte sie immer noch nicht schlafen. Die Kleidung von Karl hing unberührt im Schrank.

Für das Wochenende hatte sie eine Verabredung mit Herrn Beer, der Kontakt zu ihr aufgenommen hatte. Sie wollten zum Teufelstein und den Monolith ansehen, der in der Keltenzeit Gegenstand religiöser Riten war. Anschließend wollte er ihr noch die Glocke in der evangelischen Burgkirche zeigen.

Es war der 18. März und Herr Beer meinte, dass die schwere Glocke um 14 Uhr läuten würde. Zur Erinnerung an den Bombenangriff auf Bad Dürkheim im Jahr 1945.

Es ging ihr gut. Sie lächelte. Das Kapitel ihrer Ehe war für sie nun endgültig abgeschlossen. Sie warf einen großen Sack, gefüllt mit Hemden, Anzügen und Unterwäsche von Karl in den Altkleidercontainer.

Der heiße Stein

Es macht Spaß, am Tisch zu brutzeln, die Gäste werden begeistert sein. Große Hitze ist sehr wichtig, damit man das Fleisch rasch braten kann. Am besten den Stein in den Backofen geben und bei 250 Grad mindestens eine Stunde vorheizen, anschließend über dem Spiritusbrenner arbeiten.

Das Fleisch sollte leicht eingeölt sein, über den Stein wischen, damit der Stein eine ganz feine Ölschicht bekommt. Dann klebt das Fleisch nicht so an.

Rosmarinöl
1 Zweig Rosmarin entnadeln, grob hacken und in einen Mörser geben. Ein gutes Olivenöl und je nach Geschmack eine halbe oder ganze Chilischote. Ein paar Pfefferkörner dazugeben und grob zerreiben. Damit das Fleisch dünn bepinseln.
Man sollte das Fleisch vorher nicht würzen oder marinieren, da sonst das Gewürz in den Stein einbrennt. Es ist schwierig, ihn dann wieder sauber zu bekommen.

Leckere erprobte Rezepte für den heißen Stein:

Rindfleisch mit Möhren
Für vier Personen

4 Rumpsteaks, etwa 2 bis 3 Zentimeter dick, vom Fettrand befreien und quer in 1/2 Zentimeter dicke Scheiben schneiden.
200 g Möhren schälen, in Scheiben schneiden, in kochendem Salzwasser blanchieren, eiskalt abschrecken, gut abtropfen lassen, mit dem Fleisch vermischen
1 kleine Ingwerwurzel schälen, sehr fein hacken, mit 2 cl trockenem Sherry vermischen.
4 EL Sojasauce

4 EL neutrales Öl mit Salz, Pfeffer mischen
2 Knoblauchzehen schälen, dazu pressen, durchrühren und über das Fleisch gießen, alles gut mischen und zugedeckt mindestens 2 Stunden durchziehen lassen.

Für die Knoblauchbutter:
125 g weiche Butter
5 durchgepresste Knoblauchzehen
weißer Pfeffer
1 TL Zitronensaft
alles gut verrühren

Dazu passen noch Tomatenscheiben mit frischem Thymian gewürzt und auf dem Stein gebraten

Marinierte Zucchini

2 mittelgroße Zucchini waschen, Stielansätze abschneiden und schräg in 1/2 Zentimeter dicke Scheiben schneiden
2 Bund Petersilie fein hacken
3 Knoblauchzehen dazu pressen
1/8 l Olivenöl zugießen
Saft einer Zitrone
Salz und Pfeffer gut vermischen
Die Zucchinischeiben lagenweise mit der Ölmischung bestreichen und zugedeckt marinieren.

Nach Gebrauch den Stein komplett abkühlen lassen, mit einem Glasschaber schrubben.
Auf keinen Fall sollte der Stein in Wasser eingeweicht werden. Der Stein saugt sich mit Wasser voll und kann zerbrechen. Dass der Stein beim Grillen feine Risse bekommt, ist normal.

Lilo Beil

Freundinnen

Anna stand vor der Weihnachtskrippe, die im Wohnzimmer auf dem Barocktischchen neben dem Tannenbaum aufgestellt war. Dieses Jahr hatte sie Mama beim Schmücken helfen dürfen. Da waren Maria und Josef und das Jesuskind, die Hirten mit ihren Schafen und Hunden, die Heiligen Drei Könige und der kleine Engel auf dem Dach des Stalls zu Bethlehem. Und vor allem Ochs und Esel, die Anna von allen Krippenfiguren am meisten liebte.

Mama überließ Anna das Aufstellen der beiden Tiere, die mit ihrem Atem das frierende Kind in der Krippe wärmten. Anna hatte in ihrer Kinderbibel, die sie für die Religionsstunde brauchte, gestern eine Stelle gelesen, die ihr keine Ruhe ließ.

Nachdem die Hirten mit ihren Herden und ihren Hunden wieder auf ihre Weiden zurückgekehrt waren und die Heiligen Drei Könige Kaspar, Melchior und Balthasar nach der Anbetung des Kindes sich auf den Heimweg in ihre Königreiche machten, erschien Josef ein Engel im Traum, der ihm riet, mit Maria und dem Neugeborenen das Land zu verlassen. Der König Herodes habe Kundschaft von der Geburt eines königlichen Kindes in einem armseligen Stall bekommen, und nun habe er seinen Häschern den Befehl erteilt, alle kleinen männlichen Kinder unter zwei Jahren aufzuspüren und zu ermorden, da er um seine Macht bangte, um Thron und Leben.

Josef machte sich daraufhin am nächsten Tag mit Maria und dem Christuskind auf, um nach Ägypten zu fliehen, wo Herodes ihnen nicht schaden konnte. Er setzte Maria mit dem Kleinen auf das Eselchen, er selbst ging nebenher und führte das Tier.

Schlimm genug, dachte Anna, dass die armen Leute nun Flüchtlinge waren. Aber was geschah eigentlich mit dem Öchslein, das neben dem Esel im Stall gestanden und das Neugeborene gewärmt hatte?

Als Anna ihrer Mutter diese Frage stellte, reagierte diese merkwürdig und verständnislos: »Was du für Ideen hast, Anna.«

Sie merkte, wie Anna beinahe zu weinen begann, und beeilte sich mit einer Erklärung: »Ich glaube, dass der Bauer, dem der Stall gehörte, einen neuen Esel oder sogar eine Kuh zu dem Öchslein gestellt hat, damit es nicht so allein war.« Insgeheim war die Mutter etwas erschrocken, denn sie ahnte, dass ihre sensible Tochter es einmal nicht leicht hätte im Leben.

An diese Episode dachte die erwachsene Anna, als sie durch die Fußgängerzone ging und im Torbogen eines Modegeschäfts eine zusammengekauerte Gestalt sitzen sah, eingehüllt in Tücher und Schals. Es war eine Frau, im Arm ein kleines Kind von etwa zwei Jahren. Im Wechselbad der Gefühle packte Anna ein großes Mitgefühl, andererseits fragte sie sich, ob die Frau nicht Mitglied einer Drückerbande war oder vielleicht sogar ausgenutzt wurde, um den Passanten mit der Mitleidstour das Geld aus der Tasche zu locken. Das erste Gefühl siegte, und Anna legte einen Zehn-Euro-Schein in die hölzerne Schale neben Frau und Kind.

Große, dunkle Augen blickten Anna dankend an, und dann sagte die junge Frau in gebrochenem Deutsch: »Du sein guter Mensch.«

Anna war auf einmal müde und setzte sich ins nächste Café, bestellte sich einen Latte Macchiato und ein Stück Kuchen.

Die Worte der bettelnden Frau klangen in Annas Ohren und vermischten sich beim Verzehr des Kuchens mit der Erinnerung an eine große Schuld. Es war die Schuld eines Kindes, das man nie zur Rechenschaft gezogen hatte.

In der Adventszeit war es gewesen, als Anna und ihre Freundin Beate sich zum Schlittschuhlaufen auf dem kleinen See nahe des Dorfes bei Germersheim aufmachten, wo sie zusammen die Volksschule besuchten.

Beates Mutter machte das beste Weihnachtsgebäck, und Beate, die Großzügige und Gutmütige, hatte eine Tüte davon in ihrem Rucksack mitgenommen. Heute war eine neue Sorte dabei, die weihnachtlichen Weinkränzle, wie Beates Mutter sie nannte. Es war eine große Ausnahme, dass die Kinder davon naschen durften, denn erstens war ja noch nicht Weihnachten, und zweitens waren Weinkränzle doch eher was für Erwachsene, nicht für Kinder. Es war ein Wunder, dass Beates Mutter diese besondere Köstlichkeit herausgerückt hatte und nicht unter Schloss und Riegel in der großen Blechtruhe hielt.

Sie knabberten gerade genüsslich an den Weinkränzle und dem anderen Gebäck – Kokosmakronen, Spritzgebackenem und Nusshäufchen – als sie Susanne aus der Klasse über ihnen erblickten, die da vorne, die Schlittschuhe geschultert, vor ihnen im einsetzenden Schneegestöber auftauchte.

Susanne Kaiser, die verwöhnte und arrogante Tochter des Dorfarztes, ein Mädchen ohne Freundin, wie die beiden wussten. Sie blieb stehen und wartete, bis Anna und Beate bei ihr waren.

»Was futtert ihr da?«, fragte sie schnippisch.

Beate, gutmütig wie immer, gab ihr wortlos ein Plätzchen ab. Ein Weinkränzle, das ohne Dank entgegengenommen und gierig aufgegessen wurde.

»Eklig«, rief Susanne Kaiser. »Meine Mutter backt viel bessere Weihnachtsplätzchen.«

Jeder im Dorf wusste, dass die »Frau Doktor« eine ganz miserable Hausfrau war und nie und nimmer Weihnachtsplätzchen backte.

Dafür schikanierte sie das Küchenpersonal, das kam und ging, weil es niemand lange aushielt bei der herrischen Arztfrau.

Anstatt sich zu entfernen, ging Susanne Kaiser hartnäckig neben den beiden jüngeren Mädchen her, die ihre Schritte beschleunigten. Als sie merkte, dass Anna und Beate sie abschütteln wollten, blieb sie ein wenig hinter ihnen zurück. Ihr ärgerlicher Gesichtsausdruck sprach Bände.

Anna und Beate unterhielten sich, ohne das ältere Mädchen zu beachten.

»Du, Beate«, sagte Anna auf einmal. »Kannst du mir eigentlich sagen, was aus dem Ochsen wurde, nachdem Josef und Maria und das Kind auf dem Esel nach Ägypten fliehen mussten? Der war doch jetzt allein, der Arme. Hast du ...?«

Hohngelächter unterbrach Annas Frage. Es kam von Susanne Kaiser, die Annas Worte aufgeschnappt hatte.

»So dumme Gedanken kann nur eine Zimperliese wie du haben«, rief sie. »Ich weiß, was aus dem Ochsen geworden ist. Ein schöner saftiger Ochsenbraten, was sonst?«

Und damit überholte sie die Freundinnen, schaute sich noch einmal um und äffte Anna in läppischem Ton nach: »Der arme Ochse, was aus dem wohl geworden ist?«

Das Eis auf dem See war dick gefroren, wie es schien. Vor allem gegen die Mitte zu war es aber weniger tragfähig als am Rand. Die beiden Freundinnen hörten einen Hilferuf vom See her und sahen einen Arm, der ihnen zuzuwinken schien. Vielleicht hätten sie schneller an der Unfallstelle sein können, aber ihre Beine waren auf einmal merkwürdig langsam. Wie gelähmt.

Hinterher sagten sie sich, dass sie, wären sie schneller gewesen, die Ertrinkende hätten retten können. Vielleicht.

Doch die Erwachsenen bestätigten, dass es für zwei kleine Mädchen fast unmöglich war, einen Menschen aus einem Eisloch zu ziehen. Sie wären ebenfalls ertrunken. Anna und Beate gaben sich mit der Aussage zufrieden, doch im Innern nagte die Schuld an ihnen: ihre Langsamkeit, die zögerliche Rückkehr ins Dorf, um Alarm zu schlagen. Ihre Gedanken von Strafe und Gerechtigkeit für ein boshaftes Mädchen. Sogar von Schadenfreude?

Annas und Beates Wege trennten sich bald danach, denn Beates Eltern zogen in ein anderes Bundesland.

»Du sein guter Mensch.« Die Worte der Frau im Toreingang der Straße kamen Anna in den Sinn. Nein, ich bin kein guter Mensch. Zumindest keiner, der ohne Schuld ist.

Anna stach ein Stück vom Kuchen ab. Erst jetzt merkte sie, dass er leicht nach Wein schmeckte. Rotweintorte.

Sie ließ die Gabel sinken. Kein Stück konnte sie mehr davon essen. Sie machte der Bedienung ein Zeichen, dass sie zahlen wolle.

»Hat es Ihnen nicht geschmeckt?« fragte die junge Frau besorgt.

»Ach, das ist es nicht«, antwortete Anna. »Das ist eine lange Geschichte.«

Sie gab ein besonders großes Trinkgeld und verließ das Café.

Auf dem Rückweg ins Parkhaus war ihr der Gedanke unangenehm, dass sie noch einmal an der bettelnden Frau mit dem Kind vorbeigehen müsse, aber sie waren beide verschwunden.

»Du sein guter Mensch«, klang es ihr in den Ohren, als sie im Flockengewirbel nach Hause fuhr.

Schuldgefühle verjähren nicht, dachte sie.

Und vielleicht war es gut so.

Weihnachtliche Weinkränzle

Zutaten:
300 g Butter
300 g Mehl
50 g Zucker
1 Eigelb
3 EL Weißwein
Zitrone oder Vanillearoma
Die Zutaten sollen kalt sein (die Butter schnittfähig)

Zubereitung:
Alle Zutaten schnell zu einem Teig kneten und einige Stunden kaltstellen. Kränzle ausstechen, mit Eigelb bestreichen, mit Hagelzucker oder groben Mandeln bestreuen, hellgelb backen. Mit Puderzucker übersieben.

Anmerkung der Autorin: Das Rezept stammt von Gisela Benzinger aus Winden bei Kandel, der ich hiermit herzlich danken möchte.

Claudia Schmid

Das letzte Plätzchen

Sie weiß ganz genau, dass ich dieses dämliche Ritual nicht mag. Wobei das eigentlich noch untertrieben ist. Genauer gesagt, hasse ich es nämlich aus tiefster Überzeugung. Ich habe keine Ahnung, weshalb sie es sich ausgedacht hat.
Jedes Jahr über die Weihnachtsfeiertage bin ich dem ausgesetzt. Denken Sie jetzt bloß nicht, ich hätte nicht schon ausprobiert, dem Ganzen zu entgehen.
Nein, es bringt nichts. Never ever. Sie erwartet nämlich, von mir begleitet zu werden. So wie auch dieses Mal. Jetzt denken Sie wahrscheinlich, wieso sagt dieser Mensch nicht einfach, dass er es nicht machen will? Herr im Himmel, denken Sie wirklich, ich hätte das nicht getan? Es interessiert sie nicht, was ich will oder nicht will. Kennen Sie auch so jemanden?

Zu wissen, was mir bevorsteht, lässt meine Vorfreude auf Weihnachten nicht in den Himmel schießen. Das können Sie mir getrost glauben. Sie wissen nicht, wo mein Wohnort Rheinzabern liegt? Haben diesen Namen noch nie gehört? Nun, wenn man dort geboren wurde, kennt man den Ort. Zwangsläufig, sozusagen. Südpfalz – das sagt Ihnen was? Da, wo es Orte gibt, die Hatzenbühl und Kuhardt heißen.
Jedes Jahr im Januar nehme ich mir vor, den Zirkus nächstes Weihnachten nicht mehr mitzumachen. Auch im Februar stehe ich noch zu diesem Vorsatz. Ab März gerät er dann immer mehr in Vergessenheit, bis er so sehr verblasst, dass er nicht mehr wahrnehmbar ist. Im Sommer, wenn ich viel in meinem Garten bin, sowieso. Wer denkt schon inmitten von Blumen sitzend und von Bienen umsummt an Glühwein und Printen? Im Oktober, wenn die Gartenarbeit erledigt ist und der graue November naht, kriecht das Grauen in mir hoch. Es heißt: Weihnachtsfeiertage!

Warum ich nicht einfach für vier Wochen wegfliege, fragen Sie? Nach Hawaii oder auf die Malediven? Irgendwohin, wo es warm ist und verflixt noch mal keine Nadelbäume gibt? Nennen Sie es Sentimentalität. Weihnachten ist doch auch das Fest der Liebe, nicht wahr? Irgendwo tief in meinem Inneren sitzt so eine Erinnerung an eine Kindheit mit Plätzchenbacken und heißem Tee nach Herumstreifen in der Kälte. Sie halten mich jetzt vielleicht für spießig, wenn ich sage, dass ich an diesen Erinnerungen hänge. Meinetwegen, dann ist es halt so. Hat nicht jeder ein Idealbild von sich selbst? Eines, so wie er gerne wäre? Sehen Sie, genau das ist der Grund, weshalb ich jedes Jahr Weihnachten Zuhause in Rheinzabern verbringe und nicht irgendwo an einem Hotspot der Welt. Ich möchte nicht während dieser Tage unter einer Palme sitzen und mich gemeinsam mit anderen deutschen Touristen sinnlos besaufen. Insgeheim wollen die genau dann vor einem Weihnachtsbaum sitzen und, wenn sie die Türe öffnen, um zur Christmette zu gehen, vom kalten Wind in die Wangen gekniffen werden. Auch irgendwie eine trostlose Option, finden Sie nicht?

Also: the same procedure as every year. Wobei ich nicht James heiße, aber das ist ja auch eine andere Geschichte. Sie lässt mir keine Ausrede durchgehen, sie nicht zu begleiten. An manchen Tagen empfinde ich mein Leben wirklich als hart.

Ich hatte im letzten Sommer eine überbordende Bärlauchpopulation in meinem Garten. Meine Mutter liebt das Pesto daraus, das weiß ich. Deshalb habe ich zwei Gläschen speziell für sie zubereitet. Als zusätzliches Weihnachtsgeschenk sozusagen. Ich werde sie damit überraschen. Ich habe nämlich eine eigene Wohnung in ihrem Haus und damit meine Freiräume wie etwa kleine Spaziergänge ohne sie. Vor allem abends, wenn sie vor ihrem Fernseher sitzt und damit das Haus zudröhnt. Da hört sie nicht einmal die Haustür zuklappen. Seit Papa so plötzlich gestorben ist, guckt sie abends immer fern.

»Ilka, bist du bereit?«

Bereit, wie man nur irgend sein kann. »Ja, Mutter.«

»Na, dann können wir los.«

Sie strahlt wie ein kleines Kind. Die Vorfreude hat ihr rote Flecken auf die Wangen gezaubert. Diesen Gesichtsausdruck habe ich sonst nur bei ihr gesehen, wenn sie meinen fertigen Geburtstagskuchen auf den Tisch stellte und ich die Kerzen ausblasen durfte.

Könnte ich es über mich bringen, ihr genau in diesem Moment zu sagen, dass ich eigentlich null Bock habe, sie zu begleiten? Mein Herz wäre mindestens aus Pfälzer Sandstein, wenn ich das täte, oder etwa nicht? Einmal im Jahr der Mutter eine klitzekleine Freude machen und sie begleiten? Ich höre Sie schon einwenden, dass meine Mutter sicherlich alt sei und ich gar nicht wüsste, wie lange ich sie noch auf diesen einen Gang des Grauens begleiten könne. Dazu müssen Sie aber wissen, dass meine Mutter über die zähen Gene einer Reihe von Vorfahren verfügt, die allesamt an die hundert Jahre alt wurden. Erst im letzten Jahr haben wir Großmutter zu Grabe getragen. Die hat sogar 104 Lenze geschafft. Mutter hat also noch eine satte Anzahl von Jahren vor sich. Dies sei ihr auch von Herzen gegönnt, missverstehen Sie mich bitte nicht. Ich achte selbst immer darauf, dass sie all ihre Tabletten pünktlich einnimmt. Wenn sie nicht auf diesem lächerlichen Brauch beharren würde, dann könnte ich wesentlich entspannter sein.

So wie die Dinge nun mal stehen, ziehe ich mir ins Schicksal ergeben meine Mütze über den Kopf und trete gemeinsam mit Mutter in den Hof vor unserem Haus.

Sie reibt sich die Hände. »Heute fangen wir bei Grete an. Ich hoffe, die ist wieder zu Hause. Die war nämlich im Krankenhaus. Danach klingeln wir bei Susanne.«

Mir schwant Fürchterliches. Grete brennt nämlich selbst. Also Schnaps. Sie hat Mirabellenbäume im Garten. Eigentlich nur zwei. Die tragen derart üppig, dass sich in jedem Sommer die

Äste unter der süßen Last beinahe bis zum Krachen biegen. Mirabellenkuchen würde ich ja gerne essen. Aber Schnaps trinken? Keine Ahnung, wo Grete das Handwerk gelernt hat. Jedenfalls kann ich das Höllenzeug nicht ausstehen. Mutter hingegen schon. Kein Wunder, sie wurde ja auch in den 50er-Jahren mit Eierlikör sozialisiert. Das hat ihre Geschmacksknospen nachhaltig verdorben.

Sie hakt sich bei mir ein.

»Ilka, schön, dass du mich begleitest.«

»Ja, Mutter.«

»Die Ellen von der Helga, die kommt erst zu Silvester. Da ist ja das Schönste schon vorbei.«

Bevor sie mir die Besuchsgewohnheiten der gesamten erwachsenen Kinder ihrer Nachbarschaft aufzählen kann, biegen wir von der Hoppelgasse in die Hauptstraße ein. Wir gehen an dem Museum vorbei, in dem römische Tonwaren ausgestellt sind. Rheinzabern war nämlich bereits zur Römerzeit besiedelt und ist die älteste Gemeinde der Südpfalz.

Ein paar Häuser weiter sind wir schon angekommen. Feierlich legt Mutter den Zeigefinger ihrer rechten Hand auf die Klingel.

Die Tür wird geöffnet und ein junger Mann steht vor uns. »Grüß Gott.«

»Frohe Weihnachten.« Mutter lächelt ihn erwartungsvoll an.

»Ja, Ihnen auch.«

»Ist denn Grete nicht da?«

»Schon.«

»Dann lassen Sie uns doch zu ihr.«

Aus dem Inneren des Hauses erschallt ein Ruf.

»Wolfram! Ist das die Annegret? Hol sie doch ins Wohnzimmer!«

Der Mann tritt zur Seite und wir können endlich ins Haus. Das wurde für mein Dafürhalten aber auch Zeit, es bläst nämlich ein eisiger Wind durch Rheinzabern. Trotz meiner Mütze habe ich kalte Ohren. Das war schon immer meine empfindsamste Stelle.

»Wunderbar, Grete. Frohe Weihnachten! Du hast wieder den schönsten von allen. Wie jedes Jahr!«

Ich stehe noch auf dem Flur. Dieser Wolfram schaut mich hilflos an. »Wollen Sie nicht ebenfalls ins Wohnzimmer gehen?«

Eigentlich will ich das grade nicht. Trotzdem folge ich nun meiner Mutter.

Grete sitzt wie verloren in ihrem Ohrensessel, mit einer geblümten Decke auf den zarten Knien. Neben ihr auf dem Boden liegt eine Gehhilfe. In der Mitte des Raumes steht ein windschiefer Weihnachtsbaum. An dürren Ästen hängen verteilt ein paar rote Kugeln.

»Die hat der Wolfram auf dem Speicher gefunden«, führt Grete verlegen aus. »Meine Kinder haben nämlich gedacht, dass ich gar nicht mehr hierher komme aus dem Krankenhaus, wo ich vier Wochen lang war. Wegen dem schlimmen Sturz, weil jemand abends einen Stock vor meine Haustür gelegt hatte. Jetzt haben die alle meine Weihnachtssachen weggegeben! Aber im Heim haben sie erst ab Januar einen Platz für mich frei.«

Unter dem Weihnachtsbaum, auf einem karierten Baumwolltuch, steht ein Häuschen. Für mein Dafürhalten sieht es etwas merkwürdig aus. Bis mir ein Licht aufgeht.

»Das ist doch ein Vogelfutterhaus!«, rutscht mir raus. Was ich natürlich im nächsten Moment bereue. Für wie unsensibel müssen mich unsere Gastgeber jetzt halten?

»Kind, nein, was sagst du da«, entrüstet sich meine Mutter. »Das kann doch jeder sehen, dass das eine Krippe ist. Und was für eine seltene noch dazu! Ganz ungewöhnlich, wirklich Grete, da hast du etwas ganz Besonderes. Das hat nicht jeder. Wirklich.«

Grete winkt Wolfram zu sich heran. »Hol doch bitte aus dem Schrank in der Küche die Flasche. Du weißt schon, welche. Und vier Gläser dazu.« Und an uns gewandt ergänzt sie: »Ich hätte ja selbst nicht gedacht, dass ich nochmal nach Hause komme.«

Wolfram kommt zurück. »Wir haben ein wenig improvisiert, gell, Oma Grete.«

Er drückt mir ein Glas, randvoll mit Mirabellenschnaps gefüllt, in die Hand.

»Zum Wohlsein!« Grete prostet uns zu. »Der Wolfram ist der Freund meiner jüngsten Enkelin. Der hat gestern noch auf die Schnelle den Baum besorgt. Es war halt nicht mehr so viel Auswahl da.«

Deshalb also war meiner Mutter der Mann unbekannt. Seit Jahren schon beginnen wir unsere Runde bei Grete. Mutter kommt ursprünglich aus dem Allgäu. Sie ist ihrem Mann nach der Hochzeit nach Rheinzabern gefolgt. Als sie Witwe wurde, erinnerte sie sich an die Gebräuche ihrer Jugendzeit. In Memmingen ist es üblich, zwischen Weihnachten und Neujahr zu Freunden zu gehen und deren Weihnachtsbäume zu loben. Als Dank dafür erhält man vom Gastgeber ein Getränk, in der Regel einen Schnaps. Mutter führte diesen Brauch in ihrem Bekanntenkreis ein. Ich habe meine Mutter seitdem die schrägsten Weihnachtsbäume in den schönsten Tönen loben hören. Dass sie sich derart für ein Vogelhäuschen erwärmen kann, ist selbst mir allerdings neu.

»Grete, zum Wohlsein!« Schwuppdiwupp ist Mutters Glas leer.

»Besuchst du mich denn im Heim, Annegret?«

»Natürlich!« Mutter prostet ihr erneut zu.

Draußen hakt sie sich wieder bei mir unter. Meine Mutter hat bereits drei Gläschen Schnaps weggeputzt.

»Und jetzt zu Susanne?«

»Ja, genau. Ich hoffe, Susanne ist noch besser beieinander. Wenn das so weitergeht, können wir in wenigen Jahren nur noch unseren eigenen Baum loben.«

»War Susanne denn krank?«

»Nun ja, es zwickt einen halt mal hier und mal dort. Aber Hauptsache, man geht mit einem Lächeln auf den Lippen durchs Leben, nicht wahr?«

Der Wind pfeift um die Häuser und ich schlage den Kragen meines blauen Mantels hoch.

»Schade eigentlich, dass das Geburtshaus von Paul Büchlin nicht mehr steht.«

»Du meinst unseren Rheinzaberner Reformator Paul Fagius, der mit Martin Bucer von Straßburg nach Cambridge gegangen ist?«

»Ja, genau.«

»Leider nicht erhalten, Kind. Das wäre heute eine Attraktion für Rheinzabern.«

»Wohl wahr.«

Ich seufze. Paul ging als Elfjähriger zum Studium nach Heidelberg und wohnte dort bei den Eltern seiner Mutter. Ich war zwanzig, als ich mein Studium in Landau aufnahm. Aber ich zog nicht aus, ich pendelte. Na ja, werden Sie sich jetzt denken, da hat Mutter weiter für sie gekocht und die Wäsche gewaschen. Und Miete wurde auch keine fällig. Damit liegen Sie völlig richtig.

Bei Susanne öffnet niemand.

»Komisch, die müsste doch eigentlich zu Hause sein? Ihr Birnenschnaps ist der beste!«

Mir reicht das kleine Gläschen von eben noch.

»Mutter, wenn wir heimkommen, essen wir eine dicke Scheibe Brot mit ordentlich Bärlauchpesto darauf.«

»Du hast wieder welches gemacht?«

»Extra für dich zubereitet.«

»Ist aber komisch, dass die Susanne nicht aufmacht.«

Mutter drückt energisch auf die Türklinke. Die gibt nach.

»Na so was! Lässt die einfach die Tür offen. Ich geh gleich ins Wohnzimmer und gucke nach ihr. Vielleicht ist ihr nicht gut?«

»Schau mal nach ihr. Vielleicht hat sie sich hingelegt und die Klingel nicht gehört.«

Mutter verschwindet im Wohnzimmer. Während ich noch im Flur stehe, höre ich sie gellend schreien.

»Ist der Baum derart hässlich?«

»Ilka, du musst kommen! Schnell!«

Ich stoße die Tür zum Wohnzimmer auf. Also wirklich, so schlimm sieht der Baum nicht aus. Sogar erheblich besser als der von Grete.

»Kind, du musst einen Krankenwagen rufen!«

Susanne liegt auf ihrer Couch. Ihre weit geöffneten Augen blicken ins Leere. Vor ihrem Mund hat sie kalten Schaum.

»Sie rührt sich gar nicht mehr! Susanne, was ist mir dir los?«

Mutter fasst sie am Arm und rüttelt sie.

»Ich telefoniere nach dem Notarzt«, sage ich und nähere mich vorsichtig der Person auf der Couch.

»Ich glaube, Susanne ist tot.«

»Wie furchtbar! Trotzdem muss ein Arzt kommen, um den Tod festzustellen.«

Als ich aus dem Bad zurückkehre, stapft ein junger Mann ins Wohnzimmer.

»Tag, Doktor Kurtz mein Name. Sind Sie Angehörige?«

Schon ziemlich seltsam, dass manche Leute mit Vornamen Doktor heißen. Während er spricht, geht er zur Couch und erfasst mit einem Blick die Lage. Rasch legt er der dicken Frau seinen Zeigefinger an den Hals.

»Wir sind Nachbarn.«

»Verstehe. Haben Sie sie gefunden?«

Mutter nickt.

»Der Schaum vorm Mund gefällt mir nicht. Ich kann keine natürliche Todesursache bestätigen. Das muss man sich genauer ansehen. Könnte auch eine Vergiftung sein. Bleiben Sie bitte hier, bis die Polizei kommt. Ich muss sie informieren.«

Mutter reißt die Augen auf. »Aber wir wollten doch nur ...« Dann fügt sie hinzu: »Darf ich an den Schrank?«

»Ich bin Arzt, kein Polizist. Trotzdem würde ich Ihnen raten, hier nichts anzufassen, bevor die Spurensicherung kommt.«

»Unsere Fingerabdrücke sind doch ohnehin schon überall«, wende ich ein, »wir haben sie nämlich gefunden. Ich war sogar im Bad.«

Mutter geht mit energischen Schritten zum Wohnzimmerschrank. Sie weiß genau, wo der Birnenschnaps steht, und gießt sich ein Gläschen voll.

»Wäre doch schade, wenn der jetzt umkommt.«

Die beiden Polizisten, die bald eintreffen, sind sehr freundlich zu uns. Offenbar stehen wir nicht unter Verdacht, die dicke Susanne gekillt zu haben.

»Hat die Verstorbene Verwandte?«

»Die hatte eine Tochter, die kam aber bei einem Verkehrsunfall ums Leben. Der Mann ist auch schon gestorben. Schlaganfall, vor vier Jahren. Von anderen weiß ich nichts.«

»Sie haben sich um sie gekümmert?«

Beinahe muss ich lachen. Mutter hat sich wohl eher um Susannes Birnenschnaps gekümmert.

»Ich habe sie halt besucht, nicht wahr. Wie man das so macht. Und grad jetzt, wo Weihnachten ist … Die Susanne hat immer einen besonders schönen Baum.«

Und sie aß gerne Plätzchen. Sie hat sich gestern sehr über meinen Besuch gefreut. Ich hatte ihr vorgeschwindelt, Mutter ginge es nicht gut.

Am nächsten Tag, als wir in der Küche sitzen, klopft es. Mutter bittet die beiden Beamten herein.

»Sie sagten gestern, die Tür war offen?«

Mutter nickt eifrig.

»Ganz ungewöhnlich war das. Die Susanne, die hat sonst immer abgesperrt.«

»Also, es ist so. Das Plätzchen, das auf dem Teller lag, haben wir in unserem Labor untersuchen lassen. Da steckte eine ordentliche Portion Digitalis drin. Offenbar hatte sie bereits mehrere verspeist.«

»Das ist doch das Herzmittel, das Susanne nehmen musste. Das hat ihr unsere Hausärztin verschrieben, genauso wie mir auch. Wenn ich mein Rezept abhole, liegt ihres meistens auch schon da.«

Das stimmt, ich könnte das bestätigen. Sogar wenn ich Mutters Rezepte abhole, kann ich einen Blick auf die anderen, die zur Abholung bereitliegen, erheischen. Es ist doch manchmal richtig gut, wenn es nicht alle mit der Datenschutz-Grundverordnung übertreiben, denke ich bei mir.

»Die Haustür ließ sie wohl offen, damit sie gefunden wird.«
Mutter nickt wieder.
»Gut, dass Sie sich nicht das letzte Plätzchen genommen haben.«
Der Polizist kennt meine Mutter nicht. Ich konnte mich nämlich zu hundert Prozent darauf verlassen, dass sie das nicht anrührt. Mutter leidet an einer Glutenunverträglichkeit.
»Wir gehen davon aus, dass sie die Überdosis an Herzmittel selbst in die Plätzchen gegeben hat. Es deutet nichts auf ein Fremdverschulden hin.«

Und was ist mit meinem Bärlauchrezept? Haben Sie ernsthaft angenommen, ich hätte in die beiden Pesto-Gläser für meine Mutter zerstoßene Maiglöckchenblätter gerührt? Damit ich sie nicht mehr zum Weihnachtsbaumloben begleiten muss? Wo denken Sie hin! Ihre Fantasie müsste ich echt nicht haben! Ich würde doch nie meiner Mutter etwas tun! Meiner Mutter doch nicht.

Es tut mir nur so leid für Mutter, dass immer mehr Baumlob-Stationen wegfallen. Ich denke, wir werden diese Tradition bald einstellen und die Feiertage ganz gemütlich zu zweit verbringen. Nur wir beide. Mama und ich. Wo Papa endlich weg ist.

Bärlauchpesto

Zutaten:
1 Bund frische Bärlauchblätter
1 EL Olivenöl
ein paar Pinienkerne
etwas geriebener Parmesan
eine Prise Salz

Zubereitung:
Die Bärlauchblätter fein zerschneiden und mit einem Mörser ebenso wie die Pinienkerne zerstoßen. Olivenöl hinzufügen, bis sich eine sämige Paste ergibt. Parmesan und Salz hinzugeben. In ein Glas füllen und bis zum Verzehr im Kühlschrank aufbewahren. Passt gut zu Brot, aber auch zu Nudeln.

Achten Sie darauf, wirklich Bärlauchblätter zu verarbeiten und nicht die der Herbstzeitlose oder von Maiglöckchen (beide hochgiftig). Die Blätter des Bärlauchs hinterlassen, zart gerieben, einen feinen Knoblauchgeruch auf den Fingern. Wer auf Nummer sicher gehen will, erwirbt die Blätter beim Gemüsehändler seines Vertrauens.

Regina Schleheck

Neewe de Kapp

Meine Eltern hatten mich auf den Namen Andreas getauft. Schlimm genug. So heißen nur Opas. Meiner jedenfalls, dem sie damit eine Freude machen wollten. Klar, dass jeder Andi zu mir sagte. Der Familienname Nieren war der größte Fail. Andi Nieren. Das Weichei. Die Kindergärtnerin in der Vorschule nannte mich liebevoll Chrischtkinnel. Ich fühlte mich geschmeichelt. Dass es für jemand Weinerliches stand, kapierte ich erst später. Es ist mir nie aus dem Kopf gegangen. Dass du dich von jemandem beachtet, geehrt, ja, ausgezeichnet fühlst, und in Wirklichkeit macht er sich über dich lustig. Da kannst du gar nichts machen. Außer misstrauisch werden und dir einen Panzer zulegen. Der Hunger nach Zuwendung wird dadurch nicht kleiner. Wieder und wieder und wieder fällst du auf Arschlöcher rein, die tun, als wären sie deine Kumpel.

Als ich mich in dem Seniorenheim der AWO vorgestellt habe, hatte ich die Hoffnung schon fast aufgegeben. Hauptschule, Berufsvorbereitung, Bewerbungen, Praktika, immer nur Absagen …

Altenpfleger würden gesucht, hieß es. Sie haben mich tatsächlich genommen.

»Andreas oder Andi?«, fragte Danny, den ich am ersten Tag begleiten sollte.

»Egal.« Meinen Nachnamen hatte ich gar nicht erst genannt.

Sein Blick ging einmal an mir runter und wieder hoch. »Anpacken wirst du wohl können. Da sind ganz schöne Brocken drunter.« Er grinste und wies mit dem Kinn in einen Flur, wo ein paar Gestalten in Rollstühlen kauerten und vor sich hin stierten. »Aber keine Sorge. Zur Not gibt's Diät.«

Meinte er die Alten oder mich?

Ich folgte ihm auf die Demenzstation, wo wir Frühstück auf die Zimmer verteilen sollten.

»Zimmer fünf«, wies er mich an und zog ein Tablett aus dem Essenswagen.

Ich klopfte.

»Da kannst du lange warten«, sagte er. »Mach auf!«

Drinnen war es dämmrig. Muffiger Geruch empfing uns. Eine zierliche alte Dame saß im Morgenmantel auf dem Bett und blickte uns an, ohne eine Miene zu verziehen.

»Guten Tag.« Ich streckte ihr meine Rechte entgegen.

Ihr Blick senkte sich. Sie stützte die Hände auf und baumelte mit den Füßen.

»Kein Grund, sich anzustellen, Frau Erkelenz«, sagte Danny. »Das ist der Andi. Der kommt jetzt öfter.«

»Schnürsenkel zumachen«, entgegnete sie.

Ich guckte ratlos zwischen ihr und Danny hin und her. Sie trug Filzpantoffeln, wir beide Sneaker mit Klettverschlüssen.

»Wir spinnen mal wieder ein bisschen, was, Frau Erkelenz?« Danny setzte das Tablett auf dem Tischchen ab, riss die Vorhänge auf und öffnete das Fenster. Sonnenstrahlen fluteten das Zimmer.

Sie schlug die Hände vor die Augen.

»Wir haben Ihr Frühstück gebracht«, sagte ich. »Guten Appetit!«

Ihre Hände blieben vors Gesicht gepresst, sie schüttelte den Kopf und krächzte: »Tür zu!«

Danny packte sie am Ellenbogen, zog sie vom Bett und zum Stuhl. »Essen fassen!«, sagte er.

Zu mir: »Los! Oder willst du hier übernachten?«

Im Rausgehen warf ich einen Blick auf die Alte, die neben dem Stuhl stand, Hände vorm Gesicht.

»Kommt die klar?«, fragte ich, als ich die Tür hinter uns geschlossen hatte.

»Klar kommt die klar«, gab Danny zurück. »Die ist noch mit am besten drauf. Aber wer nicht will, will nicht. Hier wird keiner zwangsernährt, der noch selbst essen kann.«

Tatsächlich lernte ich in der Folgezeit einige Patienten kennen, die wesentlich schwieriger waren. Die schimpften und sich wehrten, wenn sie angefasst wurden. Andere, die im Bett lagen und nicht reagierten, sodass wir sie zu zweit nur mit Mühe an den Tisch bugsiert kriegten. Die über und über blaue Flecke trugen.

»Bei denen musst du zum Waschen schon Gewalt anwenden«, meine Danny nachher. »Oder Tricks. Celina kann dir ein Lied davon singen. Die und Michael waren heute dran.«

Ich verkniff mir die Bemerkung, dass die meisten in Hinsicht auf Körperhygiene eher vernachlässigt wirkten.

Michael und Celina lernte ich im Besprechungszimmer kennen. Danny lobte meine Anstelligkeit. Puh. Es sah gut aus.

Am nächsten Morgen kam ich auf die Pflegestation zu den Bettlägerigen. Anfangs sollte ich überall einmal schnuppern.

Den dritten Tag verbrachte ich mit Robert Bröhl, dessen Klienten durchweg gut zurechtkamen. Im ersten Zimmer öffnete auf unser Klopfen hin ein kleiner Mann mit schütterem Haar.

»Guten Tag«, sagte Herr Bröhl. »Darf ich unseren neuen Mitarbeiter vorstellen? Andreas Nieren – Herr Nikolaus Harbold.«

Der Mann lächelte. »Kein leichter Name, oder?«

»Wieso?« Ich spürte, wie mir das Blut in den Kopf schoss.

»Sie werden mit Sicherheit Andi genannt.«

Ich schwieg.

»Die jungen Leute wollen ja meist mit Vornamen angesprochen werden. Darf ich Sie Andreas nennen?«

»Egal.« Zum ersten Mal war es mir tatsächlich egal.

»Freut mich.« Er streckte mir die Hand entgegen. Auf dem Unterarm prangte eine tätowierte Nummer.

»Uff!«, entfuhr es mir.

Die Männer waren meinem Blick gefolgt.

»Herr Harbold war im katholischen Widerstand«, sagte Herr Bröhl. »Er war im Lager Osthofen, später Dachau und schließlich Auschwitz.«

Mir wurde heiß. Neugier, Wut und Scham – vor allem Scham. In der Schule hatte ich es nicht glauben wollen. Wie konnte es sein, dass Menschen anderen Menschen so was antaten? Christen, Deutsche, Menschen wie ich?

»Vielleicht erzählt er Ihnen ja mal davon«, meinte Herr Bröhl. »Jetzt müssen wir weiter.«

Herr Harbold sagte nichts. Keine Ahnung, wie ich das deuten sollte. Aber er war nett gewesen. Als ich ihn nach Feierabend im Aufenthaltsraum allein sitzen sah, ging ich zu ihm hin. »Guten Abend.«

Er sah flüchtig von dem Spielbrett auf, das vor ihm stand. »Spielen Sie Schach?«

»Nein.«

»Wollen Sie es lernen?«

Seitdem trafen wir uns regelmäßig. Viel sprachen wir nicht. Eigentlich nur über Schach. Von Zeit zu Zeit fragte er, wie mir die Arbeit gefiel, und ich erzählte ein bisschen, ohne ins Detail zu gehen. Die Probezeit betrug ein halbes Jahr.

Ich war jetzt fest in der Demenzabteilung, wo ich wechselweise mit Danny, Michael und Celina arbeitete. Ganz offensichtlich die unbeliebteste Station. Was den rauen Ton, der mir bei Danny am ersten Tag aufgefallen war, erklärte. »Die sind nur mit Humor zu ertragen«, meinte Celina, als ich ihr beim Waschen assistierte. Sie zeigte mir, wo die Alten kitzelig waren, und wollte sich schier ausschütteln vor Lachen, als sich Frau Arendt von Zimmer sechs bepinkelte, weil Celina sie beim Auskleiden durchkitzelte. Besonders witzig fand sie, wenn die Patientinnen wohlig stöhnten, während sie sie im Intimbereich hingebungsvoll einschäumte. Michael riet, den Männern einen Steifen zu verschaffen, was die Reinigung erleichterte. Wenn ich ihnen eine Freude machen wollte, sollte ich rubbeln, bis sie ejakulierten. Herr Otto gebe dann Geräusche von sich wie Igel beim Liebesspiel.

Ich bedankte mich für die Tipps, ohne sie zu befolgen. Als sie mich in ihre WhatsApp-Gruppe »Neewe de Kapp« aufnahmen, kommentierte ich ihre Witze unter der Gürtellinie ein paar Mal mit »Haha«. Als sie ein Video teilten, in dem Frau Erkelenz sich unter der Dusche mit einer Klobürste den Rücken rubbelte, schrieb ich: »Soll das lustig sein?«, und wurde umgehend aus der Gruppe entfernt.

Wochen später starb Frau Erkelenz, kurz darauf Frau Arendt. Die ganze Zeit hatte ich gegrübelt, ob ich die Vorfälle melden sollte. Das hatte sich zum Glück erledigt. Das Ende der Probezeit rückte näher. Statt mich in die Nesseln zu setzen, wollte ich lieber Positives bewirken.

Ich fragte Herrn Harbold nach seinem Lieblingsessen. Am sechsten Dezember bereitete ich ihm nach Absprache mit der Küche zum Namenstag ein spezielles Mahl zu: Saure Nierchen mit Kartoffelpüree und Rote Bete. Ich hatte extra zu Hause geübt.

Als ich ihm das Tablett servierte, strahlte er. »Du bist ein lieber Junge, Andi.«

Das Du fühlte sich gut an. Der Andi auch. Bis dahin war er bei Sie und Andreas geblieben.

Während er sich über das Essen hermachte, bat er mich zu erzählen, wie ich mich mittlerweile eingelebt hätte. Unter dem Siegel der Verschwiegenheit habe ich ihm gebeichtet, wie es auf der Station herging. Ihm die gespeicherte Aufnahme von Frau Erkelenz gezeigt.

Er betrachtete sie. Schwieg und sagte schließlich: »Es geht gegen die Menschenwürde.«

»Sie ist tot«, sagte ich.

»Ich meine nicht Frau Erkelenz«, sagte er. »Wer so was macht, gibt die eigene Würde auf.«

Ich hab die ganze Nacht darüber nachgedacht. Und geheult. Auf einmal schien es so klar: Erniedrigten nicht alle, die sich über mich und andere lustig machten, in erster Linie sich selbst?

Andertags erfuhr ich, dass Herr Otto und Herr Harbold auf der Intensivstation lägen. Kurz darauf erschienen zwei Polizisten in Zivil, die mich verhafteten.

Was war passiert?

Herrn Otto war eine Überdosis an Morphium und Insulin verabreicht, Herr Harbold kurz darauf mit Vergiftungserscheinungen, akuter Atemnot und Herzstillstand eingeliefert worden. Die letzten Todesfälle, Erkelenz und Arendt, sollten daraufhin unter die Lupe genommen werden. Da die Verstorbenen eingeäschert worden waren, ließ sich nichts mehr nachweisen, aber ich musste detailliert angeben, was ich wann und wo getan und beobachtet hatte.

Was konnte ich sagen, außer meine Unschuld zu beteuern?

Auf Celinas, Michaels und Dannys Handys fanden sich »Neewe de Kapp«-WhatsApp-Chats aus der Zeit nach meinem Rausschmiss, die neben anderen Schweinereien belegten, dass alle drei an Planung und Durchführung der Verabreichung von Medikamentencocktails an Frau Erkelenz, Frau Arendt und Herrn Otto und anderen beteiligt waren, die in zwei Fällen zum Tod geführt hatten.

Herr Harbolds Vergiftung stellte sich als anaphylaktischer Schock heraus. Eine allergologische Untersuchung ergab im Pricktest eine dreifach erhöhte positive Reaktion auf rohe, gekochte und als saure Nieren zubereitete Schweineinnereien. Eine urplötzlich aufgetretene Allergie, die er dank schneller Reanimierung durch den Notarzt überlebte und die letzten Endes ein Gutes hatte: Meine Unschuld konnte bewiesen, mehrere Mordanschläge erkannt und die Mörder überführt werden.

Zum Weihnachtsfest bereitete ich Herrn Harbold seine zweit-, jetzt liebste Leib-und-Magen-Speise zu – »Gequellde mit weiße Kees«. Als Kind hatte ich sie nicht leiden können, geglaubt, es hieße »Gequälte«, obwohl es für »Gequollene« stand. Schon erstaunlich, was Vorstellungen ausmachten.

Menschliche Niedertracht brauche Erniedriger und solche, die sie annähmen, sagt Herr Harbold. Friede auf Erden sei Herzenssache. Aber gelegentlich müsse dazu erst ein Schalter im Kopf umgelegt werden.

Saure Nieren

Sie sind ein billiges und schnell zubereitetes Gericht, das nicht nur in der Pfalz, sondern im süddeutschen, sächsischen, rheinischen und westfälischen Raum verbreitet ist.
Warnung: In Einzelfällen können sie tatsächlich bei entsprechender Allergie einen anaphylaktischen Schock auslösen.
Für vier Personen sollte man 500 bis 600 Gramm Schweinenieren einkalkulieren, die man vorher vom Metzger von Röhren und Fett säubern lässt. Dann in Streifen schneiden, waschen und 60 Minuten wässern, anschließend gründlich trocken tupfen.
Zwei bis drei Zwiebeln würfeln und in heißem Öl oder Butter schmoren, Nieren hinzufügen und alles scharf anbraten. Mit Salz würzen und mit heißem Wasser oder Brühe, für den sauren Geschmack mit Essig, Weißwein oder Zitronensaft auffüllen, nach Belieben ein Lorbeerblatt und Nelken hinzufügen und bei kleiner Hitze köcheln lassen.
Mehl anrühren und die Sauce andicken, mit Pfeffer und anderen Gewürzen nach Bedarf abschmecken.
Dazu rote Bete und Kartoffelpüree reichen.

Gequellde mit weiße Kees

Sie sind Pellkartoffeln mit Quark, der mit Zwiebeln, Kümmel, Pfeffer oder Schnittlauch gewürzt wird, ein beliebtes pfälzisches Arme-Leute-Gericht.

Brigitte Lamberts

Doppeltes Spiel

Sechzehn Augenpaare schauen gebannt auf das große Stück Schweinekamm in den Händen der kleinen, pummeligen Köchin. »Herzlich willkommen in meiner Kochschule«, begrüßt sie ihre Gäste. »Heute steht eine Pfälzer Spezialität auf dem Programm: Läwwerknepp.« Sie lächelt. »Ich sehe einige neue Gesichter, sehr schön. Nur damit Sie gleich wissen, was auf Sie zukommt. Sie kochen!« Schnell schiebt sie nach: »Nach meinen Anweisungen.«

»Och«, rutscht es einem jungen Mann heraus.

»Was haben Sie denn gedacht? Wollen Sie etwas lernen oder nicht?« Sie lacht. »Wir sind kein Restaurant. Hier muss angepackt werden. Aber keine Sorge, niemand geht hungrig nach Hause. Wir werden nachher genüsslich zusammen speisen. Zur Einstimmung genehmigen wir uns erst einmal einen trockenen Pfälzer, einen Rivaner.« Sie greift zur Weißweinflasche und gießt jedem ein Glas ein. »Teilen Sie sich den gut ein, mehr gibt es erst zum Essen, denn«, sie schmunzelt, »ein angetrunkener Koch kann so manches ruinieren.« Dann führt sie die Gäste jeweils zu zweit an ihre Arbeitsplätze und erläutert kurz, was zu tun ist. Julia und Catharina, die durch Zufall nebeneinander stehen, werden damit betraut, einen Berg Kalbs- und Rinderleber zu waschen und in handliche Stücke zu schneiden. Die beiden stellen sich gegenseitig kurz vor, dann beginnen sie, die Leber zu waschen und mit Küchenpapier abzutupfen.

»Tupfen Sie ruhig stärker. Die Stücke müssen ganz trocken sein«, erklärt die Köchin.

»Sind Sie auch das erste Mal hier?«, fragt Julia.

Catharina nickt. »Ja, meine Kochkünste sind eine Katastrophe.«

»Dieses ewige Essengehen kostet sehr viel und bestimmt macht Kochen auch Spaß, wenn es einem denn gelingt.«

»Genau. Mittags eine Kleinigkeit in der Kantine und abends dann zum Italiener oder Franzosen, auf die Dauer eine teure Angelegenheit. Und mein neuer Freund liebt die Zweisamkeit«, bemerkt Catharina.

Julia lacht auf. »Wie bei mir, mein Freund will auch von mir bekocht werden. Essen zu gehen kann er sich nicht leisten und er will auch nicht immer von mir eingeladen werden, das ist ihm peinlich.«

»Warum kocht er nicht für Sie?«

»Gute Frage. Vielleicht kann er es nicht.« Julia grinst.

»Wie lange kennen Sie sich schon?«, fragt Catharina.

»Erst ein paar Monate. Den ersten Weihnachtsfeiertag will er mit mir verbringen. Ich soll kochen.«

»Männer«, Catharina gluckst. »Mein Freund behauptet, Liebe geht durch den Magen, und hat vorgeschlagen, es uns am Heiligabend bei mir gemütlich zu machen, denn am ersten Feiertag ist er bei seiner Mutter. Ich soll kochen.«

»Mein Freund ist Heiligabend bei seiner Mutter, so bleibt für mich nur der erste Feiertag übrig. Sag mal, wollen wir uns nicht duzen bei der ähnlichen Sachlage?« Julia wischt sich die Finger am Geschirrtuch ab und reicht Catharina die Hand, dann greifen sie zu ihren Gläsern und nehmen einen Schluck.

»Ich bin froh, endlich einen Partner gefunden zu haben.« Catharinas Augen beginnen zu leuchten. »Bislang hat sich bei mir alles nur um die Arbeit gedreht. Das eine oder andere Abenteuer, aber nichts, was Perspektive hatte. Doch jetzt ...«

Julia nickt. »Kenne ich. Ich habe ziemlich was einstecken müssen«, kommt es leise von ihr. Doch dann strafft sie ihre Schultern. »Aber nun bin ich bis über beide Ohren verliebt. An den kleinen Fehlern des anderen lässt sich ja arbeiten.« Sie zwinkert Catharina zu. »Was machen Sie, eh, du beruflich?«

»Ich leite eine der Bankfilialen hier in Pirmasens. Und du?«

»Ich führe die Apotheke des Städtischen Krankenhauses.«

»Wie weit seid ihr?«, fragt die Köchin.

»Fast fertig, wir müssen die Leber nur noch in Stücke schneiden«, antwortet Catharina und greift schon zum Messer.

»Halt, halt. Die Leber muss erst von der Haut befreit werden.« Mit schnellen Handgriffen zeigt die Profiköchin den beiden Frauen, wie es geht.

»Wie hast du ihn kennengelernt?«, nimmt Julia den Faden wieder auf.

»Ganz witzig. In einem Café, er hat mich aus Versehen angerempelt und mir ist der Kaffee übergeschwappt. Tausendmal hat er sich entschuldigt und mich auf ein Glas Sekt eingeladen.«

Julia verzieht das Gesicht. Blöde Anmache, denkt sie, doch dann fällt ihr ein: Bei ihr war es ähnlich. »Was macht er denn beruflich?«

»Er ist Schriftsteller und schreibt an einem Roman, aber viel an Geld kommt da nicht bei rum«, seufzt Catharina.

»Aha.« Julia reicht der Köchin den ersten Schwung Leberstücke, die nun den Fleischwolf mit der Leber, dem zerkleinerten Schweinefleisch und den in Milch eingelegten Brötchen füllt. »Und wie sieht er aus?«, fragt sie neugierig.

»Groß, schlank, aber nicht dürr, durchtrainiert, schwarze Locken und grüne Augen.«

»Wie alt ist er?«

»So in meinem Alter, Mitte 30.«

Julia atmet einmal tief durch. »Du, ich gehe mal eben kurz raus, eine rauchen.«

»Ja, mach das.« Catharina lächelt sie an.

Draußen vor der Tür stampft Julia auf und ab. Ein unangenehmes Gefühl macht sich in ihr breit. Sie weiß nicht so recht, was es ist. Ihre Hände zittern. Nach dem dritten Versuch hat sie endlich ihre Zigarette an. Verstimmt tritt sie den Schnee weg. »Das kann doch nicht sein«, spricht sie zu sich selbst. »Oder doch?« Sie schüttelt den Kopf. »Ganz ruhig, ganz ruhig«, versucht sie sich zu beruhigen. Sie stellt sich auf die Zehenspitzen, dann auf die Fersen. »Mach dich nicht verrückt. Schwarze Locken sind so selten nicht, und

Männer mit grünen Augen gibt es auch mehrere.« Sie zieht an ihrer Zigarette. Doch die Verunsicherung will nicht weichen. »Jetzt muss ich nur noch herausbekommen, ob der Freund von Catharina eine Narbe oberhalb des Schlüsselbeins hat. Wenn ja, ist alles klar. Dann spielt er mir die große Liebe nur vor und hat gleich mehrere Beziehungen parallel laufen.« Sie atmet ein paarmal kräftig ein und aus. »Jetzt reiß dich zusammen«, ermahnt sie sich. »Es ist ja nur eine Vermutung«, murmelt sie, dann blickt sie zur gegenüberliegenden Häuserzeile, eine ehemalige Schuhfabrik, die leer steht und ziemlich heruntergekommen wirkt. Bis in die Achtzigerjahre ging es Pirmasens wirtschaftlich richtig gut, dann brach die Schuhindustrie ein. Nun müssen die Stadtväter kämpfen, obwohl das Umland am Westrand des Westerwaldes touristisch viel zu bieten hat. Pirmasens hat sich kulturell gut entwickelt, trotz der wirtschaftlichen Sorgen. Sie haben hier ein Schuhmaschinenmuseum, das Westwallmuseum und auch sonst eine Menge Angebote an Veranstaltungen.

Sie wirft ihre Kippe in den Schnee und stößt die Tür auf. Alle anderen haben schon an dem großen Tisch vor der offenen Küche Platz genommen. Catharina winkt ihr zu, sie hat für Julia einen Stuhl neben sich freigehalten.

»Da bist du ja, gleich kommt das Essen.«

Julia lächelt verhalten. Dann serviert die Köchin mehrere große Schalen mit Fleischklopsen, Kartoffelpüree und Sauerkraut. Sie prosten sich zu.

»Lasst es euch schmecken«, ist der kurze Kommentar der Köchin, die mit einer Weinflasche herumgeht und die Gläser erneut auffüllt. Julia probiert den Fleischklops, doch der Appetit ist ihr vergangen. Sie greift zu ihrem Weinglas. Der Gedanke, dass sie und Catharina womöglich auf den gleichen Mann hereingefallen sind, lässt sie nicht mehr los. Sie sieht sich am Herd stehen und eine Menge klein geschnittene Paprika in einen Kochtopf werfen. Innerlich lacht sie schrill auf. Hat er nicht gesagt, davon bekommt er Migräne? Dann sieht sie ein Messer auf dem Küchentisch liegen. Sie greift es und stößt es ihm in den Waschbrettbauch. Das Bild verblasst.

»So ein durchtrainierter Männerkörper ist schon echt sexy«, bemerkt sie beiläufig.

Catharina kichert. »Und weißt du, was mich besonders anmacht?«

Julia schüttelt den Kopf.

»Wenn ein kleiner Schönheitsfehler das Ganze ziert.«

»Was meinst du?«

»Mein Freund hat eine Narbe oberhalb des Schlüsselbeins, das gefällt mir sehr.«

Julia öffnet die Wohnungstür. Ihr Freund kommt herein, legt ein Geschenk auf die Anrichte und stellt einen roten Weihnachtsstern dazu. Dann umarmt er sie zärtlich. »Ist das gemütlich bei dir, toll, wie du alles weihnachtlich geschmückt hast.« Er schaut sich um. »Sogar Eisblumen gibt es bei dir an den Fenstern. So kalt ist es doch gar nicht.« Er lacht. Julia boxt ihn in die Seite und hält ihm eine Champagnerflasche hin, deren Korken er mit einem lauten Knall aus dem Flaschenhals springen lässt. Geschickt füllt er die Gläser und sie stoßen an. »Komm, setz dich. Das Essen ist gleich fertig.« Sie legt die Fleischklopse auf die Teller, dazu das Kartoffelpüree und das Sauerkraut.

Er kostet. »Ausgezeichnet!«, ruft er aus und schiebt sich einen zweiten Bissen in den Mund. Julia betrachtet ihn, die Tränen in ihren Augen bemerkt er nicht. Mein Gott, denkt sie, es hätte alles so schön werden können.

»Sag mal, wie war es gestern bei deiner Mutter?«

Er streichelt ihre Wange. »Es war sehr gemütlich. Sie ist halt an Heiligabend nicht gern allein. Wer weiß, wie lange ich sie noch habe.«

Julia verzieht das Gesicht und zieht ein Stück Fleischklops durch das Kartoffelpüree, ohne die Gabel zum Mund zu führen.

Er legt das Besteck auf den Teller und atmet einmal tief durch. »Ich glaube, jetzt brauche ich etwas Hochprozentiges.« Schnell hält er sich die Serviette vor den Mund, um ein Aufstoßen zu kaschieren. Dass seine Freundin kaum etwas gegessen hat, fällt ihm nicht auf.

Julia steht auf und kehrt mit einer Schnapsflasche zurück. »Du willst bestimmt einen Magenbitter, oder?« Er bejaht.

Sie gießt ihm eine gute Portion ein. Dann greift sie nach ihrem Champagnerglas und sie prosten sich zu.

»Ein bisschen bitter«, bemerkt er.

»Das soll so sein bei einem Magenbitter.« Sie hofft, dass er den gequälten Unterton in ihrer Stimme nicht bemerkt hat. Es war gar nicht so einfach, die Blätter des Roten Fingerhutes im Mörser so zu pulverisieren, dass sie sich unauffällig mit der dunklen Flüssigkeit vermischten, ohne aufzufallen.

»Gibst du mir noch einen?« Er hält ihr sein Schnapsglas entgegen.

Sie nickt und greift erneut zur Flasche. »War das Essen so mächtig?«

»Es war sehr gut, aber ziemlich fettig.« Dass er gestern das gleiche Gericht serviert bekommen hat, verschweigt er.

»Das ist der Schweinekamm, der bringt das Aroma und macht die Klopse zart.«

»Aha.«

Sie setzen sich aufs Sofa. Julia hat eine CD mit Weihnachtsmusik eingelegt und sie lauschen händchenhaltend. Plötzlich wird er unruhig und beginnt, schwer zu atmen.

»Was ist mit dir?«, fragt sie besorgt.

»Mir ist auf einmal fürchterlich schlecht.« Er steht auf. »Entschuldige, ich muss nach Hause.« Er greift nach seinem Mantel. Ohne sich nochmals umzudrehen, reißt er die Wohnungstür auf, die krachend hinter ihm in Schloss fällt.

Julia geht zum Fenster. Sie sieht, wie er schwankend den Bürgersteig entlanggeht. Er fällt und bleibt im Schnee liegen. Sie wartet. Die Straße ist menschenleer. Er bewegt sich nicht. Sie nimmt die Schnapsflasche und geht zur Gästetoilette.

Läwwerknepp (Schweinekamm und Leber)

Für vier Personen

Zutaten:
2 alte Brötchen
Milch zum Einweichen der Brötchen
1 Zwiebel
500 g Rinderleber oder Kalbsleber
200 g Schweinekamm (Kernbraten)
3 Eier
1 TL Majoran
1,5 l Fleischbrühe
Salz, Pfeffer, Muskat
1 Zwiebel, in Würfel geschnitten
2 EL Butter

Zubereitung:
Brötchen in dünne Streifen schneiden und in heiße Milch legen, dann beiseitestellen. Zwiebel schälen und in grobe Würfel schneiden. Die Leber waschen, von allen Häuten befreien und trocken tupfen. Leber, Schweinekamm, die ausgedrückten Brötchen und die Zwiebel durch die feine Scheibe des Fleischwolfs drehen. Die Eier unter das Gemisch rühren, mit Salz, Pfeffer und Majoran kräftig würzen, dann das Ganze bis zu zwei Stunden im Kühlschrank ziehen lassen. Die Fleischbrühe zum Kochen bringen. Mit einem großen Löffel ovale Knödel aus dem Gemisch formen und in die siedende Fleischbrühe geben. Etwa 15 Minuten ziehen lassen, dann herausnehmen, abtropfen lassen und in eine Schüssel geben. Die Würfel der zweiten Zwiebel in heißer Butter goldgelb anrösten und die Läwwerknepp damit übergießen. Dazu passen vorzüglich Kartoffelpüree und Sauerkraut.

Kerstin Lange

Wir schenken uns nichts

Wir schenken uns nichts zu Weihnachten. Das ist seit Sommer beschlossen. Auslöser waren die Diskussionen über Dieselfahrverbote. Und dass der Firmenwagen unseres Handwerksbetriebs nur mit großen Kosten eine neue TÜV-Plakette bekäme. Wochenlang überlegten wir, welche Möglichkeiten uns zur Verfügung standen. Letztendlich war alles ganz einfach. Einen Teil der Ersparnisse verwendeten wir für die Anzahlung eines neuen Elektrofahrzeuges – ganz ohne Auto schaffen wir den Transport der Materialien nicht zu den Kunden. Unser Strom kommt von der eigenen Solaranlage, die wir bereits vor Jahren auf dem Dach des Nebengebäudes, der großen Scheune, installierten. Wir leben in einem ehemaligen Bauernhaus, an dem viel modernisiert und umgebaut werden muss. Viel haben wir noch nicht geschafft, aber ich mag den Charme der alten Dachbalken, die unebenen Wände und die ausgetretenen Stufen der Holztreppe.

Es blieb nicht bei dem Elektroauto. Unsere Mitarbeiter bekamen Firmenfahrräder und auch sonst änderten wir einiges, um klimaneutral arbeiten und leben zu können. Seifenstücke statt Duschgels in Plastikflaschen. Einkaufen auf dem Bauernhof, wenige bis keine Verpackungen. Unsere Urlaube verbringen wir nicht an entlegenen Stränden, sondern erholen uns in der Nähe. Gerade der Pfälzer Wald hat so viel zu bieten. Mit dem Fahrrad und zu Fuß kann man wunderbare Touren durch unsere Weinberge machen. Manchmal benötigt man einfach einen Anstoß, um Dinge zu ändern. In diesem Fall sei unserem alten Diesel gedankt.

Der weitere Umbau des Hauses muss noch etwas länger warten, denn die Umstellung unseres Lebens ist zunächst mit hohen Ausgaben verbunden. Aber wir investieren in die Zukunft. Das weiß ich, nur in manchen Momenten beschleicht mich ein wenig Wehmut. Ich liebe es zu schenken und – ich bin ehrlich – auch beschenkt zu werden. Doch um diesem Konsumfest etwas entgegenzusetzen, und weil wir ja eigentlich alles haben, reichte uns ein tiefer Blick in die Augen und der feierliche Entschluss, dass Geschenke dieses Jahr Weihnachten überflüssig seien.

Einen winzigen Moment denke ich an den wunderschönen Brillantring, den ich in der Auslage des Juweliers bewundert hatte, und Richards beiläufigen Satz: »Schaun wir mal, wies Jahr läuft. Es kommt ja noch Weihnachten.«

Nach unserer Entscheidung für ein besseres Leben sage ich dem Brillantring ade. Zum Schutz der Ressourcen und für unsere Zukunft.

»Vielleicht nicht nichts, sondern nur eine Kleinigkeit«, sage ich am Frühstückstisch an einem Morgen im Oktober. Richard schaut mich über seine Lesebrille an. Tadelnd, skeptisch? Zumindest so, dass ich mich erklären muss. »Es gibt ja auch andere Möglichkeiten, als Unnützes zu verschenken. Aber es ist das Fest der Liebe. Mit einer Aufmerksamkeit kann man zeigen, dass man an die Person gedacht und sich Gedanken gemacht hat, womit man eine Freude bereiten kann. Ich mag ja gerne Pralinen. Die kann man selbst zubereiten.« Ich sehe Richards irritierten Gesichtsausdruck und füge an: »Aber auch fertige kaufen.« Mein Wunsch klingt seltsam, doch die Vorstellung, Weihnachten ohne Bescherung zu feiern, macht mich traurig. Richard belässt es bei seinem stummen Blick und liest weiter die Zeitung.

Ich gebe nicht auf. »Gutscheine für gemeinsame, romantische Abende sind auch toll.« Seine Brille rutscht etwas tiefer. Ich denke an die Krimiveranstaltungen in der Ziegelhütte. Krimilesungen mit 3-Gänge-Menü, Krimibrunch. Hier im Ort gibt es das Klimahotel Gutshof Ziegelhütte, das fußläufig zu erreichen ist. Dagegen können selbst hartgesottene Klimaschützer nichts haben.

Richards Satz »Sind wir für so was nicht zu alt?«, macht mir deutlich, dass er an etwas ganz anderes denkt, und sorgt für eine Verfärbung meines Teints.

»Es geht mir ja nur um die Idee ...« Ich gebe auf.

Die Adventszeit mit den üppigen Weihnachtsdekorationen in den Geschäften und den Weihnachtsliedern in Endlosschleife ist für mich eine schwere Zeit. Ich liebe es, mich auf der Suche nach Geschenkideen inspirieren zu lassen. Egal ob in Läden oder auf Weihnachtsmärkten. Die Male, die ich mit Richard an einem Glühweinstand verbringe, sind begleitet von seinem Geschimpfe über den Konsumterror. »Im Oktober gibt es schon Marzipankartoffeln und Spekulatius! Und wenn du Weihnachten etwas haben willst, gibt es nichts mehr. Das alles macht mich krank.«

Ich höre zu, während mein Blick an einem Stand mit Tüchern hängen bleibt und ich mir überlege, dass der rote Schal ein wunderbares Geschenk für meine Schwester sei. Und Richard würde sich über eine Fitnessuhr sicher freuen. Er muss etwas für seine Gesundheit tun, wie ihm der Arzt geraten hat. So ein Gerät würde er sich nie selbst kaufen, also ein Geschenk, das prädestiniert für Weihnachten wäre.

Aber wir schenken ja nichts.

Natürlich schrumpfen die Ersparnisse für die Maßnahmen zum Klima- und Umweltschutz. Richard entpuppt sich als rigoroser Aktivist. Bei jeder Entscheidung ist die erste Frage: Wie ist das mit unseren neuen Grundsätzen vereinbar? Es kann manchmal ganz schön anstrengend sein, Gutes zu tun. Und teuer. Richards Engagement kennt keine Grenzen. Regenwasser auffangen und als Brauchwasser nutzen, finde ich persönlich auch eine gute Sache, aber unsere finanziellen Mittel nehmen kontinuierlich ab.

Ich habe gar kein Geld für die vielen tollen Weihnachtsgeschenke, die mir täglich einfallen. Wie konnte es sein, dass ich in den letzten Jahren nie Ideen gehabt hatte?

Ein unerwarteter Geldsegen kehrt bei uns ein, als Richards Tante Hilde stirbt und ihm ihr Vermögen hinterlässt.

In einer ganz kleinen Ecke in meinem Kopf nistet sich ein Gedanke ein, der mich nicht loslässt. Der Brillantring. Ob er auch noch daran denkt? So ein Schmuckstück ist doch wertbeständig. Und dabei ganz natürlich, nur gepresster Kohlenstoff. Er achte auf die Herkunft der Diamanten, hatte der Juwelier erklärt, er verkaufe nur Gold mit Fairtrade- und Fairmined-Zertifizierung und selbstverständlich keine Blutdiamanten.

Es ist Heiligabend und ich packe Geschenke ein. Der Jutestoff, den ich statt Papier verwende, ist etwas sperrig, aber es geht. Der Wille zählt. Bin schon ganz gespannt, was Richard zu seinen Präsenten sagt.

Ich habe ihm einen Gutschein für ein Krimidinner und, Tante Hilde sei Dank, eine Fitnessuhr besorgt. Für meine Schwester, die am ersten Weihnachtstag kommt, einen Schal aus recycelter Baumwolle.

Richard ist noch im Büro, er muss noch ein paar Aufträge überprüfen, erklärt er, und ein wenig verstimmt beginne ich mit den Vorbereitungen für unser Essen. Während ich den Karpfen, natürlich aus ökologischer Aquakultur, filetiere und in Butter anbrate, male ich mir sein überraschtes Gesicht aus. Die restlichen Vorbereitungen gehen mir schnell von der Hand.

Dieses Jahr steht zum ersten Mal kein Weihnachtsbaum im Erker, der uns mit Lichterschein beim Essen beglückt. Wir sind alt genug. Und es ist besser für das Klima. Aber ich vermisse ihn schon. Er fehlt auch für die Geschenke, also lege ich die Jutepäckchen auf die Anrichte. Richards Gesicht spricht Bände. Aber als er seine Fitnessuhr erblickt und den Gutschein in den Händen hält, ist er gerührt. Das sehe ich ihm an.

Richard verlässt den Raum und als er zurückkommt, versteckt er etwas hinter seinem Rücken. »Pralinen hast du dir gewünscht«, sagt er, hängt ein »Frohe Weihnachten, liebe Marion« an und legt ein kleines, sehr kleines Etwas in goldener Folie verpackt auf die Anrichte. Es ähnelt sehr den goldenen Kugeln einer italienischen Firma, die ich früher gerne gegessen habe, aber aus Umweltschutzgründen schon lange meide. Ausgerechnet das soll mein Weihnachtsgeschenk sein?

Ich bin sprachlos. Den ganzen Abend lang. Ich trinke mehr Wein, als mir guttut. Wann hat er sich so verändert?, frage ich mich, während mein Blick immer wieder zu der Praline wandert.

Das ist nicht mein Mann, den ich liebe. Mein Kopftourette ist in vollem Gang, ich schimpfe in Gedanken, während ich versuche, Haltung zu bewahren und diesen Abend mit Anstand zu überstehen. Ich bin selbst schuld: Wir schenken uns nichts.

Gegen zehn Uhr ziehe ich mich zurück, Migräne reicht als Entschuldigung. Im Bett liege ich wach und wälze mich von einer Seite auf die andere. Eine Praline! Richard hat es gewagt, mir eine einzige Praline zu schenken. Das kann doch nicht wahr sein. Dann lieber kein Geschenk. Ich fühle mich gedemütigt und nicht ernst genommen.

Die Fitnessuhr werde ich umtauschen. Nach den Feiertagen bringe ich sie zurück. Und zu dem Krimidinner gehe ich mit meiner Schwester. Richard hat doch ein krankes Hirn. Ich will die Scheidung. Sofort und auf der Stelle. Geht natürlich nicht. Eine Scheidung ist zu teuer.

Ich stelle mich schlafend, als er ins Bett kommt. Er sagt leise: »Marion?« Ich reagiere nicht. Als er schnarchend neben mir liegt, bin ich noch immer wach. Sein Grinsen geht mir nicht aus dem Kopf. Ich bin so sauer, dass an Schlaf nicht zu denken ist.

Ich stehe auf, zieh mir den Morgenmantel über. Während die Lichter der Weihnachtsbäume in den anderen Nachbarhäusern heimelige Weihnachtsstimmung ausstrahlen, ist es bei uns kalt und düster. Mein Blick fällt auf die Praline. Soll ich sie essen? Doch bei diesem Anblick kocht die Wut wieder hoch. Genau genommen ist unsere Ehe doch schon lange am Ende. Was verbindet uns denn noch?

Erwürgen. Erstechen. Eine Pistole habe ich nicht. Mir gehen unzählige Möglichkeiten durch den Kopf, wie man jemanden beseitigen könnte. Früher hatte man Unkrautvernichtungsmittel im Haus. Aber das gibt es bei uns schon lange nicht mehr. Es müsste schon etwas Umweltverträgliches sein.

Ich tue das, was ich immer tue, wenn ich wütend bin und nicht zur Ruhe komme. Ich putze. Es ist ein Hochgenuss, die Treppe mit dem Bienenwachs zu bearbeiten. Endlich strahlt sie wieder, die Maserung des Holzes kommt richtig zur Geltung.

Nach ein paar Stunden Schlaf und ausgenüchtert sieht meine Welt wieder friedlich aus. Ich verzeihe ihm. Ich darf mich nicht immer derartig in etwas hineinsteigern. Das ist auch für meinen Blutdruck nicht gut. Meine Hand sucht versöhnlich nach seiner, greift jedoch ins Leere. Er ist nicht da. Ich springe auf, um ihn zu finden, und um ihm zu sagen, dass alles wieder gut ist.

Es ist zu spät. Er liegt seltsam verdreht am Fuße der Treppe, sein Kopf liegt in einer Blutlache. Die Augen blicken leer ins Nichts. Mir bleibt die Erkenntnis, dass ich beim nächsten Mal nicht so viel Wachs verwenden sollte.

Die Gespräche mit dem Bestatter verlaufen erstaunlich informativ. Nachhaltig sterben ist noch nicht so verbreitet, aber im Kommen. Ich entscheide mich für eine Feuerbestattung, weil, wie mir der Bestatter erklärt, ein Teil der im Körper gespeicherten Schadstoffe bei der Verbrennung entweichen und mithilfe des Filters fachgerecht entsorgt werden können. Somit ist die Asche eines Verstorbenen eine geringere Belastung für Boden und Grundwasser als der komplette Leichnam bei einer Erdbestattung. Ich wähle einen Sarg aus unlackiertem Fichtenholz aus nachhaltigem Anbau aus der Region für die Feuerbestattung und eine Urne aus Maisstärke, um die Asche zu beerdigen. Das ist besonders klimaneutral. Es würde Richard gefallen.

Gegen Schuldgefühle helfen Schokolade und Süßes. Ich nehme sein Weihnachtsgeschenk in die Hand und wundere mich über das Gewicht. Die Praline ist in mehrere Metallfolien eingepackt. Das sieht ihm überhaupt nicht ähnlich. Lage für Lage wickele ich es aus. Doch statt Schokolade starre ich fassungslos auf ein Velourledersäckchen, auf dessen Vorderseite die Anschrift unseres Juweliers gedruckt ist. Meine Hände zittern, als ich sehe, was aus dem Säckchen fällt.

Ein Ring, mein Wunschring, und ein Zettel, auf dem steht:
Mein Nichts für dich zu Weihnachten.

Karpfen mit Specksauce

Für zwei Personen

Karpfen an Heiligabend hat eine lange Tradition und wird regional unterschiedlich zubereitet. Früher musste man ihn wässern, um den moderigen Geschmack zu entfernen. In Süddeutschland nahm man für die traditionelle Zubereitung den Weihnachtskarpfen am Vorabend aus und zerteilte ihn. Um den strengen Geschmack zu mildern, wurden die Stücke über Nacht in Buttermilch eingelegt und am nächsten Tag mit Mehl, verquirltem Ei und Paniermehl paniert. Danach backte man den Fisch in Fett aus und servierte ihn mit Kartoffelsalat oder Salzkartoffeln. Ein Gurkensalat passt wunderbar dazu.

Zutaten:
200 g Möhren
100 g Knollensellerie
100 g Reis
100 g durchwachsener Speck
1 kleine Schalotte
2 Karpfen (Filet)
etwas Salz, Pfeffer und Paprika
Mehl
2 EL Butter
1 Prise Zucker
180 ml Brühe
2 EL Öl
2 TL Senf
2 TL Zitronensaft
2 Messerspitze Kümmel
2 TL Speisestärke
einige Dillspitzen

Zubereitung:
Für das Gemüse die Möhren und den Sellerie putzen und schälen und in feine Streifen schneiden. Den Reis kochen. Speck für die Sauce in schmale Streifen schneiden. Die Schalotte abziehen, fein würfeln.

Die Filets mit Salz, Pfeffer und Paprika würzen und anschließend mehlieren. Möhren in 1 EL Butter mit 1 Prise Zucker andünsten und mit 100 ml Brühe ablöschen. Dann den Sellerie zugeben, und beides 6 bis 8 Minuten bissfest garen, abschmecken.

Die Fischfilets in einem Gemisch aus Butter und Öl beidseitig je 6 bis 8 Minuten braten.

Währenddessen den Speck anbraten, die Schalotte hinzugeben und mitbraten. Mit der restlichen Brühe ablöschen. Mit Salz, Pfeffer, Senf, Zitronensaft und Kümmel abschmecken. Sauce mit angerührter Stärke binden, kurz aufkochen.

Die Karpfenfilets mit Gemüse, Specksauce und Reis anrichten und anschließend mit Dill garnieren.

Brigitte Vollenberg

Winter-Liebe

Er stellte sich neben sie, nahm ihr die Luft zum Atmen. Sie war zu keiner Reaktion fähig. Er berührte ihre Hand, umschloss sie. Der Druck wurde stärker, fordernder.

»Komm!«, flüsterte er. Einem vorbeieilenden Kellner überreichte sie ihr Sektglas. Wer war dieser gutaussehende Mittvierziger, der sie durch die feiernde und weihnachtlich eingestimmte Gesellschaft führte? Er war ihr bisher auf keinem Meeting aufgefallen.

In der Hotelhalle, vor den Blicken der Arbeitskollegen verborgen, küsste er sie. Cordula ließ es geschehen. Ihr Körper entspannte sich. Sie schmeckte seinen Kuss. Es fühlte sich so vertraut an. Dann lösten sich ihre Lippen voneinander und er setzte zu einer Erklärung an. Sie legte ihren Zeigefinger auf seine Lippen.

»Ich weiß auch nicht, was gerade mit mir passiert. Ich fühle mich durch dich wie in einer anderen Welt.«

Cordulas Gefühle spielten verrückt. Sie wollte diesen Mann, auch wenn es nur für eine Nacht war.

»Glaubst du an Liebe auf den ersten Blick?«, fragte er.

Cordula hatte aus dem Kontingent der reservierten Hotelzimmer eines bezogen. Die Unternehmensleitung war großzügig, sie hatte den weit Angereisten Zimmer zur Verfügung gestellt. Jetzt übernahm Cordula die Initiative. Sie griff seine Hand und zog ihn zum Fahrstuhl.

Die blanken Spiegel in der kleinen Kabine zeigten ein eng umschlungenes Liebespaar, das nicht voneinander lassen konnte. Leise Weihnachtsmelodien übertönten das Surren des Aufzugs, der sich vibrierend nach oben bewegte.

Es war bereits spät am Tag, als Cordula erwachte. Sie hatte tief geschlafen, fast komatös.

Die Berührung der Nachttischlampe tauchte das Zimmer in funzeliges Licht. Das Bett neben ihr war leer. Sie stand auf, schlang sich die Zudecke um ihren Körper und ging ins Bad. Auch dort fand sie ihren Liebhaber nicht. Ihre Blicke durchsuchten das Zimmer. Nichts erinnerte an den Mann, dem sie die Liebesnacht zu verdanken hatte. Sie trat ans Fenster und zog die schweren Gardinen zur Seite. Feine Schneeflocken wirbelten durch die Luft. Vor ihr verwandelte sich die Gegend in eine Winterlandschaft. Eine Melancholie ergriff sie. Sie bereute die Nacht nicht. Nein. Aber sie hoffte, dass diese sexuelle Begegnung nicht als ein unverbindliches Arrangement unter Erwachsenen enden würde. Was hatte er gemeint, als er die Liebe auf den ersten Blick ins Spiel gebracht hatte? Warum sollte sie nicht endlich einmal Glück haben? Alle zurückliegenden vertrackten Affären und Beziehungen waren an ihr vorbeigerauscht. Sie wünschte sich einen Mann zum Heiraten.

Auf dem Boden entdeckte sie einen kleinen Zettel. Sie musste ihn mit der Bettdecke vom Tisch gefegt haben.

Warte auf mich. Ich muss etwas erledigen. Bin später wieder bei dir. In Liebe Max.

»Max«, flüsterte sie. »Du heißt also Max, ein schöner Name.« In Liebe. Große Worte.

Die Enttäuschung über sein Verschwinden verflüchtigte sich. Cordula duschte und naschte im Vorbeigehen von den köstlichen Plätzchen aus der Weihnachtstüte. Sie schlüpfte in Jeans und Pulli und schlang sich einen Schal um den Hals. Inmitten der verschneiten Landschaft bot sich ein Spaziergang an. Rund um das Hotel wurden die Wege freigeschaufelt. Cordula stapfte durch den Schnee bis zum Weiher. Eine dunkle Eisfläche lag vor ihr. Der Wind fegte die Flocken über den zugefrorenen Teich. Vorsichtig trat sie auf das Eis. Am Rande stand ein kleines Schild: Betreten der Eisfläche auf eigene Gefahr. Sie rutschte ein kurzes Stück. Dann stampfte sie fest auf. Das Eis hielt. Dennoch glaubte sie, ein leises Knacken zu hören.

Sie umrundete den Jägerweiher. Als der Schneefall zunahm, eilte sie zum Hotel zurück und genehmigte sich zum Aufwärmen einen Punsch an der Hotelbar. Warten konnte so schrecklich sein. Würde Max zu ihr zurückkommen? Ihre Zweifel wurden größer.

Als Max abends wieder vor ihr stand, hielt er eine Christrose in der linken Hand und seine rechte umschloss eine Flasche Wein. Es dauerte nur Sekunden und sie fielen übereinander her und liebten sich, als hätten sie monatelang Verzicht geübt.

Cordula erwachte. Max hatte seinen Arm um ihren nackten Körper geschlungen und drückte sie fest an sich.

»Danke für die hübsche Christrose«, flüsterte sie. »Hast du auch Hunger?«

»Ja«, antwortete Max. »Aber ich lass uns hier eine Kleinigkeit servieren. Dieses Zimmer verlasse ich heute nicht mehr.« Er drehte sich zu ihr und küsste sie leidenschaftlich.

Auch das Frühstück ließen sie sich auf das Zimmer bringen. »Sollen wir gleich einen Spaziergang machen?«, schlug Cordula vor. »So ein Winterwetter und dann auch noch kurz vor Weihnachten haben wir nicht jedes Jahr.«

»Das ist eine gute Idee. Aber vorher muss ich kurz etwas erledigen«, sagte Max.

»Geschäfte?«, fragte Cordula. »Ich dachte, die Betriebsferien sind für alle Mitarbeiter.«

»Ich wohne nicht weit entfernt in Waldsee. Ich bin Pfälzer. Meine Eltern warten auf mich. Ich muss für sie ein paar Besorgungen machen. Hab's ihnen versprochen.«

Cordula hatte sich vorgenommen, Max nicht mit Fragen zu löchern, obwohl sie sehr neugierig auf seine Lebensumstände war.

»Für einen kurzen Moment hab ich gedacht, du müsstest zu deiner Frau und deinen Kindern, um sie bei Laune zu halten«, sagte sie und lachte. Max nahm sie in den Arm und küsste sie innig und zärtlich.

Am Abend stand Max, wie versprochen, wieder vor ihrem Hotelzimmer. Den Schneespaziergang verschoben sie auf den nächsten Tag.

Max hatte in einer kleinen Winzerstube einen Tisch reserviert. Wohlige Wärme empfing sie im weihnachtlich geschmückten Raum. Im Kamin knisterten Holzscheite.

Das Menü hatte er bereits telefonisch bestellt.

»Hier gibt es weit und breit den besten Gänsebraten«, sagte er. »Ich hoffe, er wird dir schmecken.«

»Ich liebe Gänsebraten«, sagte sie

»Dieses Lokal ist besonders interessant. Der Wirt wird später die Gans servieren und direkt am Tisch tranchieren. Dazu erzählt er immer lustige Geschichten.«

Ob die Geschichten wirklich lustig waren, konnte Cordula nicht beurteilen, denn den Erzählungen im breitesten Pfälzisch konnte sie nicht folgen.

Leicht beschwipst von der Flasche Spätburgunder, die sie zum Essen geleert hatten, kämpften sie sich durch heftig einsetzenden Schneefall zum Hotel zurück. Dicke Flocken fielen auf sie nieder. Max küsste Cordula. »Ich liebe dich«, flüsterte er ihr ins Ohr.

»Weißt du, wie man die Seen hier nennt?«, fragte er.

»Keine Ahnung, ich bin zum ersten Mal in der Gegend. Aber wenn es deine Heimat ist, werde ich sie bestimmt bald kennenlernen.«

»Die Seen gehören zur Blauen Adria. Im Sommer ist es hier wunderbar«, schwärmte er. »Über eine Landzunge, die sich in den See erstreckt, erreicht man zu Fuß die Liebesinsel.«

»Meinst du, wir finden sie bei diesem Schneetreiben?«, fragte Cordula.

»Keine Ahnung, so oft bin ich nun auch nicht hier und schon gar nicht im Winter. Und außerdem ist es zu dunkel.«

Cordula griff seine Hand und zog ihn hinter sich her.

»Soll ich dir noch eine kleine Geschichte erzählen?«, fragte er.

»Ja, wenn du nicht Pfälzisch sprichst«, sagte Cordula.

»Sie handelt von einem Schäfer im 19. Jahrhundert. Er führte seine Schafherde über die zugefrorenen verschneiten Seen. Das Eis hielt nicht und ein Großteil der Herde versank. Eilig kamen die Metzger aus Waldsee an den Weiher und mussten die armen Tiere notschlachten.«

»Es scheint ja viele skurrile Geschichte in dieser Gegend zu geben«, flüsterte Cordula, »und ich kann nicht genug davon bekommen.«

Sie hatte das Stadium des Verliebtseins bereits abgelegt. Sie liebte Max und würde ihn heiraten. Nie war sie sich sicherer gewesen.

Sie schliefen lange und genossen ihre Zweisamkeit.

»Was machen wir an Weihnachten?«, fragte Cordula. »Wir sollten die Feiertage nicht hier im Hotelzimmer verbringen.«

Max wich aus. »Ich gehe jetzt erst mal unter die Dusche.«

Das Wasser im Bad rauschte und Cordula rekelte sich auf dem Laken. Ein kaum hörbares Vibrieren zeigte einen Anruf auf Max` Handy an. Sie griff danach und erblickte einen hübschen Jungen, der Max wie aus dem Gesicht geschnitten war. Neben der Nummer stand: Max junior. Sie nahm das Gespräch an.

»Hallo, Papa! Ich bin es, dein Sohnemann. Bitte komm pünktlich. Du hast versprochen, mit mir auf den Weihnachtsmarkt zu gehen. Ich muss noch ein Geschenk für Mama kaufen. Ich freu mich.«

Cordula kappte die Verbindung und ließ sich wieder ins Bett zurückfallen. Sie zog sich die Bettdecke über den Kopf und fiel in eine Schockstarre. Wie blöd bin ich eigentlich?, dachte sie. Warum falle ich immer und immer wieder auf solche Typen herein? Bin ich dafür prädestiniert?

Sie stellte sich schlafend, als Max aus dem Bad kam. Es schien ihm sehr gelegen zu kommen, denn er bewegte sich leise und rücksichtsvoll. Sie blinzelte und sah, wie er einen kleinen Zettel aus seiner Brieftasche fingerte und ihn auf den Tisch legte. Dann schloss sich sanft die Zimmertür und er war verschwunden.

Cordula sprang aus dem Bett, grapschte nach dem Papierschnipsel.

Warte auf mich. Ich muss etwas erledigen. Bin später wieder bei dir. In Liebe Max.

Ihr wurde schlecht. Sie zerknüllte den Zettel und warf ihn in ihre Handtasche. Ich weiß, was du erledigen musst, dachte sie.

Zuerst überlegte sie abzureisen, einfach zu verschwinden. Er würde sie schnell vergessen haben. Die nächste Affäre wartete sicher schon. Und wenn nicht, hatte er ja noch seine Ehefrau. Den ganzen Tag musste sie an den Schäfer und seine Schafe denken und an das kleine Schild, das sie entdeckt hatte.

»Eisfläche – Betreten auf eigene Gefahr.«

Die Seen würden jetzt auch völlig eingeschneit sein. Es schneite schließlich bereits den ganzen Tag. Am besten, ich locke ihn auf das Eis. Er bricht ein und versinkt.

Als Max an ihre Zimmertür klopfte, hatte sie ihn in Gedanken bereits vergiftet, erstochen und erwürgt.

Seine Küsse schmeckten nach gebrannten Mandeln und sein Atem roch nach Glühwein, den er nicht mit ihr getrunken hatte. Sie bestellte eine Flasche Wein auf das Zimmer und schenkte Max kräftig ein. Später an der Hotelbar überreichte sie Max einen Cognac und für sie mixte der Kellner einen alkoholfreien Cocktail.

»Lass uns noch einmal raus in den Schnee gehen«, schlug Cordula vor.

»Große Lust habe ich nicht. Ich bin müde. Mir ist mehr nach Kuscheln«, sagte Max. Aber Cordula war schon in ihre Winterstiefel geschlüpft und sah ihn bittend an. Max griff nach Schal und Handschuhen und folgte ihr. Nach wenigen Metern ließen sie sich rückwärts in den Schnee fallen. Die Bewegung ihrer Arme hinterließ Abdrücke, als hätten Engel hier gerastet. Ob er das mit Sohn und Ehefrau auch schon einmal ausprobiert hatte? Cordula formte Schneebälle und bewarf ihn damit. Der Alkohol zeigte seine Wirkung. Max bewegte sich träge und unkoordiniert. Aber er stolperte hinter ihr her. Wege waren keine mehr zu erkennen. Erst als Cordula das Hinweisschild zur Benutzung der Eisfläche sah, wusste sie, dass sie den See erreicht haben mussten. Von hier aus einige Schritte weiter nach rechts hatte sie einen alten morschen Kahn liegen sehen. Er war teilweise vom Eis umschlossen.

»Hier machen wir eine Pause«, sagte sie. Cordula kletterte in das Ruderboot.

»Gib mir deine Hand«, rief sie und bot Max Hilfestellung. Er schaffte es, fiel aber der Länge nach in das Boot. Er lehnte sich an die hölzerne Bordwand. Cordula setzte sich neben ihn und klopfte ihm den Schnee von der Jacke.

»Trara!«, rief sie fröhlich. »Schau mal, was ich für uns mitgenommen habe«, und sie hielt eine Flasche Rotwein in die Höhe. Ohne die Handschuhe auszuziehen, schaffte sie es, den Schraubverschluss zu entfernen, und reichte ihm die Flasche.

»Und, ist das nicht romantisch?«, fragte sie. »Hast du schon einmal an so einem idyllischen Ort mit einer deiner Geliebten gesessen?« Max nahm einen großen Schluck und noch einen und noch einen. Er bemerkte nicht, dass es kein erlesener Pfälzer Wein war, und auch der leichte bittere Nachgeschmack schien ihn nicht zu stören. Es hatte aufgehört zu schneien und die Schneewolken verzogen sich. Der Mond legte jetzt sein zartes Licht auf die Schneelandschaft. Sterne traten hervor. Als Max eingeschlafen war, küsste sie zärtlich seine kalten Wangen.

»Max«, flüsterte sie. »Warte auf mich. Ich muss etwas erledigen. Bin später wieder bei dir. In Liebe Cordula.«

Sie kletterte aus dem Kahn und entfernte sich eilig. Sie lief einfach drauflos, wollte nur noch weg von diesem Kerl, der ihr auch wieder nur etwas vorgespielt hatte. Die kalte Luft drängte sich in ihre Lunge und sie blieb stehen. Es knackte leise unter ihren Füßen. Das kalte Wasser drang in ihre Winterstiefel und das Eis brach unter ihren Füßen weg. Ihre Hilferufe wurden von der verschneiten Landschaft geschluckt. »Max!«, röchelte sie ein letztes Mal, bevor das eisige Wasser sie umschloss.

Gänsebraten nach Pfälzer Art

Gänsebraten

Zutaten:
1 Gans, frisch vom Bauernhof oder tiefgefroren
3-4 EL Salz
2 TL gemahlenen Pfeffer
2 TL Thymian gem.
2-3 EL Waldhonig zum Bepinseln
20-30 g zimmerwarme Butter
250 ml Rotwein
Saucenbinder
Crème fraîche
1 Zwiebel
1 Bund Suppengemüse

Zubereitung:
Einen großen Bräter mit Deckel und Innenrost bereithalten, außerdem Küchenpapier und Alufolie.
Die aufgetaute bzw. frische Gans mit Küchenpapier rundherum, auch innen, mit Küchenpapier trocken tupfen und anschließend mit dem Salz und den Gewürzen kräftig einreiben. Einen Tag im Kühlschrank ruhen lassen. Dann die Gans mit der warmen Butter komplett einreiben. Den Bräter mit ca. 500 ml Wasser befüllen und einen Rost hineinstellen, damit das Fleisch mit dem Wasser nicht in Berührung kommt. Ca. zweieinhalb Stunden (je nach Größe des Vogels) mit Deckel im Backofen bei 250 Grad braten. Zwischendurch einmal herausnehmen und wenden. Nach dieser Bratzeit aus dem Backofen nehmen und – ganz wichtig! – mit Alufolie umwickelt ca. 30 Minuten ruhen lassen. Danach komplett, vor allem die noch hellen Stellen, mit Honig einpinseln und nochmals ca. 10 Minuten auf höchster Stufe im Backofen braten.

Mit dem ausgetretenen Saft im Bräter lässt sich in wenigen Minuten hervorragend eine sehr leckere Sauce zubereiten. Hierzu den Bratensaft abseihen, das überschüssige Fett mit einem großen Löffel abnehmen. Den Rest mit dem Rotwein kurz aufkochen. Mit etwas Saucenbinder anschließend zur gewünschten Konsistenz binden und das Ganze mit der Crème fraîche abrunden.

Kastaniengemüse (Keschdegmies)

Zutaten:
1 kg Maronen (Esskastanien)
1 kleine Zwiebel
40 g Butter
1 TL brauner Zucker
20 g Mehl
125 ml Gemüsebrühe
Salz, Pfeffer
125 ml Sahne

Zubereitung:
Die Kastanien kreuzweise einschneiden und in kochendem Wasser ca. 20 Minuten kochen. Abgießen, mit kaltem Wasser abschrecken und schälen.
Zwiebel fein würfelig schneiden, die Butter in einem Topf zerlassen und die Zwiebelwürfel darin andünsten. Zucker hinzufügen und karamellisieren lassen. Das Mehl dazugeben und eine Mehlschwitze herstellen. Die Gemüsebrühe aufkochen und die Zuckermasse unter Rühren hineingeben. Die Kastanien dazufügen. Alles bei kleiner Flamme einige Minuten köcheln lassen. Alles mit Salz und Pfeffer abschmecken und mit der Sahne verfeinern.
Als Beilage eignen sich Klöße.

hatte rote Flecken auf den Wangen. »Mein Gott, was machen wir jetzt?«

»Sehr geehrte Damen und Herren!« Der Vorsitzende des Sportvereins Zweibrücken war vor das Publikum getreten. »Ich freue mich, Sie hier begrüßen zu dürfen. Zwei gute Nachrichten darf ich heute verkünden. Unserer Vereinigten Turnerschaft Zweibrücken ist eine große Ehre zuteil geworden. Wir wurden mit dem 3. Platz beim Wettbewerb ›Die Silbernen Sterne des Sports‹ ausgezeichnet. Verliehen vom Deutschen Olympischen Sportbund und dem Bundesverband der Volks- und Raiffeisenbanken.«

Frenetischer Applaus erklang.

»Wir sind sehr stolz. Besonders stolz sind wir aber auf unseren Nachwuchs der Vereinigten Turnerschaft. Wir bieten Ihnen nun unser weihnachtliches Programm. Zur Aufführung kommt das Tanzmärchen Wiesenmäuse.«

Sybille trat auf den Vorsitzenden zu, flüsterte ihm etwas ins Ohr.

»Entschuldigung«, stammelte er. »Ich höre gerade, dass sich die Vorstellung ein klein wenig verzögert. Bitte haben Sie noch etwas Geduld.« Stimmengemurmel erklang im Saal.

Petra Meier wurde es heiß und kalt. Was war passiert? Ihre Tochter schien spurlos verschwunden zu sein und im Umkleideraum waren Blutstropfen.

»Frau Meier?« Ein Mädchen, das in grünen Strumpfhosen und einem grünen T-Shirt steckte, zupfte sie am Ellenbogen.

»Die Sabine hat mir auch keine Gummibärchen gegeben. Keiner kann sie leiden.«

»Schade«, meinte Petra, »vielleicht meint sie das gar nicht so.«

»Sie sagt immer, dass sie eine Geheimtür kennt und dass dort Katzenbabys wohnen.«

»Weißt du, wo diese Geheimtür ist?«, horchte Petra Meier auf.

Das Kind schüttelte den Kopf, hörte, wie jemand nach ihm rief, wollte weglaufen, stolperte und riss im Hinfallen einen

Anmerkungen:
Das Kastaniengemüse kann auch zur Füllung der Gans genommen werden.
Die mit Honig eingepinselte Gans schmeckt nicht, wie man annehmen könnte, unangenehm süß. Der Honig bewirkt, dass die Haut eine geschmeidige Konsistenz bekommt und zusätzliche spezielle Röstaromen entwickelt.

Ursula Schmid-Spreer

Mäuselein, komm tanz mit mir

»Du siehst einfach nur süß aus, mein Schätzchen.«
Petra Meier sah ihre kleine Tochter liebevoll an. Wer hätte jemals gedacht, dass die schüchterne Clara so aus sich herausgehen würde? Der Tanzunterricht tat dem Kind sehr gut. Die VTZ, Vereinigte Turnerschaft Zweibrücken, baute eine neue Tanzgruppe für Kinder auf. Zufällig hatte Petra im Pfälzischen Merkur davon gelesen. Und jetzt sollte ihre Clara die Hauptrolle spielen. Das Tanzmärchen hieß »Die zwei Wiesenmäuse«, ein eher unbekannteres Märchen.

Eine aufgeregt schnatternde Schar von etwa 9-jährigen Mädchen, gekleidet in Mäusekostüme, stand auf der Bühne des Heinrich-Gauf-Saales.
»Wenn während der Generalprobe etwas schiefläuft, geht die Premiere reibungslos über die Bühne«, sagte die Trainerin Sybille. »Wir haben viel geübt, Mädels, also gebt euer Bestes.«
Clara trippelte über die Bühne, verhaspelte sich, fiel über ihre eigenen Beine und landete unsanft auf dem Boden.
»Hab ich es doch gewusst«, erklang eine herrische Stimme, »Clara ist vollkommen überfordert. Ich kann es wirklich nicht verstehen, Sybille, warum Sie meiner Sabine nicht den Vorzug gegeben haben.«
Petra Meier drehte sich langsam zu der entrüsteten Stimme um. »Weil meine Clara einfach eine bessere Tänzerin ist als Ihre Tochter, Frau Schütz.«
»Ihre Tochter ist ein Trampel, fällt über ihre eigenen Füße«, antwortete Frau Schütz bissig.
»Trampel? Dass ich nicht lache, Ihre Sabine bringt einfach zu viele Kilos mit, um eine grazile Drehung zu machen.« Petra Meier war wütend. Diese selbstgefällige Person bildete sich ein,

weil ihr Mann im Stadtrat saß, etwas Besseres zu sein. Sie glaubte wohl, deshalb Privilegien zu haben.

»Meine Damen«, versuchte die Übungsleiterin Sybille die beiden Streithähne zu beruhigen. »Bitte respektieren Sie meine Entscheidung.« Sie ließ die zwei stehen und widmete sich den Mäusen, die interessiert dem Dialog gelauscht hatten.

»So, Mäuse, es geht weiter. Aufstellung bitte und lasst euch nicht von den Herren stören.«

Es waren gerade zwei Arbeiter mit Leitern in die Halle gekommen. Sie trugen Weihnachtsschmuck unter dem Arm und begannen, mit Girlanden und Tannenzweigen den Raum zu dekorieren. Die beiden Männer, in blaue Overalls gekleidet, sahen interessiert zu, wie sich die Kinder anmutig bewegten.

Claras Papa war Hobbykoch mit Leidenschaft. Da sich das Elternpaar nichts mehr zu Weihnachten schenkte, hatte es sich eingebürgert, dass Klaus Meier in der Adventszeit kochte und die adventliche Weihnachtsdekoration übernahm. Als Petra und Clara in den Hausflur traten, roch es verführerisch.

»Hm, wie das duftet. Was gibt es Gutes, Klaus?«

»Wildgulasch. Gab es heute überraschenderweise im Angebot. Deshalb habe ich gleich mal zugeschlagen. Nehmt Platz, wir können jetzt essen.«

»Wie schön das hier aussieht. Du bist nicht nur ein Künstler in der Küche, sondern auch einer im Schmücken und Verschönern.«

Auf der weißen Tischdecke lagen rote Bänder, kunstvoll zu Schleifen gelegt. Tannenzweige, auf denen Kerzen angebracht waren, mit Kugeln und ein wenig Lametta versehen, vollendeten die Tischdekoration. Über die Stühle waren Hussen gezogen, die wie Zipfelmützen aussahen. Ein dreiarmiger Leuchter verbreitete warmes Kerzenlicht.

Petra hob den Deckel, schnupperte und machte: »Hmm. Da hast du aber viel gekocht, mein Lieber.«

»Du weißt doch, aufgewärmt schmeckt es noch besser.«

Im Hause Meier war es nicht üblich, beim Essen zu schweigen. Deshalb berichtete Petra von dem Streit zwischen ihr und Frau Schütz.

»Clara, sag mal, ärgert dich die Sabine?«

Sie schüttelte den Kopf, schlug aber die Augen nach unten.

Petra legte Messer und Gabel zur Seite, fasste ihre Tochter an der Schulter und fragte sie noch einmal.

Es brach aus Clara heraus: »Die Sabine ist garstig zu mir. Sie hat auch zu Sybille gesagt, dass sie viel hübscher ist als ich.«

Petra und Klaus sahen sich an. »Das stimmt nicht, meine Kleine«, meinte Klaus, »du bist das hübscheste Mädchen, das ich kenne.« Er sah seine Tochter liebevoll an. Streichelte ihr über die Hand.

»Wollen wir am Sonntag ins Museum gehen oder wieder mal das Herzogschloss aufsuchen?«

»Wir könnten aber auch die Felsenkeller besuchen. Das hat dir doch das letzte Mal gefallen, als wir die Stollen- und Kellersysteme besichtigt haben«, meinte Petra.

Clara nickte, fuhr sich mit der Handfläche über die Augen und aß mit gutem Appetit das Wildgulasch weiter.

Als Clara im Bett lag, brachte Petra das Gespräch noch einmal auf die Theateraufführung. »Ich verstehe wirklich nicht, wie man als Mutter so ehrgeizig sein kann. Als ob das Leben davon abhängt, wenn man nur eine kleine Rolle tanzen darf.«

»Bist du das nicht auch, Liebes?«, schmunzelte Klaus.

»Aber doch nicht um jeden Preis. Jetzt fangen die schon in der Grundschule an, sich zu mobben.«

»Ich kann nicht schlafen.« Clara stand im Wohnzimmer. Ihren Teddy hielt sie fest umklammert. »Erzählst du mir die Geschichte von den Mäusen, Mama?«

Petra stand auf, hob ihr kleines Mädchen hoch und trug es zum Bett zurück.

»Dann hör mal gut zu: Zwei Mäuse lebten auf einer Wiese. Eine Maus war total fleißig und sammelte ganz eifrig Nüsse,

Samen und Wurzeln. Sie war so fleißig, dass sie an nichts anderes mehr dachte, als ihren Vorratsraum zu füllen. Die andere Maus sammelte ein bisschen Nüsse, wenn aber die Sonne schien, dann wollte sie lieber tanzen und singen. Sie war glücklich, wenn sie tanzte und wenn sie singen konnte.«

»Und dann kam der Winter«, ergänzte Clara. »Mit viel Schnee, mit Kerzen und einem Adventskranz. Und die Maus hatte nichts zu essen.«

»Stimmt, deshalb fragte sie bei der strebsamen Maus nach, ob die ihr etwas abgeben würde.«

»Wollte sie aber nicht, weil sie böse war«, ergänzte Clara. »Wie Sabine, die will auch immer nichts abgeben. Sie hat nämlich immer Gummibärchen dabei.«

Petra zuckte leicht zusammen. Sie musste dringend mit der Lehrerin sprechen.

»Wie geht's weiter, Mama?«

»Da saß die fleißige Maus nun in ihrer Höhle. Sie hatte zwar viel zu essen, aber sie war einsam und es war so still. So sprang sie über ihren Schatten und holte die hungrige Maus zu sich.«

Clara klatschte in die Hände: »Und dann haben sie den ganzen Tag gesungen und getanzt.«

»Ja, Süße, da hat eure Trainerin Sybille ein schönes Stück mit euch eingeübt. Du wirst eine wunderbare Tanzmaus sein. Ich bin sehr stolz auf dich. Und jetzt wird geschlafen.«

Es wurde Nachmittag. Der Saal füllte sich. Birgit Schütz würdigte Petra keines Blickes. Drehte sich dann aber um und zischte: »Meiner Sabine würde die Hauptrolle zustehen, sie ist viel anmutiger.«

Einige Minuten später stand eine völlig aufgelöste Sybille vor Petra Meier. »Clara ist verschwunden.«

Die beiden Frauen gingen hinter die Bühne, befragten alle Kinder, alle Erwachsenen, die die letzten Handgriffe erledigten. Keiner hatte Clara gesehen. Ein Mädchen kam aus der Umkleide: »Da ist was Rotes.« Sie hielt einen Finger hoch. »Blut«, Sybille

Rucksack um. Wäsche, ein Kosmetiktäschchen, ein Handtuch, Schulbücher und ein Schlüssel kullerten heraus.

»Was ist denn hier passiert«, hörte sie die Stimme von Sybille.

»Kennen Sie hier eine Geheimtür, oder eine Tür, die die Kinder als Geheimtür bezeichnen?«

Die Trainerin kniff die Augen zusammen. »Lassen Sie mich überlegen. Hinter der Verkleidung hier im Umkleideraum stellen die Putzfrauen ihre Geräte ab. Vielleicht ist das gemeint?«

»Lassen Sie uns sofort nachschauen.«

Die beiden Frauen eilten davon.

»Da ist ja Blut.« Petra, die bisher sehr beherrscht war, schrie erneut: »Blut!« Sie reichte Sybille den Schlüssel. Er passte perfekt ins Schloss.

»Clara!« Unter dem Kopf des Mädchens sah man eine Blutlache. Das Kind war ohnmächtig, lag seltsam verdreht da.

»Das war Sabine«, schrie Petra unkontrolliert. »Oder ihre Mutter, wie kann man nur so böse sein.«

»Ruhig, ganz ruhig, Frau Meier.« Sybille zog ihr Smartphone aus der Tasche, wählte den Notruf und schilderte in kurzen Worten den Sachverhalt. Es dauerte auch nicht lange und ein Krankenwagen fuhr vor. Kurz danach sah man das Blaulicht eines Polizeifahrzeuges. Natürlich sprach es sich in Windeseile herum, dass die Hauptdarstellerin Clara Meier verunglückt war und die Aufführung nicht stattfinden konnte. Die Gäste durften die Festhalle Heinrich Gauf nicht verlassen.

»Was haben Sie meiner Tochter angetan. Sie schreckliche Person, Sie!« Petra Meier spuckte die Worte vor Birgit Schütz aus. »Der Rucksack gehört doch Ihrer Tochter und darin war der Schlüssel zu dem Verschlag, wo Clara eingesperrt war.«

»Aber nicht doch ...«, stotterte diese. Sabine weinte und klammerte sich an ihrer Mutter fest.

»Was hat Clara in ihrer Hand?« Sybille trat an die Transportliege heran. Aus der Hand des kleinen Mädchens ragte ein Knopf an dem ein kleiner Stofffetzen hing. Sie nahm den Flicken an sich. Im selben Moment kamen auch schon zwei Polizisten auf sie zu. Petra Meier begleitete ihre Tochter im Krankenwagen, während die Trainerin die Polizisten in Kenntnis setzte.

»Und Sie wissen, wem dieser Stofffetzen gehört?«

Sie nickte und bat die Polizisten mitzukommen. Im Saal herrschte Stimmengemurmel, auf der Bühne standen die kostümierten Mäuse bei ihren Eltern. Sybille deutete auf einen Mann, der mit versteinerter Miene an einer Requisite lehnte.

»Das ist der Hausmeister. Er kennt sich hier sicher recht gut aus.«

Er trug einen blauen Overall, man sah deutlich, dass ein Knopf fehlte, was ein kleines Loch hinterlassen hatte. Der Polizist ging auf ihn zu, hielt das Stück Stoff hin. »Was haben Sie dazu zu sagen?«

Der Mann schwieg, sah trotzig weg.

»Ich muss Sie bitten, mit auf die Polizeiwache zu kommen.«

»Sie sind ein Spieler und daher immer in Geldnöten«, sagte der Beamte. »Als niemand hinsah, haben Sie in die Kasse gegriffen. Die stand unbeaufsichtigt in der Garderobe.«

Der Hausmeister presste die Lippen fest aufeinander.

»Clara musste wohl vor lauter Aufregung aufs Klo und hat Sie gefragt, was Sie da machen.«

»Diese kleine Göre wollte mich verpfeifen. Das konnte ich doch nicht zulassen«, sagte der Mann wütend. »Sie ist beim Weglaufen hingefallen. Da habe ich doch einen Schreck bekommen.«

»Da Sie sich im Haus ja recht gut auskennen, packten Sie das Kind und sperrten es in diesen kleinen Putzraum, der Ihnen wohl bekannt war. Den Schlüssel haben Sie in den nächstbesten Rucksack geworfen.« Der Polizist schwieg. »Dumm nur, dass Clara sofort vermisst worden ist und dass ein anderes kleines Mäuschen von dem Versteck wusste.«

Petra und Klaus Meier saßen am Krankenbett ihrer Clara. Sie trug einen großen Verband um den Kopf, in ihrer Armbeuge steckte eine Infusionsnadel. Es klopfte zaghaft. Kurz danach traten Birgit Schütz und ihre Tochter ein. Ungelenk legte Sabine einen Blumenstrauß und eine Tüte Gummibärchen auf das Bett. Schüchtern sagte sie: »Entschuldigung.« Auch Frau Schütz meinte: »Bitte entschuldige, Clara, dass wir so garstig zu dir waren. Du bist ein mutiges kleines Mädchen, dich einem Dieb in den Weg zu stellen.«

Claras Mund verzog sich zu einem breiten Lächeln, sie streckte ihre Hand aus, die Sabine strahlend annahm.

Pfälzer Wildgulasch in Rotweinsauce

Zutaten:
500 g Wildfleisch in kleine Stücke schneiden
750 ml lieblicher Pfälzer Rotwein
1 Päckchen Wildgewürz
1/4 Sellerie
2 Karotten
1/2 Stange Lauch
500 ml Wasser
4 große Zwiebeln
2 große Knoblauchzehen
2 EL Speisestärke
Salz und Pfeffer
Muskat
Paprikapulver
Öl zum Braten
Margarine zum Braten

Zubereitung:
Fleisch, Rotwein und Wildgewürz in eine verschließbare Schüssel geben und mindestens über Nacht im Kühlschrank stehen lassen.

Brühe: Sellerie und Karotten schälen und in sehr kleine Würfel schneiden. Lauch putzen und in dünne Ringe schneiden. Etwas Öl in einen Topf geben und erhitzen. Sellerie und Karotten zugeben und braten, bis sie leicht Farbe annehmen. Den Lauch zugeben und weiter braten, bis er ca. auf die Hälfte zusammengeschrumpft ist. Mit Wasser aufgießen und alles weich zerkochen lassen.

Das Fleisch aus dem Sud nehmen und trocken tupfen, den Sud aufbewahren. Zwiebeln schälen und in große Würfel schneiden. Knoblauch schälen und durchpressen oder hacken.
In einer großen Pfanne Margarine erhitzen und die Hälfte des Fleisches hinzugeben. Bei starker Hitze braten, bis sämtliche

Flüssigkeit weg ist, dann die Hälfte von Zwiebeln und Knoblauch zugeben. Alles braten, bis das Fleisch eine dunkelbraune Farbe hat. Großzügig mit Paprika bestreuen, noch einmal kurz umrühren und mit dem Sud ablöschen. Den Bodensatz in der Pfanne ablösen und anschließend alles in einen Topf umschütten, welcher auf kleiner Flamme steht.
Mit dem restlichen Fleisch, Zwiebeln und Knoblauch genauso verfahren. Wenn das Fleisch portionsweise gebraten wird, geht es schneller, und es wird knuspriger.
Den gesamten Sud inklusive der Gewürze in den Topf geben. Mindestens einen viertel Liter der selbstgemachten Brühe angießen und anschließend mit Wasser auffüllen, bis über dem Fleisch noch ein guter Zentimeter Flüssigkeit steht. Etwas Salz zugeben und zugedeckt zwei Stunden auf kleiner Flamme schmoren. Die Flüssigkeit sollte leicht brodeln, aber auf keinen Fall stark kochen.
Wer viel Sauce mag, kann nach dem Schmoren die Flüssigkeit wieder mit Wasser auffüllen, bis das Fleisch großzügig bedeckt ist. Kräftig mit Salz, Pfeffer, Muskat und Paprika abschmecken. Zum Schluss das Stärkemehl mit etwas kaltem Wasser glatt rühren und in das kochende Gulasch rühren, um die Sauce anzudicken.

Tipp: Fertig gemischtes Wildgewürz bekommt man in jedem gut sortierten Supermarkt. Hauptsächlich besteht es aus Pfefferkörnern, Lorbeerblättern, Piment, Senfkörnern und Wacholderbeeren.

Petra Scheuermann

Ein Fall für die Mordkommission?

Wenigstens einen richtigen Verhörraum hatte ich erwartet und zwei Kommissare, die guter und böser Bulle mit mir spielten. Stattdessen saß ich in diesem mickrigen Büro in der Polizeiinspektion Friedrich-Ebert-Straße und musste warten, bis Herr Brauer, ein Endfünfziger mit fahler, ungesunder Gesichtsfarbe, Zeit für mich hatte. Während er in seinen Computer tippte, besah ich mir den schmucklosen Raum. Es gab zwei mit Akten beladene Schreibtische, der eine Arbeitsplatz allerdings war leer. An der vergilbten Wand hingen die Fotos mehrerer böser Jungs. Neben dem Computer des Polizisten stand eine dreißig Zentimeter hohe armselige Plastiktanne, geschmückt mit einigen bunten Kugeln und Lametta. Kein gelungener Versuch, die Adventszeit einzuläuten. Weihnachtsstimmung kam bei dem Anblick nicht auf, höchstens Mitleid.

Endlich notierte der Polizist meinen Namen und meine Anschrift.

Gleichgültig blickte mich Herr Bauer an: »Es geht um einen Mord?«

Bestimmt war er vom Kriminaldauerdienst, der Polizist sah entsprechend müde aus.

All meinen Mut nahm ich zusammen und presste hervor: »Ich habe meine Schwiegermutter ermordet.«

Jetzt war's raus.

»Ihre Schwiegermutter?«, fragte der Beamte teilnahmslos.

»Meine Schwiegermutter und Florian Silbereisen.«

Endlich kam Leben in ihn. »Sie haben Ihre Schwiegermutter ermordet und«, er machte kunstvoll eine Pause, »und Florian Silbereisen?« Jetzt sah er mich sehr interessiert an. »Gestern beim Adventsfest der Volksmusik hat der Silbereisen noch gelebt. Na ja, war wahrscheinlich eine Aufzeichnung.« Der Spott in seiner Stimme war unverkennbar.

»Ja, wahrscheinlich. Aber diesen Volksmusikanten meine ich nicht.«

»Ach, schade eigentlich.«

Sein Interesse an mir war augenblicklich erloschen.

»Florian Silbereisen war der Dackel meiner Schwiegermutter Magda«, sagte ich, um das Ganze zu beschleunigen.

»Der Hund Ihrer Schwiegermutter heißt Florian Silbereisen?«

»Hieß«, verbesserte ich ihn.

»Stimmt, Sie haben ihn ja umgebracht, ihn und Ihre Schwiegermutter. Wie haben Sie das denn angestellt?«

»Sie sind in den Aufzugsschacht des Frankenthaler Seniorenstifts Am Speyerer Tor gestürzt, erst Silbereisen und dann meine Schwiegermutter.«

»Haben Sie die beiden hinuntergestoßen?«

»Natürlich nicht.«

»Dann haben Sie sich an der Technik zu schaffen gemacht?«

»Nein«, stellte ich klar, »mit so einem technischen Zeugs kenne ich mich doch nicht aus.«

Mit der rechten Hand wischte ich mir die Schweißperlen von der Stirn. Am liebsten hätte ich jetzt einen Rückzieher gemacht, aber dafür war es eindeutig zu spät. Ich erzählte, dass meine Schwiegermutter mit Silbereisen in Richtung des großen Glasaufzugs ging, während ich die Tür ihres Apartments abschloss.

Meine nächsten Worte waren mir peinlich: »Und dann dachte ich: Warum stürzt die alte Wachtel nicht mit ihrem Scheißköter den Aufzugsschacht runter. Und schon passierte es.«

»Wie, Sie haben das nur gedacht, gar nichts getan?«

»Nein, aber ...«

»Frau Ruhdolf, das ist kein Fall für die Mordkommission. Sie scheinen mir etwas überspannt zu sein.«

Ja, ja, ich weiß, eigentlich hätte ich jetzt auch den anderen Mord gestehen müssen, aber ich dachte an meinen Mann und an die Schlagzeilen in der Zeitung mit den großen Buchstaben.

»Mit dem Oberstaatsanwalt Ruhdolf sind Sie nicht verwandt?«, wollte er jetzt wissen.

»Verwandt nicht«, sagte ich »aber verheiratet.«

Ein feistes Lachen huschte über sein Gesicht, als er sich laut auf die Schenkel schlug. Schnell hatte er sich wieder gefangen und sagte ganz förmlich: »Warten Sie bitte hier, ich benachrichtige Ihren Mann.«

Hinter der Verbindungstür zum Nachbarzimmer, durch die der Polizist verschwunden war, hörte ich schallendes Gelächter. Wenn ich in dieser Situation noch den Mord an Frau Unger, der Klassenlehrerin meines Sohnes Tobias, gestanden hätte, dann hätten die mich doch gleich in die Psychiatrische Abteilung der Stadtklinik verfrachtet. Frau Unger wollte unseren Jungen nicht in die dritte Klasse versetzen. Aber unser Tobi ist so ein sensibles Kind. Diese Frau hätte doch nicht nur die Psyche unseres Buben, sondern seine gesamte Karrierelaufbahn zerstört. Als die Lehrerin nach dem erfolglosen Gespräch auf ihr Fahrrad stieg, dachte ich: Hoffentlich wird diese impertinente Person von einem Auto überfahren.

Johann kam mir in den Sinn. Bestimmt wird er wieder behaupten, an allem sei nur diese Literaturgruppe schuld. Seit meiner ersten Teilnahme schrieb ich humoristische Krimis und darüber konnte mein Mann überhaupt nicht lachen. Wohlweislich veröffentlichte ich meine Bücher unter einem Pseudonym.

Mit Karacho wurde die Tür aufgerissen und Johann stob durch den Raum: »Bist du jetzt völlig übergeschnappt. Verdammt, A-N-I-T-A! Hast du deinen Verstand verloren?«

Mein Mann schrie mich an und fluchte, beides tat er sehr, sehr selten; eigentlich war er mehr der ruhige, besonnene Typ. Und meinen Namen hatte er ausgesprochen, als würden sich die einzelnen Buchstaben gar nicht kennen. Johann riss mich vom Stuhl hoch und schob mich durchs Büro. Wie eine Schwerverbrecherin verfrachtete er mich in unseren Wagen, beim Einsteigen schützte er meinen Kopf, so wie das die Polizisten im Film immer machen. Da war ich mir sicher, er würde mich in

den Frankenthaler Knast bringen. Aber stattdessen hielt er den Wagen am Wormser Tor an.
»Du gehst auf der Stelle zu Frau Sonnleitner, einer Psychologin. Die wird dir diesen Mist ausreden.«
»Es ... es tut mir leid«, stotterte ich.
»Da vorne um die Ecke ist der Eingang«, sagte er nur kalt.
Eine Psychologin, was sollte ich der denn erzählen?

Frau Sonnleitner war faltenlos, blond, vollbusig, spindeldürr, kein Haar wellte sich ungefragt in eine falsche Richtung.
»Ei, bittschön, setzen Sie sich doch.« Ihr österreichischer Dialekt war unverkennbar. »No, schildern S' mal Ihr Problem.«
Überheblich saß sie da und sah auf mich und mein Problem herunter. Ich wurde immer kleiner, dicker, dümmer und hässlicher. Nach gefühlten fünf Stunden verließ ich diese Praxis, nicht ohne einen neuen Termin erhalten zu haben. Zwanzig Stunden sollten ausreichend sein, wenn ich es an Kooperation nicht missen lassen würde. Bis zum nächsten Mal sollte ich mir morgens vor dem Aufstehen und abends vor dem Zubettgehen dreißig Mal sagen: »Ich bin unschuldig.« Frau Sonnleitner wollte mein Problem hauptsächlich mit Suggestion heilen.
Mein nächster Weg führte mich zum Weihnachtsmarkt am Rathausplatz. Hier besah ich mir die stattliche Nordmanntanne. Dieser Weihnachtsbaum machte seinem Namen alle Ehre. Ich dachte an die schmucklose Plastiktanne des Polizisten. Die Psychologin schien überhaupt nichts von Weihnachtsdekoration zu halten; in ihrer Praxis gab es nicht einmal einen einzigen Stern. Ich genoss den Duft von Glühwein und die Musikbeschallung. An einem Stand kaufte ich ein Tütchen Lebkuchengewürz.
Auf dem Weg nach Hause zu unserem Häuschen in Studernheim übte ich schon mal im Bus: Ich bin unschuldig. Ich bin ... Genau dreißig Mal sagte ich es in Gedanken; auf keinen Fall wollte ich etwas falsch machen. Und tatsächlich, Unschuld war es nicht, was sich in mir ausbreitete, aber immerhin ein Gefühl von etwas weniger Schuld.

Johann schrie mich sofort wieder an: »A-N-I-T-A! Meine Mutter ist in den Aufzugsschacht gefallen; es war ein Unfall. Wie konntest du dem Polizisten so einen Blödsinn erzählen? Ich hoffe nur, dass nichts nach draußen dringt, sonst: Gnade dir Gott! Seit du das erste Mal in dieser Literaturgruppe warst, bist du nicht mehr gescheit. Diese Krimis steigen dir in den Kopf. Lass dir eines gesagt sein: Du wirst an keinem dieser Literatentreffen mehr teilnehmen, nur über meine Leiche!«

Jetzt musste ich erst einmal meine Nerven beruhigen, daher bereitete ich als Abendessen mein Lieblingsgericht Verheiratete in der Weihnachtsvariante zu. Hierzu streute ich Lebkuchengewürz über die Kartoffeln, Mehlspatzen und gerösteten Brotwürfel, dazu gab es selbstgemachtes Zwetschgenkompott.

Seit drei Wochen ging ich nun zweimal wöchentlich zu Frau Sonnleitner und plauderte dort aus meinem Ehe-Nähkästchen, schließlich war diese Psychologin für meinen Seelenmüll zuständig. Morgens, abends und zwischendurch suggerierte ich fleißig. Inzwischen war ich mir sicher, auch wenn mich meine Therapeutin vom Gegenteil überzeugen wollte: Mein Mann hatte eine Affäre! Mit seiner neuen Kollegin. Nein, ich las nicht heimlich seine SMS oder Whatsapps, ich sah mir auch nicht seine E-Mails an. Ich wollte es gar nicht so genau wissen. Und dann sah ich die beiden. Im Fernsehen. Nur eine Sekunde lang. Händchenhaltend. Bei einer Dokumentation über ein Fallschirmevent auf Teneriffa. Fallschirmspringen war ihr großes Hobby. Überall in ihrer Praxis hingen diese Bilder von in der Luft schwebenden, zu einem Paket geschnürten Menschen.

Am Tag vor Heiligabend stand Herr Brauer vor unserer Haustür. Er erklärte mir, dass Johann bei einem gemeinsamen Fallschirmsprung mit einer gewissen Frau Sonnleitner sein Leben verloren habe. Während der Polizist mit mir sprach, suggerierte ich ununterbrochen: Ich bin unschuldig, ich bin unschuldig, ich bin …

Schlagartig wurde mir klar, dass dieses Erlebnis mein Leben von Grund auf verändern würde. Und ich schwor mir, nie wieder etwas Böses über ein anderes Lebewesen zu denken. Während ich beschloss, ein besserer Mensch zu werden, fiel mir ein, dass es Zeit wurde, zur Weihnachtslesung meiner Literaturgruppe aufzubrechen.

Verheiratete

Für zwei Personen

Zutaten:
400 g Kartoffeln
250 g Mehl
125 ml Wasser
1 Ei
1 Prise Salz
Brotreste
50 g Butter

Zubereitung:
Die Kartoffeln schälen, klein schneiden und in Salzwasser garen. Für die Mehlspatzen einen Teig aus Mehl, Wasser und dem Ei herstellen. Wasser mit Salz aufkochen und den Teig mit einem Esslöffel in das Wasser laufen lassen. Die Mehlspatzen so lange ziehen lassen, bis sie an der Wasseroberfläche schwimmen.
Die Brotreste zu kleinen Würfeln schneiden und in einer Pfanne in der Butter rösten.
Die Kartoffeln mit den Mehlspatzen und den gerösteten Brotwürfeln in einer Schüssel anrichten.

Zu den Verheirateten passen Apfelbrei oder Kompott (z.B. Zwetschgenkompott). Für die Weihnachtsvariante streut man Lebkuchengewürz über die Verheirateten.

Heidi Moor-Blank

Paulchen

Sorgfältig wischte er den Spuckefaden vom Mund und warf das Papiertaschentuch in den Plastikeimer. Dann lief er ins Bad und kippte die Kotze ins Klo. Er ließ etwas Wasser in den Eimer laufen, wackelte ihn heftig mit beiden Händen hin und her und schüttete den Inhalt ebenfalls in die Toilettenschüssel. Den Eimer stellte er kopfüber in die Badewanne, dann drückte er die Klospülung und wusch sich die Hände.

So. Das war geschafft.

Paulchen ging in die Küche und öffnete den Kühlschrank. Außer einem Glas Gurken und einer Flasche Tomatenketchup war nichts drin. Kurz kaute er auf seiner Unterlippe und überlegte. Wenn er die Schokolade aus dem Adventskalender heute schon für den nächsten Tag essen würde, ob das wohl in Ordnung war? Er hatte doch solchen Hunger!

Sein Papa würde jetzt lange schlafen. Das kannte Paulchen schon.

Vorsichtig puhlte er das kleine Schokostückchen aus der Pappe. Der Weihnachtsmann auf dem Kalender hatte dicke rote Backen, einen weißen, langen Bart und ganz liebe Augen mit vielen kleinen Fältchen drumherum. Paulchen grinste. Genau so sah der Nachbar von gegenüber aus.

Er schob sich die Schokolade in den Mund und versuchte, keine Bewegung mit der Zunge zu machen, sodass es ganz lange dauern und der Geschmack ganz lange bleiben würde. Man durfte einfach nicht schlucken!

Morgen früh, wenn Papa ausgeschlafen hatte, würde es vielleicht Frühstück geben.

Vor zwei Jahren war seine Mama krank geworden. Sie musste viele Tabletten nehmen und ihr war immer schlecht davon geworden, und irgendwann musste sie ins Krankenhaus und kam nie wieder.

Dann wurde Papa krank. Er schluckte keine Tabletten, sondern eine flüssige Medizin. So wie Hustensaft. Ein bisschen roch sie auch so. Ihm wurde dann auch schlecht und schwindelig und er musste dann ganz viel schlafen. Dann ging es wieder.

»Paulchen, ich werd wieder gesund, das verspreche ich dir! Dann machen wir es uns richtig schön!«

Das sagte Papa oft und Paulchen freute sich schon auf die Zeit, wenn sie wieder zusammen auf den Spielplatz gehen würden und es gekochtes Essen gab. Und Paulchen morgens ein Frühstück haben würde, bevor er in die Schule ging. Seit Sommer ging er in die erste Klasse der Thomas-Nast-Grundschule und konnte schon ein bisschen lesen.

Als er am nächsten Morgen aufwachte, war es noch dunkel. Aber er konnte die Uhr schon ablesen und wusste, dass es Zeit war, sich für die Schule fertig zu machen.

Im Bad packte er sich seine Zahnbürste und zog dann vor dem Spiegel weit die Lippen auseinander. Seine sonst so schönen weißen Zähne waren von einer braunen Schicht bedeckt, besonders in den Ritzen. Mist! Die Schokolade hatte die ganze Nacht Zeit gehabt, Löcher in seine Zähne zu fressen! Heftig begann er zu schrubben, fast wäre der Stiel der Bürste abgebrochen. Wasser ins Gesicht, frische Unterwäsche, Haare kämmen, Jacke und Mütze – bald stand er fix und fertig im Flur. Sein Papa schlief noch. Paulchen hätte ihm gerne eine Nachricht geschrieben, aber so viele Buchstaben kannte er dann doch noch nicht.

Auf dem ersten Treppenabsatz kam ihm der Weihnachtsmann entgegen. Rote Backen, grauer Bart, Augen mit ganz vielen Lachfältchen und einer Tüte mit Brötchen.

»Na, Paulchen«, sagte der Nachbar, »geht's zur Schule?«

Paulchen nickte stumm und starrte auf die Brötchentüte. Sein Bauch begann, so laut zu rumoren, dass es deutlich zu hören war.

»Na, zu spät aufgestanden und keine Zeit für ein Frühstück? Hier, nimm!« Er streckte ihm zwei Brötchen entgegen und Paulchen griff zu.

»Danke!«, flüsterte er und stolperte die Stufen hinunter.

»Du darfst nichts von Fremden nehmen!«, hatten ihm seine Eltern immer wieder gesagt. War ein Nachbar ein Fremder? Immerhin kannte er noch nicht mal seinen Namen!

Unten, vor der Haustür, reckte sich Paulchen auf die Zehenspitzen und versuchte, das oberste Klingelschild zu entziffern. Das auf der rechten Seite waren sie selber, aber das links – »P..A..U..L – Paul!« Den Rest konnte er nicht lesen, aber diese Buchstaben kannte er und weil er jetzt wusste, dass der Nachbar der Paul war, war er kein Fremder mehr! Fröhlich biss er in das erste Brötchen. Schon lange hatte nichts mehr so gut geschmeckt!

Als er nachmittags von der Schule kam, hatte sein Vater Nudeln gekocht. Zwar gab es nur Ketchup dazu, aber egal! Paulchen strahlte.

»Paulchen, hör zu. Das wird alles anders, das versprech ich dir!« Paulchen kaute und nickte. Alles würde gut werden.

Abends musste Papa wieder von seiner Medizin nehmen. So richtig gut schien die nicht zu helfen, immer wieder goss er sich das Glas voll und kippte sich dann den Inhalt in den Mund. Dann verzog er das Gesicht und murmelte seltsam vor sich hin. Paulchen wusste, dass er bald schlafen würde. Dieses Mal vielleicht, ohne einen Eimer zu brauchen.

»Papa? Wann wird es denn anders? Wann hilft denn endlich deine Medizin?«

»Was?!? Was weißt du denn schon, du kleiner Pisser!« Papa packte ihn am Pullover, hob ihn hoch und warf ihn auf die Couch. Paulchen riss die Augen weit auf und bewegte sich keinen Millimeter. Er starrte auf seinen Vater und als der sich umdrehte, schoss der Junge hoch und raste aus dem Wohnzimmer in den Flur. Eigentlich wollte er in die Küche und dort die restlichen kalten Nudeln essen, aber die Küchentür konnte man nicht abschließen. Ins Bad? Er drehte sich um. Sein Vater schwankte aus dem Wohnzimmer direkt auf ihn zu.

»Na, wo isser denn, der kleine Klugscheißer?«

Paulchen stand mit dem Rücken zur Wohnungstür. Das war der einzige Ausweg. Er riss die Tür auf, rannte nach draußen, warf sie hinter sich zu und stürmte die Treppe zum Dachboden hinauf. Dort, hinter all der Trockenwäsche, konnte man sich prima verstecken. Auf dem Absatz blieb Paulchen stehen. Alles war ruhig. Die Wohnungstür war immer noch geschlossen. Das hieß aber auch, er konnte nicht mehr rein. Mist.

Paulchen setzte sich auf die oberste Treppenstufe, stützte sein Kinn in beide Fäustchen und dachte nach.

»Psst!« Was war das? Paulchen spitzte die Ohren. Dann sah er den Nachbarn unten im Flur stehen. Der lächelte und sagte nochmal: »Psst! Das Treppenhaus ist kein Schlafplatz! Hast du dich ausgesperrt?« Paulchen nickte.

»Na, dann komm!« Der Kleine stolperte mit vor Kälte steifen Knien nach unten und folgte dem Nachbarn in seine Wohnung.

»Bist du denn verrückt geworden? Du kannst doch nicht einfach bei fremden Leuten übernachten! Wie kommst du nur auf solche Ideen?«

Paulchen war gerade von der Schule heimgekommen und kaute an den Pommes, die ihm sein Vater vorbereitet hatte.

Dass er ohne Schulranzen in den Unterricht gekommen war, war nicht so schlimm gewesen. Herr Paul, der Nachbar, hatte ihm einen Zettel geschrieben und gesagt, den solle er seiner Lehrerin geben. Die hatte gegrinst und gesagt: »Na, Hauptsache, du bist gekommen.« Paulchen hätte zu gerne gewusst, was auf dem Zettel gestanden hatte. Er musste unbedingt lesen lernen!

»Die Haustür war zu«, flüsterte Paulchen und guckte ganz bedröppelt.

»Was rennst du denn einfach davon, Kind? Sowas! Ich hab mir Sorgen gemacht! Und dann bei einem fremden Mann übernachten! Du weißt doch nicht, was das für einer ist! Hat er dich angefasst?«

Papa hatte Paulchen bei der Schulter gepackt und ihm fest in die Augen gesehen. Paulchen schüttelte heftig den Kopf.

Wobei – Ludwig, so hieß Herr Paul mit Vornamen und Paulchen durfte ihn so nennen, hatte ihn in die Badewanne gesetzt, bis er wieder aufgetaut war, und dann in ein dickes Flauschebadetuch gewickelt und aufs Sofa getragen. Dann gab es Leberwurstbrot und Paulchen war so glücklich wie schon lange nicht mehr.

Später gab ihm Ludwig noch ein großes T-Shirt. »Einen Schlafanzug für Zwerge hab ich natürlich nicht. Aber das müsste als Nachthemd durchgehen. Irgendwo hab ich auch noch eine neue Zahnbürste.«

Das große Doppelbett hatte noch richtige Federbetten und Paulchen jauchzte vor Freude, als seine Füße die Wärmflasche fühlten. Kaum lag sein Kopf auf dem Kissen, war er auch schon eingeschlafen.

Jetzt grübelte Paulchen. Was meinte Papa mit »hat er dich angefasst?«

Zwei Tage später klingelte Paulchen mitten in der Nacht tränenüberströmt an Ludwigs Wohnungstür.

»Ach Jungchen!«, sagte der nur und ließ ihn rein.

»Papa, er hat …«, Ludwig legte dem Kleinen seinen Zeigefinger auf den Mund. »Psst. Alles ist gut.«

Paulchen nickte. Der alte Mann schien alles zu wissen. Vielleicht war er ja doch der Weihnachtsmann?

Kurze Zeit später, als der Kleine unter der dicken Daunendecke lag, grübelte er über die seltsamen Dinge, die ihm sein Papa gesagt hatte. Über alte Männer, die kleine Jungs mochten. Er war so wütend geworden und immer lauter. Nur weil Paulchen ihm erzählt hatte, dass der Nachbar ihm nachmittags einen Lebkuchen geschenkt hatte, als er ihn nach der Schule im Treppenhaus getroffen hatte.

»Hat er nicht noch ein Häschen oder ein Meerschweinchen, das er dir zeigen will?« Dabei hatte er Paulchen so heftig am Arm gepackt, dass blaue Flecke geblieben waren.

Später, Paulchen hatte schon geschlafen, hatte er ihn aus dem Bett gezerrt, ihn hochgehoben und genuschelt:
»Du gehsss da nich mehr hin, verstanden? Sonst ... Ich hau dich windelweich!«
Zuerst hatte Paulchen genickt. Aber dann rutschte es ihm einfach so raus:
»Aber er ist doch so lieb. Und schaut aus wie der Weihnachtsmann!«
Da hatte Papa ihn geschüttelt und war mit ihm aus der Wohnung gerannt, hatte ihn vor der Wohnungstür des Nachbarn auf die Dielen geworfen und geschrien:
»Dann lass dir doch dein Schwänzchen lutschen, du kleiner Pisser!«
Und hatte auf den Klingelknopf gedrückt.

Als Paulchen am Morgen erwachte, stand der Nachbar lächelnd an seinem Bett. »Steh auf! Heute ist Weihnachten! Wir beide haben noch einiges vorzubereiten!«
Paulchen war sofort hellwach, machte sich hungrig über das Frühstück her und wunderte sich über seine Kleider, die am Stuhl hingen. Sogar die dicke Jacke, die Winterstiefel, die Mütze und die Handschuhe waren da!
Er konnte nicht wissen, dass Ludwig schon ganz früh mit den Vorbereitungen begonnen hatte.
Schon lange hatte er davon geträumt, den Heiligen Abend auf der Trifelsblickhütte zu verbringen. Er machte dort oft Hüttendienst, versorgte hungrige Wanderer und genoss die wunderschöne Aussicht dort oben.
Aber zuerst war das Töchterlein zu klein gewesen, dann war sie krank und war noch als Teenager an Leukämie gestorben. Seine Frau hatte jahrelang versucht, damit klarzukommen, aber so richtig fröhlich und unternehmungslustig war sie nie wieder geworden.
Dann kam der Krebs wieder und nahm ihm auch sie.
Aber jetzt war da ein kleiner Bursche, der es verdient hatte, einen wunderschönen Weihnachtsabend zu erleben. Deshalb war

er schon ganz früh auf gewesen, hatte Dinge gepackt, eingekauft und war in die Nachbarwohnung geschlichen, um Paulchens Sachen zu holen. Der Vater war zu besoffen gewesen, die Tür hinter sich zu schließen, und schlief immer noch seinen Rausch aus, ohne den Besucher zu bemerken.

Bald waren zwei Rucksäcke gepackt. Ein großer, schwerer und ein kleiner für Paulchen. »Einen Kindersitz hab ich nicht für dich. Setz dich einfach auf die zusammengefaltete Decke auf den Rücksitz. Ich schnall dich an und dann drücken wir die Daumen, dass die Polizei uns nicht erwischt!« Ludwig schmunzelte. »Wenn sie uns anhalten, sag ich einfach, ich wäre der Weihnachtsmann und hätte keine Zeit für eine Fahrzeugkontrolle!« Er kicherte. Paulchen kicherte auch.

So fuhren sie durch Landau und dann Richtung Haardt. Unterhalb der Annakapelle stellten sie das Auto ab, zogen Jacken, Mützen an, setzen die Rucksäcke auf und wanderte den Weg hoch zur Kapelle und der Annahütte daneben.

»Boah! Schnee!« Paulchen jubelte. Hier oben war der nächtliche Niederschlag als Schnee gefallen und liegen geblieben. Wie mit einem Lineal gezogen war die Grenze zwischen Matscheweg und Winterwald deutlich zu sehen und Paulchen war sich sicher, dass hier der Eingang zum Märchenwald sein musste!

Er strahlte den alten Mann an. Der strahlte zurück und packte fest die kleine Hand im Strickfäustling. »Na komm!«

Zuerst ging es kaum bergan. Ein breiter Waldweg führte durch die verschneiten Bäume und die Sonne glitzerte auf den Zweigen.

Bald ging es nach rechts auf einen kleinen Pfad. Paulchen kannte jetzt die Wegweiser an den Bäumen. Die bunten Punkte, Striche und Kreuze waren Wegmarkierungen des Pfälzerwald-Vereins, und wer die kannte, konnte sich nicht verlaufen!

Dann endete der Pfad auf einem breiteren Weg. Der alte Mann wies nach vorn: »Da geht es ein kleines Stück steiler hoch, und dann haben wir es auch schon fast geschafft!« Paulchen stapfte und schnaufte und schwitzte ein bisschen in seinem dicken Pullover.

Ein Stückchen nach rechts, dann kam eine Abzweigung nach links und Ludwig sagte: »Da sieht man schon das Dach der

Hütte.« Der Kleine hopste durch den Schnee. Aber dann sah er, dass kein Rauch aus dem Schornstein kam und alle Fensterläden fest verschlossen waren.

»Da ist zu, glaube ich!«, flüsterte er. »Das ist aber – och menno ...«

Er blieb stehen, aber Ludwig schritt ganz entspannt weiter, kramte in seiner Hosentasche und zog dann einen großen Schlüsselbund hervor. Ohne sich umzudrehen, wedelte er damit über seinem Kopf.

»Weitergehen, Kumpel! Weihnachtsmänner haben einen Schlüssel! Oder sie kommen durch den Kamin!« Dröhnend begann er zu lachen und Paulchen jubelte laut auf und rannte los bis zur Eingangstür.

»Schau, hier ist der Gastraum, hier machen wir uns Feuer, damit wir warm haben. Dort in der Küche machen wir noch ein Feuer, damit wir kochen können. Oben gibt es Betten. Für den Hüttendienst. Sind wir ja sozusagen. Wenn einer kommt, wird er bedient, oder?« Paulchen nickte eifrig.

»Aber zuerst genießen wir noch kurz die Aussicht, solange wir was sehen. Komm mit!«

In eine Decke gepackt setzen sich die beiden auf die Bank vor die Hütte. Weit ging der Blick nach Süden, zum Trifels, über die Berge des Wasgau und zur Haardt.

»Da hinten, da ist Landau! Hast du eigentlich gewusst, dass der Thomas Nast, der deiner Schule den Namen gegeben hat, als ganz kleiner Junge mit seinen Eltern nach Amerika ausgewandert ist? Da war er gerade so alt wie du! Dort wurde er berühmt. Weil er so toll gezeichnet hat.«

Ludwig sah ihn ganz spitzbübisch lächelnd an.

»Von ihm ist der Weihnachtsmann auf den Werbetafeln für den Nikolausmarkt. Dieser Weihnachtsmann, der genau so aussieht wie ich!«

Paulchen nickte und grinste. »Ja, der sieht wirklich so aus wie du!« Dann schaute er in Richtung Trifels und flüsterte: »Meinst du, ich werde auch mal berühmt? Und wandere nach Amerika?«

Ludwig legte den Arm um die schmalen Schultern des Jungen, drückte ihn kurz und sagte dann bestimmt: »Da bin ich mir ganz sicher!«

Dann ging es los. Sie machten Feuer – Paulchen lernte, wie man dünne und dicke Scheite aufschichten musste, damit auch richtig Luft an die Flammen kam.

Dann holten sie eine kleine, krumme Fichte aus dem Wald, die direkt neben einer dicken Buche aus der Erde gekommen war.

»Die kann hier nichts werden, so dicht neben dem anderen Baum. Deshalb darf sie Weihnachtsbaum werden!«

Paulchen nickte glücklich. Das Bäumchen machten sie mit einer Schraubzwinge an einem der dicken Tische im Gastraum fest. Der alte Mann lachte.

»Das ist jetzt zwar kein hübscher Weihnachtsbaumständer, aber es funktioniert! Jetzt komm, Gemüse schnippeln!«

Er stand auf und hielt inne.

»Halt nein, ich hab was Wichtiges vergessen! Klo gibt es hier drin keins! Das ist ein paar Meter dort den Weg runter. Es gibt dafür eine extra Taschenlampe. Mit Kordel. Die kann man sich um den Hals hängen. Damit ... Na weil – äh ... man hat dann die Hände frei!« Paulchen grinste. »Und pinkelt sich dann nicht auf die Schuhe!«

»Kumpel, du kennst dich aus! Normalerweise ist ja Hinsetzen die Regel, aber jetzt frierst du dir den – na du weißt schon!«

Beide kicherten los.

»Wenn du im Dunkeln nicht allein gehen möchtest, sag Bescheid.« Paulchen wurde still. Man sah ihm an, wie heftig seine Gedanken in seinem Hirn wirbelten. »Nee, das geht schon«, murmelte er dann.

Beim Gemüseputzen hatte Paulchen die Aufgabe, die Kartoffeln, die Karotten, die Petersilienwurzeln, Kohlrabi und den Sellerie zu schälen. Das Teil, das ihm Ludwig in die Hand gedrückt hatte, war ziemlich einfach zu bedienen und Paulchen schabte eifrig Berge von Gemüse.

Ludwig schnitt Zwiebeln und Lauch und griff dann nach den geschälten Möhren.

»Guck mal! Ich übe! Wie die Fernsehköche!«

Er ließ das große scharfe Messer mit der Spitze immer auf dem Schneidebrett und bewegte nur hinten den Griff nach oben und unten.

»Die Kunst ist, die Möhre im richtigen Tempo vorwärts zu schieben und sich dabei nicht in die Finger zu säbeln.«

Paulchen schaute fasziniert zu. »Ich will das auch probieren!«

Dann stand er auf einem Fußhocker, in der linken Hand eine Möhre, rechts das Riesenmesser und versuchte, beides zu koordinieren.

»Warte mal.« Ludwig stand jetzt dicht hinter ihm, griff mit seinen Händen die kleinen Paulchenhändchen und zeigte ihm die Bewegungen. Plötzlich spürte er, wie sich der kleine Kerl vor ihm verkrampfte. Er ließ los und trat einen Schritt zurück.

»Okay! Wir haben was Wichtiges vergessen! Du musst noch den Baum schmücken! Die Suppe schaffe ich auch allein!«

Vorsichtig legte Paulchen das Messer hin und stolperte vom Hockerchen auf den Boden. »Hmm-hmm!« Er nickte und das Glitzern in seinen Augen war nicht zu übersehen.

Ludwig schnitt aus der Alufolie viele Rechtecke, faltete sie zusammen und zeigte Paulchen, wie er mit der Schere von jeder Seite einmal einschneiden musste bis fast zum Rand auf der anderen Seite. Eifrig werkelte der Junge und kurze Zeit darauf strahlte das kleine schiefe Bäumchen unter vielen silbernen Ketten. Das Gemüse köchelte in einem großen Topf vor sich hin, die Betten waren aufgedeckt und verteilt und Paulchen steckte kleine Kerzchen in Plastikhalter.

»Die waren in einer Schublade und sind eigentlich für einen Geburtstagskuchen. Aber mit Blumendraht kann man die ganz prima auch an Zweige pfriemeln!«

Paulchen war sehr beeindruckt vom handwerklichen Geschick seines großen Begleiters. Seit der ihm bei der Bettenzuteilung sogar ein eigenes Zimmer hatte zuweisen wollen, war Paulchen wieder entspannter. Sie würden beide im großen Schlafraum schlafen. Das war okay.

»Wir spielen jetzt ein paar Spiele« – Ludwig kramte bei diesen Worten ein Kartenspiel und einen Würfelbecher aus der Thekenschublade – »dann zünden wir die Kerzen am Baum an und dann essen wir Suppe!«

Paulchen klatschte vor Begeisterung in die Hände. »Ja!«

Ludwig war aufgestanden und hatte noch zwei Scheite aufs Feuer gelegt. Dann kontrollierte er den Küchenherd. Auch der sollte brennen bis zum Morgen. Für Kaffee und warmen Kakao.

»Bevor es ganz dunkel wird, gehen wir noch ein bisschen Holz hacken. Das hier reicht zwar locker bis morgen, aber wenn es heute Nacht schneit, ist alles feucht. Ich geh noch mal pullern, bevor es stockfinster ist!«

Paulchen sprang auf. Das war eine gute Idee. Stiefel und Jacke hatte er schnell angezogen, dann schnappte er sich die »Pullerlampe« und hängte sie sich um den Hals. Anschalten musste er sie nicht, noch war alles gut zu sehen.

Als er die paar Meter zurück zum Weg hochstapfte, hörte er schon die Axtschläge von seinem großen Freund.

Breitbeinig stand Ludwig vor dem Hackklotz und hieb mit der Axt auf große Holzstücke. Geschickt spaltete er kleine Hölzchen ab.

Paulchen staunte. Da saß jeder Schlag!

Als er näher kam, rief Ludwig: »Das gibt kleines Anmachholz für die, die das nächste Mal die Hütte startklar machen! Die freuen sich, wenn genügend da ist! Ich spalte jetzt noch ein paar große Klötze für unseren Weihnachtsabend! Wenn du magst, kannst du die kleinen Hölzer aufsammeln, in den Korb tun und reintragen!«

Paulchen nickte. »Aber zuerst will ich auch mal hacken!«

Ludwig ließ die Axt sinken und grinste ihn an.

»Gut! Sieh her. Holz auf den Klotz. Nicht hektisch sein, warten, bis es ruhig steht. Axt mit beiden Händen packen, Beine weit auseinander, damit du dir nicht reinhackst, wenn du daneben triffst. Alles klar?«

Er hieb fest und zielsicher auf den breiten Klotz. Zwei fast gleich große Scheite fielen links und rechts in den Schnee.

Dann hielt er Paulchen die Axt hin. Der griff danach und fiel fast vornüber in den Schnee, so schwer war die.

Aber dann hielt er sie fest, packte ein dickes Holzstück auf den Hackklotz, nahm die Axt mit beiden Händen, hob sie hoch über seinen Kopf – und spürte plötzlich Ludwigs Hand auf seinem Po – zwischen seinen Beinen – überall!

Die Drehung Paulchens mit der Axt in beiden Händen und Ludwigs Schrei: »Beine weit auseinander –«, überlagerten sich, die Axt schnitt quer über die Oberschenkel des Mannes, verhakte sich in der Schlagader und sein Schrei wurde zu einem Gurgeln: »... sonst hacksdddudirrein«, dann kippte er nach hinten in den Schnee.

Paulchen starrte und starrte.

Ludwig stöhnte laut und griff sich an die Brust. Blut floss in einem dicken Schwall pulsierend aus der Wunde am Oberschenkel, versiegte, und dann lag der alte Mann völlig ruhig auf dem Rücken, Augen und Mund geöffnet.

Paulchens Gedanken hopsten in seinem Hirn hin und her. Es hatte zu schneien begonnen und die Schneeflocken glitzerten in den letzten Lichtstrahlen vor der totalen Dunkelheit, die es nur mitten im Wald gab. Paulchen guckte hoch in den Himmel, dahin, wo auch Ludwig blickte, und betrachtete lange das weiße Gewirbel über ihm. Als er den Blick wieder senkte, hatten die Flocken eine dünne Schicht auf Ludwigs Gesicht gebildet.

Paulchen packte die Holzscheite und schleppte sie in die Hütte. Die kleinen Hölzchen schichtete er in den Korb und stellte sie neben den Kamin. Dort, wo sie sich selbst bedient hatten. Als er das zweite Mal zum Hackklotz kam, war kein Blut mehr zu sehen. Der Schnee deckte alles zu, so heftig fielen jetzt die Flocken.

Paulchen dachte nach.

Die Suppe reichte für ihn allein bestimmt eine Woche. Das Holz vielleicht nicht, aber er wusste ja jetzt, wie man Neues hackte. Er hatte ein Bett, Kerzen, Feuer, Gemüsesuppe, Brot und Milch für Kakao.

Irgendwann würde der nächste Hüttendienst kommen.

Er hätte jetzt gerne ein bisschen geweint, aber gerade wusste er nicht mehr, wie das ging.

Gemüsesuppe »Quer-durch-de-Gaade«

Alles an Gemüse, was der Garten – oder der Wochenmarkt – hergeben:
Lauch, Kartoffeln, Karotten, Kohlrabi, Zwiebeln, Sellerie, Pastinaken, Petersilienwurzel …
Pfeffer, Salz, Basilikum, Estragon, Rosmarin, Thymian, Muskat, Lorbeerblatt, Petersilie

Gemüse putzen, schälen, in Ringe, Scheiben, Würfel schneiden.
Das ganze Gemüse in einen entsprechend großen Topf geben und mit Wasser auffüllen, bis das Gemüse bedeckt ist. Jetzt das Ganze zum Kochen bringen, ca. 30 Minuten auf kleiner Flamme mit geschlossenem Deckel köcheln lassen. Zwischendurch kann man mit einem Kartoffelstampfer das Gemüse etwas zerdrücken. In der Zwischenzeit die Petersilie von den Stängeln zupfen. Gegen Ende der Kochzeit abschmecken, Pfeffer, Salz und die Kräuter zugeben.
Ganz am Schluss noch die Petersilie zugeben und nochmals kurz aufkochen. Wer mag, kriegt Würstchen dazu. Die Würstchen in einem extra Topf wärmen, klein schneiden und in die Suppe geben.

Ingrid Reidel

Letzte Reise

Ich hatte zwei Männer zum Brennen gebracht. Einer ist schon verglüht und der andere steht noch in Flammen für mich. Nun, ich glaube, ich muss das erklären.

»Moment«, sagte Ben zu dem elegant gekleideten Ober im benachbarten Elsass an jenem unsäglichen Dezemberabend. Und zu mir gewandt: »Schätzelchen, Coq au Vin hat tausend Kalorien. Nur so, wegen deinem Bäuchlein.«

»Bäuchlein?«

»Ja, ich meine die Rundung unter deinem Busen.«

»Also, Herr Ober, dann bringen Sie mir bitte erst einmal einen Aperitif.«

»Aperitif? Sogar noch Hochprozentiges? Dafür musst du später aber viel Rad fahren, Schätzelchen. Nein, Herr Ober, meine Freundin bekommt einen Salat und dazu eine Flasche Wasser.«

Das war ja die Höhe!

Später, in der Garage, versuchte Ben auch noch, mich auf der Rückbank zu vernaschen. »Hier und jetzt«, forderte er zudringlich. Dann ließ er seine Hände mit den prolligen Manschettenknöpfen unter meinen Rock gleiten, sodass ich dachte, sie würden in meinen Eingeweiden hängen bleiben. Noch einmal öffnete er den Mund: »Und denke ans Radfahren, Schätzelchen. Es wird dir guttun.«

Plötzlich, wer hatte mir den Elektroschocker in die Hand gedrückt? Ich zog den Abzug. Er zitterte, stöhnte und dann sagte er gar nichts mehr. Ich hatte seinen Herzfehler vergessen.

Nun hatte ich eine Leiche neben mir sitzen.

Eine Leiche? Wie schrecklich! Und das an einem unschuldigen Adventstag kurz vor Weihnachten.

Was sollte ich jetzt bloß tun? Da fiel mir etwas ein. Karl. Mann Nummer zwei. Er hatte etwas mit Feuer zu tun. Das passte ja in die Jahreszeit, dachte ich. Wärmendes Feuer. Aber Karl konnte man weder als Romantiker bezeichnen, der abends am kuscheligen Lammfell zum vorweihnachtlichen Glühwein den Kamin anzündete, noch war er von der Feuerwehr. Sondern Leiter eines Krematoriums. Nur seiner grobschlächtigen Art war es zu verdanken, dass aus uns vor Jahren nichts geworden war.

Die Fahrt zu ihm war eine Qual gewesen. Ben hinten hatte mittlerweile seinen Mund wie zu einem Schrei geöffnet und sah makaber aus.

Als ich ankam, wusste ich genau, es würde nicht einfach werden. Ich riss mir Löcher in meine Strumpfhose, verrieb die Tusche unter meinen Augen, so dass es verweint aussah, und schob den Rock nach oben. Dann klingelte ich an Karls Haustür.

»Vera?«, fragte er erstaunt. »So spät?«

Ich fiel ihm schluchzend um den Hals.

Er stieß mich sanft von sich und betrachtete mich eingehend. »Um Himmels willen, was ist denn passiert?«

»Ich, ich, ich«, verkündete meine Stimme wie automatisch. Plötzlich fiel mir die Szene mit Ben am Tisch ein. »Na ja, man hat mich gezwungen ...«

»Ach du meine Güte, Vera. Bist du verletzt?«

»Ja, komm.« Ich zog ihn zum Auto.

Mit geweiteten Augen starrte er hinein. »Aber das ist ja, der ist ja ...«

»Ich habe ihn, ich meine, er hat nur noch gejapst. So.« Ich fasste mir ans Herz und zog dabei ein bisschen meine Bluse herunter. »Ich wusste nicht, was ich machen sollte, Karl.«

Karl begann zu schwitzen. »Dieser Mistkerl.«

»Karl, du musst mir helfen!«

Er überlegte. »Wir müssen zur Polizei gehen, Vera.«

»Ja«, pflichtete ich ihm bei. »Es wird wohl das Beste sein.« Ich fing wieder an zu schluchzen. »Und dann werden sie mich einlochen.«

»Wie, es war doch höchstens Notwehr?«
»Na, wegen illegalen Waffenbesitzes.«
»Wegen was?«
»Illegalen Waffenbesitzes. Wegen dem Elektroschocker.«
»Elektroschocker?«
»Ja, nun, der ist vom Russenmafiamarkt.«
»Vera, was hast du gemacht?«
»Karl, bitte! Das ist jetzt nicht wichtig.« Ich schmiegte mich an ihn. »Oh, ich habe mir ein Leben mit dir vorgestellt. Mit viel Zärtlichkeit. Vielleicht jeden Tag, fünfmal, wenn du willst?«

Er nahm mich zitternd in die Arme. Seine Finger waren, als er nach meinem Busen unter dem Pullover grabschte, immer noch genauso rau wie damals, und ich dachte an Bens übertrieben gepflegte Lackaffenhände.

»Vera, oh, ich liebe dich.«
»Ja«, erwiderte ich. »Und vielleicht ist es möglich ... Arbeitest du noch im Krematorium?«
»Du meinst ...? Oh nein!« Er drückte mich von sich weg. »Sag mal, spinnst du?«

Ich zuckte mit den Schultern.

»Was glaubst du denn?« Er griff in seine Hosentasche, holte eine Schachtel heraus und zündete sich eine Zigarette an. »Nun, komm erst mal rein. Wir rufen doch die Polizei.«

Ich folgte ihm, und bevor er das Handy vom Couchtisch fischen konnte, stürzte ich mich auf ihn, um ihn auf andere Gedanken zu bringen.

Er stammelte mir nur noch in mein Haar: »Aber üsch gebe zu bedenken, sur Seit wie jedes Jahr Weihnachten Hochkonjunktur.«

Ich versiegelte ihm den Mund mit meinen Küssen und am Ende keuchte er nur noch, fast wie Ben, nur um tausend Mal verzückter.

Das Krematorium war wesentlich unspektakulärer, als ich es mir vorgestellt hatte.

»Ich bekomme eine Lieferung von der Uni«, sagte Karl. »Da können wir ihn dann dazu hineinlegen, Süße.«

Er stieg aus dem Wagen, verschwand und kam kurze Zeit später aufgeregt zurück.

»Verdammt, Vera« flüsterte er. »Der Dok ist schon da, also können wir ihn nicht in der Kühlkammer verstecken, bis die Lieferung kommt. Aber wenigstens sind die Jungs abgelenkt. Bringen wir ihn vorübergehend ins Klo.«

Ben durch den Flur in die Toilette zu schaffen, war schwierig. Er war recht steif.

Wir zwängten ihn durch die Tür, und quetschten ihn zwischen Schüssel und Waschbecken an die Wand und schlossen schnell die Tür hinter uns. Und dann ließen wir uns erst einmal erschöpft an der Türwand im Vorraum hinuntergleiten. Hinter uns hörten wir es rumpeln. Ben war sicher umgefallen.

Eine Sekunde später dirigierte mich Karl in ein Personalzimmer am anderen Ende des Ganges.

»Hör zu, Kleines«, flüsterte er, als wir ungestört waren. »Ich stelle dich als Praktikantin vor. Ich brauche dich womöglich noch, um Ben unbesehen in die Kiste zu bekommen. Bis da musst du unbedingt da bleiben.«

Im gleichen Moment flog die Tür auf und ein Mann mit zerrissenen blutigen Einmalhandschuhen kam hereingestürzt. »Schnell, ich habe mich gerissen und kann kein Blut sehen. Muss zur Toilette.«

Karl und ich starrten uns an. Karl wurde rot. »Ähm, die benutzen wir im Moment als Abstellkammer. Ich hol' dir was aus dem Verbandskasten, Dok.«

»Abstellkammer? Das ist aber gegen die Vorschrift. Nein, ich muss mich auch übergeben.«

Karl atmete hektisch durch. »Okay, ich komme gleich.«

Und dann war er weg.

Ich versuchte, den Mann zu beruhigen, aber es gelang mir kaum. Er stöhnte, als ob er jeden Moment sein Leben lassen würde.

Karl kam gleich darauf wieder zurück. Er grinste. »So, die Luft ist rein«, rief er.

»Wie, die Luft ist rein?«, krächzte der Dok erstaunt.

»Na ja, wenn man von der Toilette kommt ...«, stammelte Karl. Aber der Dok gab keine Antwort mehr und stürzte zur Tür hinaus.

In der Zwischenzeit waren auch die »Jungs«, Karls Mitarbeiter, in den Personalraum gekommen.

»Herzl, das sind Kai und Lee. Kai steht an der Knochenmühle und Lee durchwühlt die Asche nach metallischen Ersatzteilen.« Karl grinste süffisant. »Also Süße, wenn du mal ein künstliches Hüftgelenk brauchst ...«

Mein Magen rebellierte.

In diesen Moment sprang wieder die Tür auf. Der Dok streckte uns einen Manschettenknopf entgegen. »Seht mal, was man bei euch alles so findet«, rief er gönnerhaft. Und dann fiel er um, einfach so.

»Meine Güte«, rief ich. »Wir müssen den Notarzt rufen.«

Lee beugte sich sofort über den Mann und fing mit Herzmassage an, und ich nutze die Gelegenheit, um ins WC zu eilen und nach Bens zweitem Manschettenknopf zu suchen. Nebenher hörte ich die Sirenen eines herbeieilenden Krankenwagens, dann Fußschritte, heftiges Gemurmel und wie der Wagen eine Weile später wieder davonfuhr. Aber wo war nur Ben?

Beim Hinausgehen stieß ich mit Karl zusammen.

»Meine Güte, Vera, stell dir vor, sie haben den Falschen mitgenommen. Ich musste Lee kurz abziehen, weil gerade jetzt die Beine von der Uni geliefert wurden. Aber nun musst du dich hier um alles kümmern, ich muss hoch zum Ofen.«

Also eilte ich zurück ins Personalzimmer.

Der Dok lag immer noch da, zusammengekrümmt hinter der Tür, und röchelte. Bevor ich mein Handy herausziehen konnte, hörte ich wieder die Sirenen des Krankenwagens. Ich sprang auf und rannte zur Hintereingangstür. Dabei hatte ich Glück, dass Lee und Kai konzentriert an ihrer grauenvoll knirschenden

Knochenmahlmaschine standen und nicht bemerkten, als ich an ihrer geöffneten Tür vorbeieilte.

Draußen standen zwei Sanitäter mit Ben auf der Trage. Seine Glieder hingen jetzt schlaff fast bis zum Boden.

»Ich glaube, wir haben etwas verwechselt«, sagte einer von ihnen. »Er muss euch runtergefallen sein. Er lag auf dem Boden im Untersuchungsraum, und da dachten wir ...«

»Meine Güte«, brachte ich nur hervor, während meine Knie anfingen zu zittern, und die Sanitäter legten mir ohne Umschweife Ben auf den Edelstahltisch.

Ich war überglücklich, bedankte mich überschwänglich und führte sie zu dem Verletzten im Personalraum.

Dann hetzte ich hinaus über den Flur zu der Treppe, die an einem schwarzen riesigen Ofen nach oben führte.

Dort fand ich Karl. Ich stürzte beinahe über das Fließband, auf dem in diesem Moment ein Sarg in den Ofen gefahren wurde, und konnte gerade noch rechtzeitig vor seinem großen feuerflammenden Schlund abspringen.

Karl eilte mit mir sofort nach unten, als er mich sah.

»Schnell«, forderte er mich auf, als wir im Untersuchungsraum angekommen waren.

Und dann ging mehr oder weniger alles rasch. Karl verschwand und kam mit einer grobschlächtigen Kiste auf einem Rollwagen zurück, den er vor sich herschob. Umgehend holten wir die Leichenteile von der Uni heraus, ein fast schwarz angelaufenes Bein und sonstige menschliche Körperteile, legten sie auf den Edelstahltisch, betteten Ben nach unten und schichteten die Teile über ihn, damit im Falle einer Kontrolle niemand Verdacht schöpfte.

Dann schlossen wir den Deckel und übergaben ihn ganz normal dem Lastenaufzug, der ihn wie die anderen »Kandidaten«, wie es Karl ausdrückte, nach oben beförderte.

Später konnte ich durch ein Bullauge in der Ofenwand zusehen, wie Ben noch einmal für mich »brannte«.

Aber für mich war das der Anfang körperlicher Schwerstarbeit.

Dafür machte mir Karl immerhin keine Vorschriften beim Essen.

Coq au Vin

Zutaten:
1 Hähnchen küchenfertig, circa 1.500 g
100 g Speck oder Schinken
100 g Butter
200 g Creme fraîche
1/2 l Riesling
1/2 l Geflügelfond
300 g Champignons
2 Karotten
1 Zitrone
Thymian, frisch oder getrocknet, Estragon
1 Bund Petersilie
Salz, Pfeffer
5 Schalotten
1 Knoblauchzehe

Zubereitung:
Die Schalotten, die Karotten und die Knoblauchzehe schälen und klein schneiden. Das Hähnchen zerlegen, die Teile waschen, trockentupfen, salzen und pfeffern.
Ein Teil der Butter im Schmortopf erhitzen, die Hähnchenteile darin anbraten, wieder aus dem Topf nehmen und zur Seite stellen.
Noch einmal etwas Butter in den Topf geben und mit einer Prise Zucker glasig dünnsten. Mit 1/4 l Wein ablöschen und einkochen lassen.
Die Hähnchenteile wieder dazugeben, mit dem Wein und dem restlichen Geflügelfond auffüllen, den gewaschenen Estragon und den Thymian dazugeben. Das Ganze zugedeckt circa eine knappe Stunde schmoren lassen.
Währenddessen die Champignons putzen und in Stücke schneiden. Die restliche Butter in eine Pfanne geben, heiß werden

lassen und die Pilze darin anbraten. Mit Zitronensaft, Salz und Pfeffer würzen und beiseitestellen.
Nach Ende der Schmorzeit die Hähnchenteile aus dem Topf nehmen und im Backofen warm stellen. Die Sauce bei mittlerer Hitze reduzieren, dann Creme fraîche und ein paar kalte Stücke Butter dazugeben, um die Sauce zu binden. Die Sauce sollte eine cremige Konsistenz haben.
Die Hähnchenteile und die Pilze in die Sauce geben und bei kleiner Hitze noch einige Minuten köcheln lassen.
Zuletzt die Petersilie waschen, trocknen und fein hacken. Kurz vor dem Servieren über das Gericht streuen.

Brigitte Lamberts

Wodka-Aufguss

»Das war ein fataler Fehler! Du Idiot! Du hättest dich auf den Deal niemals einlassen dürfen!«
»Wir müssen expandieren, sonst sind wir verloren.«
»Ja, aber nicht mithilfe zwielichtiger Gestalten.«
»Nur so bekommen wir einen Fuß in den osteuropäischen Markt.«
»Ich warne dich! Mach das rückgängig, sonst gnade dir Gott.«
Professor Dr. Klaus Berend sitzt an der Theke der Hotelbar, hört, wie ein Bierhumpen direkt hinter ihm auf den Tresen knallt, dann eilt ein Mann an ihm vorbei Richtung Aufzüge. Verwundert dreht Klaus sich um und sieht einen weiteren Mann in sein Weinglas starren. Doch schon lenkt Corinna ihn ab und legt beide Arme um seine Brust. Er lacht: »Da bist du ja endlich, mein Schatz.« Klaus gibt dem Barkeeper ein Zeichen, sein Glas Wein auf die Zimmerrechnung zu setzen, und rutscht vom Barhocker herunter.

Große Flocken fallen sachte auf die zentimeterhohe Schneedecke. Corinna zieht ihr Stirnband über die Ohren, Klaus hakt sich bei ihr ein, dann stapfen die beiden los. Das abendliche Bad Bergzabern strahlt eine behagliche Atmosphäre aus. Die Fassaden der Patrizierhäuser sind durch das warme Licht der Straßenlaternen wunderschön beleuchtet. Es dauert nur ein paar Minuten bis zum Karolinenmarkt. Im Innenhof, vor der beleuchteten Kulisse des Schlosses, ist der traditionelle Weihnachtsmarkt aufgebaut. Bis zu 70 Aussteller präsentieren hier ihre selbst gefertigten Produkte aus Holz, Edelsteinen, Leder, Glas und Filz. Corinna streicht Klaus über die Wange. »Und natürlich gibt es auch etwas zu kosten.« Sie zwinkert ihrem Freund zu. »Liköre, Schnäpse und frische geräucherte Forellen.«

»Dann nehmen wir doch einen Glühwein zur Einstimmung«, schlägt Klaus vor.

Einige Zeit später zurück im Hotel, stehen die beiden in der Lobby. Klaus schaut auf seine Armbanduhr. »Willst du dich noch etwas frisch machen oder wollen wir gleich ins Hotelrestaurant gehen?«

»Wir gehen sofort.« Corinna zieht Klaus mit sich und sie betreten den weihnachtlich dekorierten Raum.

»Wahnsinn!« Klaus ist beeindruckt. Ein fast zwei Meter hoher, ausladender und mit Kerzen geschmückter Tannenbaum steht im Restaurant und erhellt den Raum. Auf den Tischen ist alles festlich eingedeckt mit Kerzen, Weihnachtskugeln und Tannengrün. Sie werden vom Restaurantchef begrüßt und an einen der großen runden Tische geführt. Dort sitzt schon ein Paar. Klaus erkennt den Mann von der Bar. Er stellt sich als Volker Schulhoff und seine Ehefrau als Ellen vor. Die beiden Paare wechseln einige belanglose Worte. So richtig kommt ein Gespräch nicht in Gang. Erst als andere Gäste sich an den Tisch setzen und mit dem Aperitif anstoßen, wird es etwas lebhafter. Immer wieder schaut Klaus zu Schulhoff hinüber, der sich schon das dritte Glas Wodka-Orange servieren lässt.

Das Menü beginnt mit einer Maronensuppe, die in tiefen Tellern vor ihnen abgestellt wird. Klaus' Augen leuchten nach dem ersten Löffel auf. »Sehr schmackhaft.« Er lacht. »Ich habe noch nie eine Maronensuppe gegessen.«

»Dann wird es aber Zeit«, entgegnet die Frau ihm gegenüber mit leichtem Pfälzer Akzent. »Die gehört zu Weihnachten wie«, sie überlegt kurz, »wie die Zwiwwel zum Handkäs.« Corinna kann gerade noch ihre Serviette greifen, denn bei dieser Bemerkung ist ihr der gute Pfälzer Riesling in die Nase gestiegen, den sie gerade gekostet hat. »Weiß jemand, was es als Hauptgang gibt?«, fragt Klaus neugierig in die Runde.

»Nun sei nicht so ungeduldig«, antwortet Corinna, »wir haben ein vorweihnachtliches Überraschungsmenü gebucht.«

Wieder wird ausgelassen gelacht, nur das eine Ehepaar stimmt nicht mit ein. Klaus schaut zu ihnen hinüber. Die Missstimmung zwischen den beiden ist mehr als deutlich. Er spürt eine Hand auf seinem Oberschenkel und blickt zu Corinna, die leicht den Kopf schüttelt.

»Was ist denn?«, fragt er leise.

»Starr die beiden nicht immer so an«, gibt sie flüsternd zur Antwort. Ehe er noch etwas erwidern kann, stellt der Ober einen flachen Teller vor ihm ab mit den Worten: »Pfälzer Zanderpfanne mit Roter Bete und Salzkartoffeln.«

Klaus wendet sich sogleich der Pfälzerin zu. »Jetzt sagen Sie mir nicht, das ist ein typisches Pfälzer Weihnachtsessen.«

»Doch, das hat Tradition bei uns. Früher hatten wir hier in der Südpfalz einen großen Fischreichtum, vor allem im Rhein und in den vielen Bächen, die vom Pfälzerwald kommen. Und natürlich gibt es die Pfälzer Fischpfanne nicht nur in der Weihnachtszeit, aber die Rote Bete schmeckt am besten in den Wintermonaten.«

Klaus probiert. »Sehr lecker. Ich kenne Rote Bete nur als Salat.«

»Ihr Rheinländer!« Sie lächelt ihn an. »Sie sind doch einer, oder?«

Klaus nickt.

»Ihr mögt zwar noch geselliger sein als wir, aber von guter Küche versteht ihr nix!«

Klaus verkneift sich einen Kommentar, stattdessen meldet sich Volker Schulhoff zum ersten Mal an diesem Abend zu Wort. »Die warme Rote Bete kenne ich aus Polen, doch da wird sie nur mit Zucker, Essig und etwas Öl zubereitet. Geschmacklich ganz anders, aber viel, viel besser.« Klaus merkt, wie die Pfälzerin schon ansetzt und alle anderen am Tisch gespannt auf den verbalen Schlagabtausch warten. Doch da ist ihm seine Frage, ob Schulhoff öfter in Polen sei, schon herausgerutscht. Hätte er das mal nicht gefragt. Denn nun ist dieser nicht mehr zu stoppen und erzählt ausgiebig von seinen Geschäftsreisen nach Polen und

Russland. Je länger er monologisiert, umso undeutlicher wird seine Sprache.

Seine Frau versucht, ihn durch die eine oder andere Berührung davon abzuhalten, weiter zu reden, doch es gelingt ihr nicht. Schließlich flüstert sie ihm zu: »Jetzt hör doch auf zu reden. Du bist schon wieder betrunken.«

Er faucht zurück. »Lass mich in Ruhe. Ich trinke so viel, wie ich will. Du willst mich ja sowieso verlassen. Dann geh doch!« Eine peinliche Stille legt sich über die Tischgesellschaft. Als Ellen Schulhoff aufsteht und zur Tür geht, ruft er ihr nach: »Du wirst dich noch wundern. Wenn du mich verlässt, bist du geliefert.«

Kurz nach dem Nachtisch löst sich die Runde auf. Die Selbstdarstellung des Geschäftsmannes war anfangs noch ganz unterhaltsam, wurde jedoch zunehmend unangenehmer, denn er zog über seine Ehefrau her. Die Tischnachbarn verabschieden sich voneinander, einige gehen noch an die Hotelbar, anderen ziehen sich in ihre Zimmer zurück. Übrig bleiben Schulhoff, Klaus und Corinna, die gemeinsam auf den Aufzug warten.

»Ich hol nur schnell meinen Bademantel, dann gehe ich in die Hotelsauna, die hat noch knapp eineinhalb Stunden geöffnet. Haben Sie nicht Lust mitzukommen?«, lallt der Unternehmer.

Klaus schüttelt den Kopf und legt ihm die Hand auf die Schulter. »Das ist keine gute Idee. Für einen Saunagang haben Sie zu viel getrunken, das kann lebensgefährlich sein.«

»Ach was, das bisschen Wein!« Er winkt ab. »Wir sind Ärzte, wir wissen, wovon wir reden«, mischt sich nun auch Corinna in das Gespräch ein, »und es waren auch noch ein paar Gläser Wodka-Orange dabei.«

Schulhoff nickt, als wenn er verstanden hätte, dann betritt er mit den beiden den Aufzug.

»Glaubst du, der hört auf unseren Rat?«, fragt Corinna, nachdem sie den Lift auf der ersten Etage verlassen haben.

»Ich denke schon, der schläft gleich im Sessel ein und schafft es nicht mal mehr bis ins Bett, geschweige denn in die Sauna.«

Zwei Stunden später hämmert es an der Zimmertür von Corinna und Klaus. Eine helle Stimme ruft: »Professor Berend, bitte aufmachen! Wir brauchen dringend Ihre Hilfe!«

Klaus springt aus dem Bett, Corinna folgt ihm. Noch während sie sich die Bademäntel überzieht, öffnet er die Tür und schaut in das aufgeregte Gesicht einer Hotelangestellten.

»Bitte schnell. In der Sauna liegt ein Gast, der sich nicht mehr rührt.«

»Wurde der Notarzt verständigt?«

Sie bejaht. Die drei rennen zu den Aufzügen. Wertvolle Minuten verstreichen. Endlich bleibt der Lift mit einem Ruck stehen und die Tür schiebt sich auf. Die Hotelangestellte eilt voraus. Die Tür zur Sauna ist angelehnt, Volker Schulhoff liegt auf dem Boden. Klaus stürzt auf ihn zu und beginnt sofort mit der Reanimation. Corinna assistiert ihm. Sie schauen sich an. Viel Hoffnung haben sie nicht. Wenige Minuten später kommt der Notarzt und übernimmt. Klaus schaut sich währenddessen um. Er nimmt einen Geruch wahr, der ihm vorhin schon aufgefallen ist. »Riechst du das auch?«, fragt er Corinna. Sie nickt: »Ein leichter Brandgeruch.« Er überlegt, dann glaubt er zu ahnen, was hier passiert ist. Klaus schaut sich weiter um, findet aber nicht das, wonach er sucht. Der Notarzt schüttelt den Kopf und gibt auf.

»Was ist Ihre Einschätzung?«, will Klaus wissen.

»Ganz klar Kreislaufkollaps, alkoholisiert eingeschlafen, dann die Hitze und zu spät gefunden.« Noch bevor Klaus etwas dazu sagen kann, erscheinen zwei uniformierte Polizisten. Er stellt sich ihnen als Rechtsmediziner vor und beginnt sofort seine Vermutung zu äußern. Einer der Polizisten greift zu seinem Handy, um die Kollegen der Kriminalpolizei zu verständigen. Danach riegeln sie das Hotel ab: Niemand kann mehr rein oder raus.

Hauptkommissar Thies hört Klaus aufmerksam zu.

»Volker Schulhoff war stark alkoholisiert, als er in die Sauna ging, was an sich schon lebensgefährlich ist.« Der Kommissar nickt.

»Doch mir ist ein spezieller Geruch aufgefallen.« Thies hebt eine Augenbraue.

»Riechen Sie das nicht?« Thies konzentriert sich. »Ein leichter Brandgeruch, meinen Sie das?«

Klaus bestätigt: »Der entsteht, wenn man einen Wodka-Aufguss macht!«

»Ja und? Das ist, glaube ich, in skandinavischen und osteuropäischen Ländern üblich.«

Klaus schaut ihn an und erläutert: »Ein alkoholischer Aufguss ist harmlos, aber nur dann, wenn die Saunagäste nicht alkoholisiert sind. Wenn aber reiner Alkohol, beispielsweise Wodka, ohne dass er mit Wasser verdünnt wurde, eingesetzt wird, kann es gefährlich werden.« Auf den fragenden Blick von Thies fährt er fort: »Die Hitze und der Alkohol erweitern die Blutgefäße, wenn dann noch ein Alkohol-Aufguss gemacht wird, kann es zum Kreislaufkollaps, Schlaganfall oder Herzstillstand kommen.«

»Sie erwähnten gerade Alkohol, der nicht verdünnt wurde …«

»Der Geruch hier ist moderat, aber wenn der Wodka mit Wasser vermischt worden wäre, würden wir fast nichts mehr riechen.«

»Da sind Sie sich sicher?«

»Ziemlich. Ich gehe davon aus, dass eine ganze Flasche herhalten musste.«

Der Kommissar vergewissert sich. »Aber der Tod ist doch wohl dadurch verursacht worden, dass der Gast eingeschlafen ist. Die enorme Hitze nach dem Aufguss ist dann ursächlich?«

Klaus lacht auf. »Das zumindest sollen wir denken: Schulhoff ist eingeschlafen, der Körper überhitzt und dadurch kollabiert sein Kreislauf. Doch die Todesursache wird sich erst durch eine Obduktion zweifelsfrei feststellen lassen.«

»Eine Wodka Flasche haben Sie nicht gefunden?«

»Nein, eben nicht. Es sieht ganz danach aus, dass er den Aufguss nicht selber gemacht hat.«

»Kennen Sie den Toten?«

»Wir haben heute zusammen das vorweihnachtliche Essen im Hotelrestaurant genossen.« Der Kommissar nimmt sich Zeit und lässt Klaus und Corinna ihre Eindrücke schildern. Schließlich dankt er für die Aussage und begleitet die beiden den Gang entlang zu den Aufzügen. Ein surrendes Geräusch. Der Hauptkommissar blickt zur Flurdecke. Eine Kamera ist auf sie gerichtet. Thies geht ein paar Schritte zurück. Die Kamera dreht sich in seine Richtung. Er lächelt.

Nach einer kurzen Nacht klopft es an der Tür. »Zimmerservice. Ich bringe Ihr Frühstück«, ertönt eine Stimme. Klaus steht auf, öffnet und nimmt einen reichlich beladenen Teewagen in Empfang. Er reicht Corinna eine große Tasse Milchkaffee. Bevor er selbst wieder unter die Decke kriecht, stellt er das Radio an.

»Lokalnachrichten. Gegen Mitternacht ist in der Sauna eines Vier-Sterne-Hotels in Bad Bergzabern ein Mann zu Tode gekommen.« Klaus und Corinna hören aufmerksam zu. »Anfänglich sah es nach einem tragischen Unglücksfall aus. Doch der Polizei vor Ort fielen schnell Unstimmigkeiten auf. Kriminaltechnische Untersuchungen untermauerten den Verdacht, dass hier ein Tötungsdelikt vorliegt. Der Zugang zur Sauna ist mit einer Videokamera ausgestattet. Die Bilder sind ausgewertet. Vorläufig festgenommen wurde ein Geschäftspartner des Toten.«

Maronensuppe

Für vier Personen

Zutaten:
350 g Maronen
1 Lauchstange
1 Möhre
50 g Butter
2 TL Puderzucker
125 ml trockener Weißwein
550 ml Fleischbrühe
200 g Sahne
1 EL Schnittlauch
Salz, Pfeffer
1 Lauchstange

Zubereitung:
Möhren schälen, waschen und in kleine Stücke schneiden, die Lauchstange von den äußeren Blättern befreien, putzen, waschen und in kleine Stücke schneiden. Die Maronen von der harten Schale befreien, waschen und in Wasser 10 Minuten abkochen. Abgießen, mit kaltem Wasser abschrecken und abkühlen lassen. Danach die Maronen von den dünnen Häutchen befreien. Einige halbieren und zur Seite stellen, die anderen in kleine Stücke schneiden.
In einem Topf Butter erhitzen und die kleinen Maronenstücke dazugeben, mit Puderzucker bestäuben und leicht karamellisieren lassen. Nun das Gemüse dazugeben und kurz andünsten. Mit Salz und Pfeffer würzen und mit Weißwein ablöschen. Das Ganze 15 Minuten garen. Die heiße Fleischbrühe hinzugeben, die Sahne dazu und weiter 15 Minuten köcheln lassen. Die Suppe mit dem Handmixer pürieren, nochmals mit Salz und Pfeffer abschmecken. Die Suppe auf Tellern anrichten, mit den halbierten Maronen und dem Schnittlauch garnieren.

Pfälzer Zanderpfanne mit Rote-Bete-Gemüse

Für vier Personen

Zutaten:
Für die Zanderpfanne:
4 Zanderfilets mit Haut, je 200 g
3 EL Mehl
2 EL Pflanzenöl
Salz, Pfeffer

Für das Rote-Bete-Gemüse:
1 kg Rote Bete
4 EL Butterschmalz
1 EL Mehl
2 Schalotten
4 Gewürznelken
1 TL Zucker
1/2 TL Zimt
3 EL saure Sahne
2 EL Zitronensaft
Salz, Pfeffer

Rote-Bete-Gemüse

Zubereitung:
Tipp: Die Knolle der Roten Bete gibt es schon vorgekocht im Supermarkt, das erleichtert die Arbeit ungemein und es geht schneller. Wer dennoch die unvorbereitete Knolle wählt, muss sie waschen, von Wurzeln und Blättern befreien, aber nicht schälen. In Salzwasser zum Kochen bringen und bei mittlerer Hitze eineinhalb Stunden garen lassen.
Die Rote Bete aus dem Topf nehmen, mit kaltem Wasser abschrecken, schälen und in Scheiben schneiden. Butterschmalz

im Topf erhitzen, Mehl darüberstäuben und hellgelb anschwitzen. Unter ständigem Rühren 250 ml Wasser dazugeben. Die Schalotten schälen, klein würfeln und unter die Sauce rühren. Gewürznelken, Zucker, Zimt, Salz und Pfeffer zugeben. Das Ganze 5 Minuten ziehen lassen. Nun die Rote Bete dazu und kurz aufkochen. Den Topf von der Herdplatte nehmen, die saure Sahne unterziehen, Zitronensaft unterrühren und abschmecken.

Pfälzer Zanderpfanne

Zubereitung:
Die Fischfilets waschen, trocken tupfen und auf der Hautseite mehrmals einschneiden. Vorsicht: nicht zu tief. Dann die Fische in Stücke schneiden und leicht in Mehl wenden. Öl in einer Pfanne erhitzen, darin die Filets auf der Hautseite je nach Dicke 4–5 Minuten braten, den Fisch wenden und auf der anderen Seite 1 Minute weiterbraten. Mit Salz und Pfeffer würzen. Den Fisch mit dem Rote-Bete-Gemüse und Salzkartoffeln servieren.

Markus Guthmann

Weingut am Ganges

An Heiligabend und an den Tagen davor waren die Temperaturen deutlich unter den Nullpunkt gerutscht. Selbst die Winzer, die eigentlich immer und berufsbedingt über die Widrigkeiten des Wetters klagten, prognostizierten ideale Verhältnisse für einen leckeren Eiswein. Leider wurden die Liebhaber dieser Weinspezialität immer weniger, weil sie zum Leidwesen der Weinindustrie einfach ausstarben und die junge Generation lieber pappig-süße Mixgetränke mit Wodka soff. Trotzdem hielten viele Weinmacher am Eiswein fest, wobei es unklar war, ob sie die schöne Tradition hochhielten oder bauernschlau die gesetzliche Mengenregulierung aushebelten, denn im vergangenen Herbst hatten viele Trauben am Stock bleiben müssen.

Wohlig drehte ich mich auf den Rücken und freute mich über die erhebliche Ausbeulung der Bettdecke. Ich träumte davon, dass ich das Weingut in einen Ashram umwandeln und als Oberguru meine vornehmlich weiblichen Schüler unter die Fittiche nehmen würde. Wenn alles glatt lief, dann gehörte mir der Betrieb bald und ich konnte es in »Weingut am Ganges« umbenennen, in Anspielung an das geplante Wein-Meditationszentrum und einen erfolgreichen Nachbarbetrieb.

»Aufstehen!«

Ich grunzte, wurde ich doch gerade aus meinen erbaulichen Träumen geweckt.

»Los, Tom, du alter Faulpelz, aufstehen! Wir müssen heute den Test machen«, schrie Lisa in meine verschlafenen Ohren. Lisa war meine Geliebte, eine aus Funk und Fernsehen international bekannte Sommelière und Eigentümerin von zwei geerbten Weingütern.

»Warte doch noch ein bisschen«, sagte ich und dirigierte ihre Hand unter die Bettdecke.

»Nix da, jetzt wird der Testlauf gemacht. Wenn wir danach noch Zeit haben, dann gerne«, antwortete sie und bevor sie aus dem Bett sprang, griff sie nach meiner Pracht, als ob sie den Getriebeschalthebel eines alten Unimogs bediente, allerdings ohne vorher Zwischengas gegeben zu haben.

Mürrisch und unwillig schälte ich mich aus dem Bett und griff nach meinen Kleidern, die über den ganzen Boden verstreut herumlagen. Ich griff nach meiner speziellen Tabakdose und baute mir einen Joint, denn um diese Uhrzeit vertrug ich noch keinen Alkohol, höchstens eine schöne kühle Rieslingschorle. Da ich aber aus bestimmten Gründen den Wein von Lisa mied, blieb mir nur mein garantiert ökologisch angebautes Gras aus eigener Plantage. Ich nahm einen tiefen Zug und träumte von meiner Reise nach Indien, auf der ich das Guru-Diplom erwerben würde. Diesen Traum wollte ich mir vor meinem Ableben unbedingt noch erfüllen und mir war bewusst, dass ein Ableben sehr bald erfolgen könnte. Ich musste höllisch aufpassen, denn Lisa war eine schwarze Witwe. Sie hatte ihren ersten Mann auf dem Gewissen und ihr zweiter hatte mit meiner Hilfe das Zeitliche gesegnet.

Obwohl sie mich in letzter Zeit so schlecht behandelte, fiel es mir immer noch schwer, mich von ihr zu trennen. Das lag jedoch weniger an der großen Liebe, die wir mal füreinander empfunden hatten, sondern eher an meiner Suche nach dem perfekten Mord. Auch wenn ich als Rechtsmediziner die besten Voraussetzungen hatte, um einen solchen zu begehen, so mangelte es an den richtigen Gelegenheiten, denn auch sie war auf der Hut und außerdem überaus clever. Vor etwas mehr als einem Jahr, nachdem ich meine Fähigkeiten an ihrem Mann bewiesen und ihn kurz danach auf meinem Obduktionstisch liegen hatte, hätte sie mich beinahe erledigt. Nur der Zufall, dass ihre Schwiegermutter den natürlichen Tod ihres Sohnes infrage stellte, rettete mir das Leben. Denn um zu verhindern, dass die alte Schachtel mit ihrem berechtigten Verdacht zur Polizei ging, mussten wir gemeinsam an dem Problem Schwiegermama arbeiten. Nach einer kurzen, aber intensiven Kreativitätsphase konnten wir die kleine Herausforderung schnell und sauber meistern.

Bis die Schwiegermutter eingeäschert worden war, lief alles gut und wir waren so verliebt wie früher, aber dann flötete sie mich vor ein paar Wochen an: »Liebling, kannst du mir bitte mal mit den Barriquefässern helfen, die im Hochregal stehen.« Erst als mich ein Stapel herabstürzender Fässer beinahe erschlug, wusste ich, dass der Burgfrieden gebrochen war. Angeblich hatte sie ungeschickt den Gabelstapler bedient. Auch der leicht metallische Geschmack in meiner Rieslingschorle irritierte mich und in meinem Labor laufen immer noch die chemischen Analysen, um herauszufinden, was für ein Gift sie mir schleichend verabreichen wollte.

Am meisten ärgerte mich, dass sie das ganze Wissen von mir erworben hatte. Anfangs hatte ich mich noch gefreut, dass sie mir so wissbegierig zuhörte, nun wusste ich, warum sie das alles wie ein trockener Schwamm aufgesogen hatte.

Dass wir alle beide noch lebten, verdankten wir der Tatsache, dass der lange untergetauchte Schwippschwager von Lisa plötzlich von seinem jahrelangen Selbstfindungstrip in die Pfalz zurückgekehrt war. Obwohl die verwandtschaftlichen Verhältnisse außerordentlich kompliziert waren, beanspruchte er einen Anteil am Erbe seiner angeblichen Lieblingstante und nur seinetwegen hatten wir uns noch nicht gegenseitig massakriert. Nach einer gemeinsamen Beratung, bei der ein paar Rieslingschorlen flossen und einige chemische Stimulanzen aus meiner Sammlung konsumiert wurden, konsultierten wir einen Anwalt, der Heini, dem Schwippschwager, durchaus Chancen auf einen Erbteil einräumte. Ich sprach mich dafür aus, Heini auszuzahlen, aber Lisa blieb kategorisch und schrie mich an: »Ich teile niemals, denn das habe ich noch nie gemacht. Nicht bei meinen Männern und schon gar nicht bei Heini.«

Meine Frage »Und, was ist mit mir?«, blieb unbeantwortet und sie blickte mich mit ihren schönen blauen Augen, die zu Schlitzen geworden waren, nur vielsagend an.

Wenigstens konnte ich ihr die Zusage abringen, dass Heini bei uns so lange arbeiten sollte, bis wir eine adäquate Lösung gefunden hatten. Heini war schließlich ein gelernter Winzer und verstand das A und O des Handwerks so lala.

Wir gingen in die Kelterhalle und es überkam mich einer jener Momente, wo ich alles hinschmeißen und abhauen wollte. Wieder entschied ich mich dagegen, denn sie hatte mich in der Hand und ich wollte endlich auch zum Zug kommen. Gregor, ihr zweiter Mann, hatte sie mit Beweisen konfrontiert, die klar belegten, dass sie seinen Bruder, ihren ersten Mann, auf dem Gewissen hatte. Daraufhin infizierte ich ihn mit Hepatitis und gab ihm mit Knollenblätterpilzen den Rest, bevor er auf meinem Seziertisch landete und ich den Obduktionsbericht kreativ aufhübschte. Die Mutter der beiden hatte jedenfalls Lunte gerochen und wollte eine Aussage bei der Polizei machen, dass Gregor keinesfalls nach der Hepatitis-Diagnose weitergesoffen hatte. So hatte es Lisa zu Protokoll gegeben und ich in meinem Bericht bestätigt. Mit meinem Wissen und meiner schriftstellerischen Ader sollte ich vielleicht mal einen Krimi schreiben. Meine Morde würden immer perfekt sein und kein Berufskollege könnte etwas daran zu meckern haben.

Jedenfalls regelten wir das Problem der herzkranken Schwiegermutter mit einem von mir gemixten Amphetamin-Cocktail. Wegen ihres Alters und der Vorerkrankung gab es noch nicht einmal eine Obduktion. Ja, in Deutschland werden zu wenige Obduktionen durchgeführt. Ein Missstand, den mein Berufsstand wiederholt kritisierte. Ich selbst habe als Vorsitzender einer anerkannten Fachgruppe schon etliche Petitionen an Politiker und Behörden geschrieben. Aber ich konnte nicht abhauen, weil dann Lisa gegen mich aussagen und ich den Kürzeren ziehen würde. Denn ich habe das ganze Wissen und die notwendige Chemie beigesteuert. Sie hingegen würde das lammfromme Opfer spielen. Eine Rolle, die sie bis zur Perfektion beherrschte. Die ganze Schuld würde sie auf den bösen Rechtsmediziner schieben, den sie doch zu lieben glaubte, der aber letztendlich nur an ihrem Erbe interessiert war. Sie hatte mir außerdem zu verstehen gegeben, dass sie alles fein säuberlich protokolliert hatte und die Beweise an einem sicheren Ort aufbewahrte. Nein, wenn ich nicht lebenslang hinter Gitter verschwinden wollte, dann musste ich sie nach allen Regeln meiner Kunst einschläfern. Erschwert wurde mir das Vorhaben allerdings dadurch, dass mir Lisa ebenfalls nach dem Leben trachtete und dank meiner Wenigkeit zu viel über wissenschaftlich-elegantes Dahinscheiden wusste.

»Schau mal, mein Schatz«, sagte sie und öffnete die Schiebeklappe der neuen Trommelpresse, die sie erst kürzlich angeschafft hatte. Es war ein klappriges, chinesisches Modell mit dem Namen »EasySqueeze 3000 Deluxe« und hatte, außer dem unschlagbaren Preis, den für unsere Zwecke immensen Vorteil, dass sie lediglich über einen wackeligen rot-gelben Notausschalter, aber sonst über keinerlei Sicherheitsvorrichtungen verfügte. Da sie das Ding über Ebay direkt beim Chinesen gekauft hatte, scherte sich auch keine Berufsgenossenschaft über dieses Detail. Auch hier war ich wieder federführend aktiv gewesen, weil ich über einen tragischen Unfall in Franken gelesen und die Idee auf den Weg gebracht hatte.

Zuvor hatten Lisa und ich wieder einen jener romantischen Abende, an dem wir Mordmethoden mit Weinpressen diskutierten und den einen oder anderen Wein fachlich besprachen. Dabei blieb der Spucknapf auch nach der x-ten Flasche unbenutzt. Wir entschieden uns gegen die antike Baumpresse im historischen Museum der Pfalz, denn wir fanden einfach keine Lösung, wie wir Heini dorthin verfrachten sollten. Auch die alte, noch funktionsfähige Spindelpresse im Weingut versprach keine optimale Lösung. Denn wie um alles in der Welt sollte das Mordopfer freiwillig seine Birne unter die Pressplatte legen, während der Mörder seelenruhig an der Spindel drehte? Nein, nach allen Diskussionen und einigen Recherchen im Internet war klar, dass eine »EasySqueeze« her musste. Trommelpressen gab es in jeder Größe. Die kleinsten maßen gerade mal einen Meter, während große Exemplare schon mal sechs Meter und länger sein konnten. Einfach gesprochen bestand das Gerät aus einem dichten Außen- und einem gelochten Innenzylinder. Im Kern der Maschine steckte das Presstuch, ein überdimensionaler Gummischlauch, der mit Druckluft aufgeblasen wurde und das durch die Klappe eingefüllte Pressgut gegen den Lochzylinder drückte. Der Most floss nach unten und wurde zur weiteren Verarbeitung abgeleitet. Die Maschine drehte sich kontinuierlich und der Druck wurde per Steuerung auf- und abgebaut, sodass sich das Lesegut wenden konnte. Es wurde wieder und wieder gepresst, bis der Presskuchen komplett ausgequetscht war und der letzte Tropfen Saft seiner göttlichen Bestimmung zugeführt werden konnte. Da der Druck des Pressschlauches nie über ein Bar hinausging, war unsere größte Frage: Konnte sich ein erwachsener Mann aus eigener Kraft befreien, wenn er zwischen Presstuch und Innenzylinder als quasi menschlicher Presskuchen festklemmte?

»Laut Internet-Kritiken ist es ein gängiges Problem bei der »EasySqueeze«, dass gerade Trauben mit wenig Wasser und zäher Schale das Presssieb und das Ablaufsieb verstopfen. Laut Youtube-Tutorial gab es zwei Möglichkeiten, das Problem zu beheben: entweder das Ding nach der unverständlichen, konfuzianischen Gebrauchsanweisung auseinanderzubauen und zu reinigen, was Ewigkeiten dauerte, oder aber sich beherzt in die geöffnete Maschine zu beugen und den widerspenstigen Matsch mit der Hand zu entfernen«, dozierte Lisa.

Ich begriff sofort, wie wir Heini dazu bewegen konnten, in die Maschine zu schlüpfen.

»So, jetzt kommt der Test: Du steckst da jetzt mal deinen Kopf rein«, säuselte Lisa liebevoll, bevor sie ein wenig barsch wurde: »Na los, was zögerst du. Nun mach schon. Das war schließlich deine Idee. Jetzt zeig, dass es funktioniert.«

»Ich traue dir nicht, du bleedie Blunz. Du wolltest mich schon mal über die Klinge springen lassen«, blaffte ich zurück.

»Ich habe dir doch schon hundert Mal gesagt, dass das ein Versehen war und ich bin froh, dass dir nichts passiert ist. Ich würde doch nicht meinen weltbesten Liebhaber umbringen«, sagte sie mit einem bezaubernden Augenaufschlag.

»Und was war mit der Überdosis Heroin, die du mir verpassen wolltest?«

»Das war doch bloß ein Test. Ich wollte wissen, wie loyal du mir gegenüber bist. Ich könnte dir doch nie auch nur ein Haar krümmen.«

Ich blickte sie skeptisch an. »Also gut, ich probiere es aus. Du sorgst dafür, dass der Druck nicht zu hoch wird und schaltest sofort ab, wenn ich rufe.«

»Aber klar, mein Süßer, ich liebe dich doch.«

Schließlich stülpte ich mir einen Fahrradhelm über den Kopf, denn sicher ist sicher, und öffnete die Klappe mit einem mulmigen Gefühl im Bauch. Dann beugte ich mich tief in die Maschine hinein und versuchte nach dem imaginären Pfropfen im Ausgangssieb zu tasten. Absprachegemäß warf Lisa die Pumpe für das Presstuch an, ohne die Maschine in Rotation zu versetzen, denn das Ding würde mir sonst am Rand des Zylinders die Rübe abscheren, was aber durchaus Teil des finalen Plans war.

Schnell drückte mich der Gummischlauch gegen die Innenwand und ich konnte mich nach wenigen Sekunden nur noch mit wenigen Extremitäten am Unterleib rühren. »Aufhören, das reicht«, brüllte ich, so laut ich konnte. »Es funktioniert.« Aber statt dass der Druck sofort abfiel, setzte sich die Trommel in Bewegung und klemmte mich genau in der Höhe meiner besten Freunde ein. »Aufhören«, rief ich nochmal, doch die Maschine hätte mich gnadenlos eingewickelt. Zum Glück war der Fahrradhelm nicht die einzige Vorsorge gewesen. Wohlwissend und einer möglichen Gefahr ins Auge blickend, hatte ich mir das Stromkabel der Maschine mehrmals um den linken Fuß gewickelt und nach einem Tritt nach hinten, der einem wildgewordenen jungen Hengst zur Ehre gereicht hätte, ploppte der Stecker aus der Dose. Mit lautem Zischen stoppte die Presse augenblicklich und ich konnte mich aus der misslichen Lage befreien.

»Du bleedie Blunz. Bist du verrückt geworden?«, schrie ich und packte Lisa bei der Kehle, die sofort zu schluchzen anfing.

»Hör auf, mein Liebster. Ich habe die Knöpfe verwechselt. Entschuldigung, ich würde dir nie etwas antun. Niemals. Bestimmt nicht.« Tränen liefen ihr über die Augen und ich ließ sie los. Es war nicht das Mitleid mit ihr, sondern das Zittern meiner Hände gewesen. Kein Wunder, nach dieser Aufregung und dem unfreiwilligen Schorleentzug.

»Was ist denn hier los?«, rief eine Stimme hinter uns und wir erkannten Heini. In unserer Aufregung hatten wir nicht bemerkt, dass er das Hallentor geöffnet hatte und nun mit dem tuckernden Weinbergsschlepper vor dem Tor stand. Auf der Ladefläche des Anhängers befand sich eine große Kunststoffbox, die randvoll mit gefrorenen Trauben gefüllt war. Eine Saukälte schlug mir entgegen, die aber auch mein Gemüt deutlich abkühlte. Jetzt hieß es einen kühlen Kopf zu bewahren.

»Es ist alles in Ordnung«, sagte Lisa, die sich nach ihrer grandiosen schauspielerischen Einlage wieder im Griff hatte. »Wir haben nur die neue Weinpresse ausprobiert. Sie funktioniert einwandfrei.«

»Das ist klasse, denn ich habe fast einen halben Kubikmeter der feinsten Eisweintrauben gelesen. Die schmeiße ich gleich in die Maschine. Es ist ja nicht so einfach, Eiswein zu keltern, denn der Trester verstopft schon gerne mal die Presse, wie ihr wisst.«

»Ok, dann lasse ich euch Starwinzer alleine und kümmere mich um das Grumbeergulasch für heute Abend, damit wir eine schöne Bescherung haben.« Ich steckte den Stecker wieder in die Steckdose und drehte unbemerkt, aber mit Gewalt, den krüppeligen Not-Aus-Schalter auf dem Bedienfeld um neunzig Grad. Das blöde, billige Ding von Schalter würde nun, sobald man den Not-Aus betätigte, einen Erdschluss mit dem Gehäuse verursachen. Dummerweise hatten die chinesischen Monteure auf den Erdleiter im Zuführungskabel verzichtet, und der Kurzschluss am Gehäuse würde die Sicherung nicht jucken. Stand alles im Internet. Schon klasse, was man dort lernen konnte. Es war Lisas Aufgabe, den eingeklemmten Schwippschwager zu finden und den Not-Aus zu drücken.

Ich pfiff lustig »O du fröhliche« vor mich hin und dachte an den perfekten Doppelmord. Ein Opfer durch einen tragischen Unfall von einer Trommelpresse zerquetscht, das andere tödlich von einem Stromschlag getroffen. Das war forensisches Neuland, das noch niemand vorher betreten hatte ...

Pälzer Grumbeergulasch (Kartoffelgulasch)

Wenn am Heiligabend in der Pfalz kein »Grumbeersalad« auf den Tisch kommt, dann ist das »Grumbeergulasch« die Alternative für gehobene Geschmäcker. Als Begleiter dient ein trockener bis halbtrockener Riesling oder die in der Pfalz ubiquitäre Rieslingschorle.

Zutaten:
1 kg Kartoffeln
2 Zwiebeln
3 EL Butter, 2 EL Mehl
750 ml Milch
500 g Fleischwurst
1 Bund Petersilie
100 ml Weißwein
Salz, Pfeffer, Muskatnuss

Zubereitung:
Kartoffeln waschen und in der Schale kochen, bis sie weich sind. Danach schälen und in Scheiben schneiden. Zwiebeln fein würfeln und in der Butter anschwitzen, bis sie glasig sind. Mehl darüberstreuen, braten, bis die Zwiebeln eine leicht bräunliche Farbe angenommen haben, und mit der Milch ablöschen. 10 Minuten unter ständigem Rühren ziehen lassen.
Die Fleischwurst von der Pelle befreien und ebenfalls in Scheiben schneiden. Zusammen mit den Kartoffeln zu der Zwiebelmasse geben und circa 5 Minuten bei leichter Hitze kochen lassen.
Den Wein hinzugeben, mit Salz, Pfeffer und Muskat würzen und zum Schluss die fein gehackte Petersilie darüberstreuen.

Rita Hausen

Das perfekte Weihnachtsessen

Anneliese lebte seit dem Tod ihres Mannes allein, aber sie hatte Freundinnen und Freunde, mit denen sie sich regelmäßig traf. Außerdem engagierte sie sich im Elwetritsche-Verein, was ihr viel Spaß machte. Sie hatte Probleme mit ihrer Hüfte, doch seit der Operation ging es mit dem Laufen etwas besser. Die Gartenarbeit bereitete ihr Mühe, weswegen sie hin und wieder einen Gärtner beschäftigte.

Nachdem sie sich eine Woche bei niemandem gemeldet hatte, rief eine Freundin an, bekam aber lediglich den Anrufbeantworter zu hören. Franziska beschloss, bei Anneliese vorbeizuschauen. Vielleicht war sie krank? Oder verreist? Nein, da hätte sie doch was gesagt oder angerufen.

Sie läutete an der Haustür. Nichts regte sich. Sie lugte durchs Gartentor. Nichts zu sehen. Ob sie die Polizei anrufen sollte?

Franziska holte sich erst einmal Rat bei einem ihrer Vereinskollegen. Der kam sofort zu Annelieses Haus, wo sie wartete. Ohne Skrupel stieg er über das Tor und sah, dass die Terrassentür offenstand. Er nahm sich eine Harke, die auf der Terrasse herumstand, und schlich vorsichtig hinein. Kein Laut war zu hören. Als sich nichts regte, rief er nach Anneliese. Keine Antwort. Er ging zur Haustür und bat Franziska hereinzukommen. Zusammen durchsuchten sie das gesamte Haus, ohne Anneliese zu finden. Schließlich alarmierten sie die Polizei. Diese konnte auch nur bestätigen, dass die Terrassentür aufgebrochen worden war. Es gab ein paar Spuren, die jedoch nicht zugeordnet werden konnten. Es wurde kein Blut gefunden. Es war auch nicht festzustellen, ob etwas entwendet worden war. Die Polizei tappte im Dunkeln, bis sie etwa fünf Monate später einen Hinweis erhielt.

Mathilde war auf der Suche nach einem leckeren Weihnachtsessen. Ihre Familie wollte mal was anderes als Gänsebraten.

Ein paar Tage vor Heiligabend fuhr sie zum Einkaufen nach Annweiler und parkte vor dem Frischemarkt in der Landauer Straße. Sie blickte kurz hinüber auf den Trifels, wo man die Burg von Wolken umhüllt gerade noch ausmachen konnte. Es war grau und mild. Laut Wetterbericht würde es auch dieses Jahr keine weiße Weihnacht geben. Als sie ausstieg, kam ein älterer Mann auf sie zu und fragte, ob sie Interesse an frischem Wildschwein hätte. Sie schaute ihn verdutzt an.

»Hier tummeln sich immer viele Wildschweine. Die Leute sind froh, wenn sie ein wenig dezimiert werden. Ich habe eine Bache angelockt, sie mit einem Beil erschlagen und zerlegt. Klar, ich besitze eine Tiefkühltruhe, aber die ist inzwischen ziemlich voll, weil ich das schon öfter gemacht habe. Ich will an Weihnachten mal etwas anderes essen als Wildschwein. Ich mache Ihnen einen guten Preis«, erklärte er.

Sie fand die Sache reichlich kurios, ging jedoch mit ihm zum Auto und sah sich das Fleisch an, das er in eine Kiste zwischen Eisbeuteln gepackt hatte, und entschied sich kurzerhand, ihm eine Keule abzukaufen.

Sie hatte noch nie Wild selbst zubereitet. Sie suchte im Internet nach einem Rezept mit einer leckeren Sauce und machte sich schon früh am ersten Weihnachtstag daran, das Fleisch zuzubereiten. Sie briet es an und ließ es dann ganz langsam im Backofen garen. Während dieser Zeit bereitete sie die Sauce vor. Preiselbeeren gaben am Schluss den letzten Pfiff. Dazu gab es Klöße und Rotkraut. Und natürlich einen schönen Dornfelder. Der Weihnachtsbaum, den sie und ihr Mann Kurt wie immer an Heiligabend aufgestellt hatten, leuchtete stimmungsvoll mit seinen silbernen Kugeln und unzähligen LED-Lichtern. Zum Essen am ersten Weihnachtstag kamen Kurts Bruder Wilfried mit seiner Frau Bärbel und Mathildes Schwester Elke. Alle lobten das Essen und ließen es sich schmecken. Wilfried fragte, wo sie den Schwarzkittel denn gekauft habe.

»Das Fleisch ist wirklich sehr zart.« Im Hintergrund lief *Ihr Kinderlein kommet.*

Mathilde druckste herum und wollte nicht preisgeben, auf welche Art und Weise sie dazu gekommen war. Wilfried grinste und berichtete von dem großen Wildgehege in Silz, in dem er kürzlich mit Bärbel gewesen war und wo sie Wildschweine beobachtet hatten. Als sie zum Nachtisch übergingen, sagte Wilfried: »Ich habe extra noch ein wenig gewartet, um euch den Appetit nicht zu verderben, aber ich hörte vor Kurzem von einem abstrusen Fall. Da wurden Leichenteile im Wildschweingehege verfüttert. Die Biester fressen ja so ziemlich alles.«

Elke stieß einen spitzen Schrei aus und rief: »Ekelhaft! Sei bloß ruhig! Du mit deinen skurrilen Geschichten! Du verdirbst einem ja die Weihnachtsstimmung.«

Kurt löffelte in aller Seelenruhe sein Schokoladeneis und entgegnete: »Was hast du denn, das ist doch eine interessante Story.« Aus dem CD-Player ertönte *O du fröhliche ...*

Mathilde wusste, dass Wilfried Reporter bei der hiesigen Zeitung war und stets Ausschau hielt nach berichtenswerten Vorfällen. Kurt wollte unbedingt Genaueres wissen.

Elke verzog sich demonstrativ auf den Balkon, sie wollte ohnehin eine rauchen.

»Na ja«, sagte Wilfried, »die Sache ist nur deshalb aufgeflogen, weil man ein künstliches Hüftgelenk fand. Das haben die Wildschweine natürlich nicht gefressen.«

Mathilde wandte ein: »Sie haben wirklich die ganze Leiche gefressen, auch die Knochen?«

»Wie gesagt, der Körper wurde vermutlich zerhackt und wahrscheinlich nach und nach verfüttert. Also in dem Gehege waren ja mehrere Wildschweine«, ergänzte Wilfried.

»Wann war das denn?«, fragte Kurt.

»Vor ungefähr einem halben Jahr.«

»Ich mach mal Kaffee«, sagte Bärbel und stand auf.

Kurt holte den Cognac und bald saßen wieder alle zusammen am Tisch. Auch Elke war wieder hereingekommen. Sie unterhielten sich eine Zeit lang über andere Themen, aber dann kam Kurt erneut auf die Wildschweingeschichte zurück. Er wollte wissen, wie man das Hüftgelenk gefunden hatte und vor allem wer.

»Das Gehege ist etwa fünf Hektar groß, deshalb ist es verwunderlich, dass man die Prothese überhaupt entdeckt hat«, sagte Wilfried und fuhr genüsslich fort. »Aber einer der Arbeiter hat es zufällig aufgelesen und mitgenommen. Er wusste damit gar nichts anzufangen, aber er zeigte es herum. Der Chefin kam es merkwürdig vor, sie hatte sofort eine Vermutung und benachrichtigte die Polizei. Die meisten Hüftgelenke werden ja registriert, sodass man den Namen des Opfers ermitteln konnte.«

»Wie sieht sowas eigentlich aus?«, wollte Kurt wissen.

Umständlich erklärte Wilfried den Aufbau einer solchen Prothese. »Es ist so eine Art Stift, der in den Oberschenkelknochen gebohrt wird, mit einer Kugel oben dran. Diese Kugel wiederum wird in eine Halbkugel gesteckt, die in den Hüftknochen zementiert wird. Die Materialien sind unterschiedlich. Neben Titan wird auch Keramik und Kunststoff verwendet, also genauer weiß ich das auch nicht.«

»Und dieses Implantat ist quasi mit einer Nummer versehen, mithilfe derer man den Betreffenden ausfindig machen kann?«, schaltete sich jetzt Bärbel ein.

»Ja, es hat eine Art Barcode, den man einscannen kann. Damit kommt man an die anonymisierten Abrechnungsdaten der Krankenkassen: das Datum der OP, das Prothesenmodell, die Klinik. Man kann alles bis zu dem Patienten zurückverfolgen. Soviel ich weiß, sind aber nur siebzig Prozent der Hüftgelenke registriert.«

»Und wie kam man vom Opfer zum Mörder?«, fragte Kurt.

»Der Mörder wurde nicht gefasst, doch man konnte sich einigermaßen zusammenreimen, wie die Leiche verschwunden ist.«

»Hat man denn Menschenfleisch in den Wildschweinen nachweisen können?«, fragte Mathilde.

»Nein, das ist nicht möglich. Aber den Betreibern des Wildparkes wurde verboten, Wildschweinfleisch zu verkaufen. Als Vorsichtsmaßnahme. Damit niemand ein Wildschwein verzehrt, das mit Menschenfleisch gefüttert wurde. Obwohl das nach ein paar Wochen ja keine Rolle mehr spielt. Ich habe jedoch gehört, dass zwei Wildschweine aus dem Gehege verschwunden sind. Wer weiß, wo die sich inzwischen rumtreiben.«

Elke schüttelte sich und meinte: »Also ist es nicht ausgeschlossen, dass unser Fleisch von einem dieser Schweine stammt.«

»Das wäre aber ein ziemlicher Zufall«, antwortete Mathilde.

»Wer war denn das Opfer?«, fragte Kurt neugierig. Er konnte nicht genug über diesen Fall erfahren.

»Eine Frau um die siebzig, hier aus der Gegend«, gab Wilfried Auskunft.

Da Wilfried nicht mehr darüber wusste, ließen sie das Thema nun endgültig fallen, aber nach den Feiertagen kam es Mathilde wieder in den Sinn. Sie dachte, darüber müsste man doch mehr herausfinden können, und begann zu recherchieren. Zunächst suchte sie im Internet das Archiv der Rheinpfalz auf und fand einen kleinen Artikel.

»Im Fall der verschwundenen Rentnerin, Frau D. hat die Kriminalpolizei nun einen Hinweis erhalten. Im Wildschweingehege Silz wurde ein Hüftgelenk gefunden, das der Rentnerin zugeordnet werden konnte. Die Polizei vermutet, dass Frau D. ermordet wurde und der Mörder sich der Leiche im Wildgehege entledigt hat.«

Das konnte doch nicht alles sein. Hartnäckig suchte sie weiter und fand in der Rubrik »Verschiedenes« die Meldung: »Rentnerin verschwunden«. In dem Artikel stand, dass sie im Elwetritsche-Verein gewesen war und von den Vereinskollegen als vermisst gemeldet wurde. Diese Notiz war etwa fünf Monate alt.

Bei einem der nächsten Einkäufe im Frischemarkt lief ihr der Herr, der ihr die Wildschweinkeule verkauft hatte, über den Weg.

Er erkannte sie gleich und fragte, wie das Fleisch geschmeckt habe. Sie kamen miteinander ins Gespräch und schließlich erzählte Mathilde ihm die Story von der verfütterten Leiche. Der Mann wurde ganz bleich und verabschiedete sich hastig.

Waldemar verfluchte sich selbst.

Warum reagierte er so schuldbewusst? Kein Mensch wusste von seinen Untaten und sie würden ihm niemals nachgewiesen werden können. Klar, an das Hüftgelenk hatte er nicht gedacht, aber das bedeutete nichts. Es gab keine Spur zu ihm. Hoffentlich kam die olle Schabracke nicht auf die Idee, er könnte etwas damit zu tun haben. Diese alten Weiber waren dermaßen neugierig und hartnäckig. Anneliese war so gewesen. Das musste sie schließlich mit dem Tod bezahlen. Sie verstanden sich gut und waren sich freundschaftlich nahegekommen. Doch dann war sie ihm zu nahe gekommen!

Vor zwanzig Jahren hatte er seine Frau auf die gleiche Weise um die Ecke gebracht. Die hatte kein künstliches Hüftgelenk und war tatsächlich spurlos verschwunden. Die Polizei kam nicht auf die Idee, dass es sich um Mord handeln könnte. Es gab ja so viele Leute, die einfach verschwanden. Aber diese Anneliese! Kaum erzählte er ihr, dass er einmal verheiratet gewesen und seine Frau unauffindbar war, hörte sie nicht auf, ihn unablässig auszufragen. Zu blöd aber auch, dass ihm in einem unbedachten Moment rausgerutscht war, dass sie auch noch sehr vermögend gewesen war.

Vor dem Mord an ihr hatte er noch dafür gesorgt, dass er Zugriff auf ihre Konten erhielt. Das sagte er Anneliese zwar nicht, aber sie stöberte in seinem Schreibtisch herum und fand eine Notiz, die allzu verräterisch war. Er hätte sie nicht allein lassen dürfen in seiner Wohnung. Als sie ihn mit diesem Schreiben konfrontierte, musste er schnell die Reißleine ziehen. Er brachte sie nicht in ihrem Haus um, sondern in seiner Wohnung. Die aufgebrochene Terrassentür an ihrer Wohnstätte war nur ein Ablenkungsmanöver.

Den Frischemarkt würde er künftig meiden.

Wildschweinkeule

Bei Wildschwein muss man wissen, wo man kauft! Entweder beim Metzger oder beim Jäger seines Vertrauens.

Zutaten:
1 Wildschweinkeule
Wildgewürz
Schmalz
Öl
Karotten
Lauch
Sellerie
Zwiebeln
Gemüsebrühe
Puderzucker
Knoblauch
Tomatenmark
Wildfond
Rosmarin
Thymian
Lorbeerblätter
Paprikapulver
Preiselbeeren

Zubereitung:
Gemüse klein schneiden, den Ofen auf 100 Grad vorheizen. Die Keule mit einer Wildgewürzmischung kräftig einreiben.
In einen großen Bräter ausreichend Schmalz und Öl geben, heiß werden lassen und die Keule kräftig rundherum anbraten. Herausnehmen, auf ein großes tiefes Backblech geben und einen Teil der Gemüsebrühe hinzugeben, sodass der Boden ca. einen halben Zentimeter bedeckt ist. In den vorgeheizten Ofen schieben.

Das vorbereitete Gemüse in den Bräter geben, gut anbraten und mit Gemüsebrühe ablöschen, damit sich der Bratensatz löst. Das Gemüse rund um die Wildschweinkeule auf dem Backblech verteilen.

Die Sauce: In einem großen Topf Öl erhitzen, die Zwiebeln dazugeben und gut glasig anbraten, dann den Knoblauch mit dazugeben und warten, bis die Zwiebeln Bräune angenommen haben. Dann gut mit Puderzucker bestäuben und karamellisieren lassen. Tomatenmark hinzugeben, gut verrühren, aber nur kurz erhitzen, da es sonst bitter wird. Mit Brühe ablöschen und reduzieren. Wildfond dazugeben. Dann alles gut verrühren und ohne Deckel köcheln lassen.

Wenn das Fleisch fertig ist, aus dem Ofen nehmen und auf einem vorgewärmten Teller wieder in den Ofen stellen. Das Gemüse aus dem Ofen mit dem Bratensaft zur Sauce geben. Die Sauce durch ein Sieb streichen.

Die Wildschweinkeule tranchieren. Auf vorgewärmten Tellern anrichten, Beilagen dazugeben, etwas Sauce darübergießen und sofort servieren.

Als Beilagen gibt es viele Möglichkeiten wie Spätzle, Knödel, Kartoffelpuffer und Gemüse in unterschiedlichsten Arten, z.B. Rotkraut.

KERSTIN LANGE

Familientradition

Ich denke gerne an früher. An das teure Geschirr, das sich seit Generationen in Familienbesitz befand und nur an den Weihnachtsfeiertagen bei meiner Großmutter und meiner Mutter zum Einsatz kam. Ein klassisches Zwiebelmuster, erste Wahl. Es wäre heute sehr teuer, würde man es neu kaufen. Das ganze Jahr über lagerte es gut eingepackt und verstaut im Schrank. Die Tischdecke aus reinem Leinen, bestickt mit dem gleichen Muster, hatte meine Großmutter als junge Ehefrau selbst gestickt. Dazu das Silberbesteck, Kerzenleuchter, natürlich auch aus echtem Silber, und die mundgeblasenen Kristallgläser. Alles teuer, alles schön. Attribute längst vergangener Zeiten.

Früher passte es. Da lebten wir in einem großen Haus mit einer großen Küche und einem großen Esszimmer. Der riesige Esstisch mit Schnitzereien an den Füßen thronte in der Mitte des Raumes, rechts in der Ecke zum Fenster stand ein riesiger Weihnachtsbaum, der einen dezenten Tannenduft versprühte. Natürlich geschmückt mit echten Kerzen und mit Glasweihnachtskugeln. Heute sieht man solche Dinge nachgemacht aus Pappe oder Plastik in Billig-Dekorationsläden.

Das sind meine Weihnachtserinnerungen der Kindheit. Ich weiß von keiner Bescherung mehr, kann mich an wenige Details erinnern. Denke ich an Weihnachten, sehe ich mich am Tisch sitzen und das Porzellan und den Weihnachtbaum bestaunen. Ich sehe die Kugeln, den gedeckten Tisch und denke: Wie schön!

Alles andere habe ich erfolgreich verdrängt. Vor allem meinen Vater, der laut grölend Weihnachtslieder von sich gab.

Denn sein Singen vor dem Weihnachtsbaum blieb nur kurze Zeit harmlos. Nach Champagner und Wein, einer Flasche nach der anderen, kam irgendwann Schnaps auf den Tisch. Ein Gläschen folgte dem nächsten. In einer dunklen Ecke meines Gehirns sind diese Erinnerungen abgespeichert.

Manche Menschen werden müde, wenn sie Alkohol trinken. Mein Vater nicht. Mein Vater fing an zu singen, Witze zu erzählen und entpuppte sich als ein begnadeter Alleinunterhalter. Das ging eine Zeit lang gut. Es brauchte nur einen winzigen Schluck Schnaps, bis die Stimmung kippte. Und wenn sie kippte, langte seine Hand schon mal in ein Gesicht, der Arm fegte über den Tisch, ein Glas oder eine Flasche landete im Baum.

Er begann zu schimpfen. Über sich, über das Leben, über sein Pech. Er suchte Streit mit jedem, doch meist mit Mutter, die neben ihm saß und ihn zu beschwichtigen versuchte. Mir ging ihr Lächeln auch gegen den Strich und ich wollte, dass es aufhörte. Vater schaffte Fakten, er schlug zu.

Ich wagte nicht mehr, ihn anzuschauen. Aus Angst vor Schlägen und Spott. Bloß nicht provozieren, sagte Mutter immer, wenn ihre Schwellungen im Gesicht abgeklungen waren.

Gefühlt dauerte Vaters Zustand in dieser Form eine Ewigkeit. Doch es war nicht lange, denn er trank weiter, und dann reichte ein winziger Schluck und er schlief ein. Mitten im Satz, manchmal mitten im Wort.

Am nächsten Tag wusste er nichts mehr davon. Und wenn er keine Erinnerungen mehr daran hatte, war alles wieder gut. Wir frühstückten und gingen später in den Weinbergen spazieren. Es war lustig und schön. Nur die Angst blieb.

Irgendwann habe ich Mama gefragt, warum er so war.

Es liegt am Krieg, hat sie gesagt. Er hat so viel Schlimmes erlebt im Krieg, er kann damit nicht anders umgehen. Wenn er Alkohol trinkt, kommt das alles raus.

Niemand weiß, was er in Afghanistan erlebt und gesehen hat. Er spricht nicht darüber.

Meine Mutter sagt, ihr Vater war auch im Krieg gewesen, er sei auch verändert wiedergekommen. Deshalb müssten wir alle Verständnis haben und das Allerwichtigste überhaupt sei Liebe. Weihnachten sei das Fest der Liebe. Mit Liebe und Verständnis ertrage man viel, auch das Geschrei und die Schläge.

Bereits damals habe ich sie gefragt, warum Vater sich keine Hilfe holte. Das kann er nicht, hat Mutter erklärt. Im Grunde genommen kann er mit seinen Erinnerungen nicht umgehen. Der Alkohol hilft zu vergessen. Er hält das Erlebte nicht aus, kann und will nicht damit leben. Warum?, habe ich mich gefragt. Warum musste er das denn aushalten? Die Frage meiner Kindheit. Wenn er nicht damit leben konnte und keine Hilfe annehmen wollte, gab es für mein kindliches Gemüt nur eine Lösung. Warum ging er nicht fort? Oder warum hatte das Schicksal kein Einsehen und ließ ihn einen Unfall haben? Und wenn das alles nicht passierte, warum änderte er dann nichts? Er hatte sein Leben doch in der Hand. Ich dachte an die Streitereien, die Schreie und die blauen Flecke und wie viel einfacher alles wäre, wenn er fort wäre. Egal wie.

Irgendwann habe ich das auch meiner Mutter erzählt. Ihren Blick konnte ich zunächst nicht deuten. Ihren Erwiderungen hörte ich mit wachsendem Staunen zu und erkannte, dass ich nichts hätte sagen dürfen. Ihr Gesicht wurde rot, als sie endlich etwas erwidern konnte. Dass ich so etwas überhaupt denken würde, schrie sie. Ich sei ein böses Mädchen. Vater sei im Grunde genommen ein ganz lieber Mensch, der viel mitgemacht habe. Mit Liebe und Güte müsse man ihm begegnen. Er habe einen guten Kern und nur der Krieg habe ihn aus der Bahn geworfen. Ihr Ausbruch verging so schnell, wie er gekommen war. Danach sprach sie wochenlang nicht mit mir.

Ich habe nie wieder etwas gegen Vater gesagt.

Als er für eine Untersuchung ins Krankenhaus musste, stellte sich heraus, dass er kränker war als gedacht. Er ist nicht mehr wiedergekommen. Und ich dankte dem Schicksal oder wem auch immer. Das Geschrei, die Schläge waren vorbei, doch Mutter war nicht mehr dieselbe.

Als ich Walter kennenlernte, war mir sofort klar: Er ist es.

Ein schüchterner, ehrlicher und bescheidener Mann. Das gefiel mir sehr. Ein leiser Mensch. Im Auftreten, im Reden. Er trank kaum Alkohol und wenn, kannte er seine Grenzen. Unsere

Hochzeit feierten wir im kleinen Kreis. Wir kauften ein Häuschen in Rhodt unter Rietburg, am Fuße der Villa Ludwigshöhe, inmitten der Weinberge.

Weihnachten feierten wir meist mit Mutter, die mir ihr wertvolles Porzellan, das Silberbesteck und die Kerzenleuchter zur Hochzeit geschenkt hatte. Wir aßen Kaninchenbraten, Klöße und Rotkohl, tranken Champagner und edlen Rotwein aus den Kristallgläsern. Aus Familientradition.

Auch ich verstaute die teuren Familienerbstücke über das Jahr gut verpackt im Schrank und holte sie nur an den Feiertagen heraus. Selbst als es uns finanziell schlechter ging, als Walters Arbeitgeber Insolvenz anmelden musste, blieb es dabei. Ich sparte beim Einkaufen, bei der Kleidung, nähte vieles selbst. Weihnachten musste so bleiben wie meine Erinnerungen. Dafür tat ich alles, immer mit dem Hintergedanken: Irgendwann kommen wieder bessere Zeiten.

Bis vor fünf Tagen.

Vor fünf Tagen habe ich mein Weihnachtsgeschirr aus dem Schrank holen wollen, um es mit der Hand zu spülen, die Kristallgläser und das Silberbesteck auf Hochglanz zu polieren. Es war weg. Verschwunden. Kein Porzellan, kein Silberbesteck, keine Kerzenleuchter.

Ich wurde ganz leise. Schreien mag ich nicht. »Wo ist mein Porzellan?«, fragte ich Walter.

Es dauerte eine Weile, bis ich eine Antwort bekam.

Er habe es nur gut gemeint, wollte mir mehr bieten, das Glück herausfordern. Statt Glück hatte er Pech. Großes Pech. Er musste sich Geld leihen, seine Uhr verkaufen wegen der Schulden. Aber er konnte nicht aufhören und musste weiter im Internet spielen. Am Computer war es so einfach. Roulette, Poker. Alles eine Frage der Wahrscheinlichkeit.

Das Glück war wahrscheinlich woanders eingekehrt.

Ich habe nichts gemerkt. Monatelang spielte Walter und verlor bei Internet-Glücksspielen. Er brauchte Geld und hat alles, was er verkaufen konnte, veräußert. Mein Porzellan, das Silber, die

Kristallgläser. Sogar die Weihnachtskugeln. Ich verstand nur, dass meine Weihnachtserinnerungen, das einzig Schöne und Wertvolle meiner Kindheit, fort waren.

An diesem Heiligabend decke ich einen Campingklapptisch. Die wertvollen Möbel mussten ebenfalls dran glauben, um die Schuldner zu beschwichtigen. Ein wackliger Campingtisch. Plastikbecher, Plastikgeschirr und -besteck.

Vorbei sind Glanz und Gloria vergangener Jahre. Statt Festbraten gibt es für jeden ein Würstchen, als Beilage Kartoffelsalat. Ein Gericht, das in vielen Familien Tradition hat, für mich bedeutet es Abstieg.

Ich stelle mir das Fest zu Hause bei meiner Mutter in dem großen Esszimmer vor, das weihnachtlich dekoriert ist. Sehe den gedeckten Tisch vor mir und rieche Braten, Knödel und Rotkraut. Die Realität ist anders. Campingtisch mit Plastikbechern, meine lächerlichen Versuche, mich hübsch zu machen. Eine selbstgeflickte Feinstrumpfhose und ein Kleid, das die besten Jahre hinter sich hat. Die schwere Seidenqualität hat die Jahre gut überstanden, aber es ist mir zu klein geworden, also trage ich eine Strickjacke darüber, um den offenen Reißverschluss zu verdecken.

Wie wird der Heilige Abend ablaufen? Ich sitze Walter gegenüber, den ich nicht mehr Liebling nennen kann, schon gar nicht mehr meinen Ehemann titulieren mag. Er ist ein Fremder und das Einzige, was er seit Tagen sagen kann, ist: »Es tut mir leid.« Ich sehe uns anstoßen mit billigem Sekt vom Discounter. Kopfschmerzen vorprogrammiert. Später gibt es Billigwein. Proletariat hätten es meine Großeltern genannt. Hartz IV heißt es heute. Ich wünsche mir mein altes Leben zurück.

Statt Kerzen stehen Teelichter auf dem Tisch. Die gibt es ganz billig in großen Tüten, meist kaufe ich sie in einem Möbelmarkt. Dort gehe ich oft hin, weil der Espresso nur einen Euro kostet und es günstigen Kuchen dazu gibt. Dann fühle ich mich ein wenig wieder wie früher, als ich zum Kaffeetrinken in die schicken Cafés in Edenkoben und Deidesheim gegangen oder hoch zur Villa

Ludwigshöhe gelaufen bin. Auch wenn das Ambiente natürlich nicht so stilvoll war, doch zumindest kam ich aus dem Haus. Für mein jetziges Leben habe ich nur Hass übrig. Ich verfluche mich, weil ich den falschen Mann gewählt habe. Auch eine Art Familientradition.
Alles, was mir etwas bedeutete, ist weg. Geblieben sind Erinnerungen und der Abscheu für mein jetziges Leben. Ich will das nicht mehr.
Er auch nicht. Das hat er gesagt. Er hält es nicht mehr aus. Am liebsten wäre er tot. Er hätte sowieso nicht mehr lange. Sein Herz sei nicht in Ordnung, sagte der Arzt und er habe, wenn alles gut liefe, maximal ein Jahr.
Als ich das hörte, machte sich Hoffnung in mir breit. Ein Jahr ist natürlich zu lang. Ich werde auch nicht jünger.
Sein letztes Weihnachtsfest. Mein letztes mit Kartoffelsalat und Würstchen. Niemand wird Verdacht schöpfen, wenn ich der Natur ein wenig nachhelfe und sein Tod ganz natürlich wirken lasse. Ich höre schon die Beileidsbekundungen der Nachbarn: Wie traurig, gerade zu Weihnachten.
Ich werde angemessen gucken, und an die Lebensversicherung denken. Was ich mir damit alles kaufen kann! Ein neues Service, Kristallgläser und Champagner. Nächstes Jahr feiere ich wieder Weihnachten auf meine Art.

Ich proste ihm mit dem Plastikbecher zu, nehme einen großen Schluck, ganz nüchtern möchte ich beim Kommenden nicht sein. Auch er trinkt einen großen Schluck. Er merkt nichts, das ist gut. Der pulverisierte Eisenhut ist nicht zu schmecken im Fuselsekt.
»Prost«, sagt er. »Danke, dass du wieder ein so schönes Essen organisiert hast. Aber ich muss mit dir reden.«
Was jetzt wohl kommt?, frage ich mich.
»Der Hausarzt hat eine neue Helferin.«
Wieder eine Arztgeschichte. Nur sein Blick ist anders.
»Sybille heißt sie.«
Meine Zunge ist merkwürdig bleiern. Der Sekt zeigt Wirkung.

»Sie hat mir Perspektiven gezeigt.«
Perspektiven?, denke ich. Das Reden fällt schwer.
»Ich bin dir dankbar für die vielen Jahre an meiner Seite. Mir tut es auch unendlich leid um ... Na, du weißt schon.« Er macht eine Pause. Ja, denke ich, aber bald habe ich wieder ein neues Service. Sobald die Lebensversicherung gezahlt hat. Mir wird etwas schwindelig. Den Sekt lasse ich besser sein. Demnächst gibt es wieder Champagner.
»Ich muss mein Leben ändern, doch wir sind zu eingefahren, sind schon zu lange zusammen. Unser Leben besteht nur noch aus Gewohnheit. Um Auszubrechen, habe ich mein Glück im Internet, beim Spielen gesucht. Wollte mein Schicksal zum Positiven herausfordern und bin auf ganzer Linie gescheitert.«
Ich verstehe nicht richtig. Gibt er mir die Schuld für sein Versagen? Mein Lächeln misslingt, meine Gesichtsmuskeln wirken wie gelähmt.
Walter schaut mich an, legt dabei den Kopf etwas schräg.
»Sybilles Idee. Sie kennt sich aus mit Giften. Das in deinem Sekt kann man nicht nachweisen. Sorry, aber eine Scheidung kann ich mir nicht leisten. Die Zeit läuft mir davon, wenigsten möchte ich mein letztes Jahr genießen. Und Sybille sagt auch, dass Glücklichsein der beste Arzt ist. Wer weiß?« Er trinkt sein Glas leer.
Ich könnte ihm jetzt sagen, dass alles viel schneller vorbei ist, als er denkt. Dass es keine Zukunft mit Sybille geben wird. Aber meine Zunge gehorcht mir nicht. Aber mein Gehör.
»Als erstes reagiert das Sprechzentrum. Der Rest folgt nach und nach«, sagt er.
Ich möchte lachen bei der Vorstellung, wie man uns findet. Doch nichts geht mehr. Rien ne va plus. Wie passend. Gemeinsam aus dem Leben geschieden, weil das Leben keine Perspektive mehr bietet. Finanziell am Ende, gesundheitlich auch. Ob Sybille uns findet? Vielleicht am ersten oder zweiten Feiertag? Oder erst Neujahr? Am Tisch sitzend mit Plastikgeschirr, Plastikbechern, Fuselsekt, Teelicht. Bei Würstchen und Kartoffelsalat.

Würstchen mit Kartoffelsalat

Ein einfaches und schnelles Gericht, das in vielen Familien an Heiligabend dazugehört. Die Würstchen dürfen nur nicht im Wasserbad kochen, sondern nur ziehen, sonst platzen sie auf.

Zutaten:
1 kg fest kochende Kartoffeln
3 kleine Schalotten
4 EL Olivenöl
1 EL mittelscharfer Senf
350 ml Gemüsebrühe
5-6 EL Weißwein-Essig
80 g gewürfelter roher Speck
Salz
Pfeffer
1 Bund Schnittlauch
Zucker

Zubereitung:
Kochen Sie die Kartoffeln, bis sie weich sind. Ich lasse die Schale dran, aber das ist Geschmackssache. Schneiden sie die Kartoffeln in dünne Scheiben und geben Sie diese in eine große Schüssel. Würfeln Sie die Schalotten und dünsten Sie diese in Olivenöl in einem kleinen Topf an. Geben Sie den Speck dazu und lassen Sie ihn mitdünsten. Löschen Sie alles mit der Brühe ab. Geben Sie Senf und die anderen Gewürze dazu, zum Schluss den Essig. Den Sud abschmecken, gegebenenfalls noch etwas nachwürzen. Den Sud gießen Sie über die Kartoffeln und lassen alles eine Stunde ziehen. Kräftig durchmischen und vor dem Servieren mit dem in schmale Röllchen geschnittenen Schnittlauch dekorieren.

Michael Bauer

Hinterpfälzer Christgebäck

Vibrierender Brummton: Das Smartphone von Kommissar Kevin meldet sich. Überrascht stößt er eine Atemwolke in die eiskalte Winterluft der Fußgängerzone und kramt das Gerät aus der Tasche seiner Thermoweste. Bitte kein Mord am Heiligen Abend, bitte nicht, denkt er und setzt die Tüten mit den gerade hastig erworbenen Geschenken kurz ab. Dann erstarrt er fast ganz. Denn er vernimmt vom anderen Ende der Leitung den Satz, vor dem er sich gefürchtet hat: »Wir haben einen Mord.«

Kevin hört die Drehorgelmusik aufdudeln, die das nostalgische Kinderkarussell beschallt. »Christ der Retter ist daaaahaaaa ...« Der Weihnachtsmarkt versinkt langsam in der Abenddämmerung.

»Hallo, Kevin! Sind Sie noch dran?«

»Wir haben eine Leiche, soso.«

»Ja, eine männliche. In einer der Winzervillen. Ich geb die Adresse durch. Haben Sie was zu schreiben?«

Zwanzig Minuten später steht Kevin vor einer verfallenen Kellertreppe in einem von den Scheinwerfern und Blaulichtern zweier Polizeiautos grell erhellten verwilderten Garten. Wurschtelt sich durch die eilfertig von den Kollegen zwischen Bäumen und Sträuchern gespannten rotweißen Plastikbänder.

»Na, das ist aber mal ein prima abgesperrter Tatort. Da kommt wirklich keiner durch. Wo liegt der Tote?«

»Da unten.«

»Okay, ich schau gleich. Aber erst muss ich meiner Frau Bescheid sagen. Die brüht grade die Wiener Würstchen und der Kartoffelsalat zieht bestimmt schon.«

Kevin fährt mit dem Daumen über das Display seines Smartphones. Und erwischt dabei auch ein paar dünne, weiße Flocken. Es hat begonnen zu schneien.

»Schatz ... ja, wie befürchtet ... aber reich jetzt nicht die Scheidung ein wie die Gattinnen der Kommissare in den Krimiserien! Ich weiß nicht, wann ich hier durch bin. Kuss. Ja, ich dich auch.«

Kevin seufzt und tritt zwei Schritte nach vorn. Ein massiger Mann in einem Morgenmantel liegt auf der Treppe. Kopf auf der untersten Stufe. Gesicht nach unten. Blutüberströmter Hinterkopf.

»Seid ihr sicher, dass er nicht gestürzt ist?«

»Das war ein Schlag von hinten.«

»Tatwaffe?«

»Es muss ein stumpfer Gegenstand gewesen sein. Der Schädel ist an einer Stelle zu einer geraden Fläche zusammengedrückt.«

»Eine gerade Fläche?«

»Na ja, nicht ganz gerade. Es zeigen sich Unebenheiten. Wie eine Art Muster. Als hätte jemand einen unebenen Hammer benutzt oder so. Seine Frau sitzt drinnen. Sie beruhigt sich mit Wein.«

Kevin steigt, begleitet von der Kriminalassistentin, die Stiegen der alten Winzervilla hinauf an einem hastig mit Lametta überschütteten Weihnachtsbaum vorbei mit wild in alle Richtungen ragenden Elektrokerzen daran. Im Inneren ein fast pompöser Treppenaufgang. An den Wänden Ölgemälde, auf denen Weinberge und lachende Winzer zu sehen sind. Kevin stolpert. Eine der goldfarbenen Stangen, die den roten Teppich auf der Treppe fixieren, ist lose und scheppert auf den Steinfußboden. Kevin nimmt einen Geruch wahr.

»Zimtwaffeln«, murmelt er. »Seit Jahren habe ich mir zu Weihnachten Zimtwaffeln gewünscht. Meine Frau kennt das Rezept nicht. Zimtwaffeln isst man hauptsächlich in der Westpfalz. Da, wo ich herkomme. Hier an der Haardt gibt's eher Spritzgebackenes und so.«

Die Assistentin schaut verdutzt. Sie treten in die holzgetäfelte Wohnstube ein. Hier auch ein Ölgemälde: Der Trifels mit einer feenhaften Frau auf der Zinne. Dann weiter in die geräumige

Küche, in der viele leere Weinflaschen auf dem Boden stehen. Am Küchentisch die Gattin des Opfers. Ausdrucksloses Gesicht. Leere Augen.

»Ja, Sie können mir ein paar Fragen stellen«, sagt die Frau ungefragt.

»Sie wissen also schon, was Sie mir sagen wollen!«

»Es muss Burger gewesen sein. Er hatte Trinkschulden bei meinem Mann. Wir sind eine Winzerfamilie. Von Sator. Sie kennen sicher unseren Namen. Wir waren zu gutmütig. Wir haben diesen Trunkenbold immer wieder mit unseren besten Lagen verwöhnt. Bis es ihm zu bunt wurde. Als er nichts mehr bekam, ist dieser Herr in unsern Keller eingebrochen. Er ist süchtig. Weinsüchtig. Wenn es so etwas gibt. Und das ist die Rache. Ich sage Ihnen: Das ist die Rache. Er wohnt in der Unterstadt.«

»Wir müssen den Mann verhören«, sagt die junge Polizistin. Kevin nickt. Sie gehen.

Draußen auf der Treppe hält der Kommissar inne.

»Mir kommt da eine Idee. Also, meine Frau wartet mit dem Heiligabendessen und Sie wollen doch sicherlich auch zu ihrem Freund unter den Tannenbaum, oder?« Die Polizistin nickt sehnsüchtig.

»Vielleicht haben wir die Lösung ganz schnell. Ich versuch jetzt mal was.«

Sie gehen zurück ins Haus. »Frau von Sator, entschuldigen Sie. Aber eine Frage hätte ich noch.«

»Ja bitte.«

»Es riecht hier im Haus nach Zimtwaffeln. Haben Sie heute welche gebacken?«

»Ja!«

»Wären Sie so freundlich, mir das Waffeleisen zu zeigen?«

Mit weit aufgerissenen Augen stemmt sich die Frau langsam aus ihrem Sessel hoch. Sie zittert. Schüttelt heftig den Kopf. »Nein. Nein. Neeeeeeeeein ...«

Dann sinkt sie wimmernd auf den Stuhl zurück. Eine Viertelstunde später zieht einer der Beamten das blutige

Waffeleisen aus dem Restemülleimer. Fast genüsslich hält Kevin die Innenseite des Eisens neben die Wunde des Toten. Es schneit jetzt stärker.

»Sehen Sie. Das habe ich mir gedacht: Das Muster der Fläche des Waffeleisens ist in der Wunde am Hinterkopf des Opfers exakt abgebildet. Wie aus einem Lehrbuch der forensischen Medizin.«

»Ziehen Sie sich etwas über.« Frau Sator hüllt sich in einen langen Mantel aus verschiedenen Pelzen. Sie versinkt fast darin. Mit einer gewissen Art von Respekt, die man hierzulande den Weinbaronessen entgegenbringt, legt ihr ein Polizist die Handschellen an. Als sie in den Fond des Streifenwagens einsteigt, sagt sie entschuldigend: »Ich habe ihn nicht mehr ertragen. Er war zwar kurz davor, sich totzutrinken. Aber es hat mir dann doch zu lange gedauert.«

»Frohe Weihnachten allerseits!«, ruft Kevin in die Runde.

Seine Frau hat mit dem Essen gewartet.

Zimtwaffeln

Aus einer Handvoll einfacher Zutaten ist der Teig im Handumdrehen zubereitet. Am besten schmecken die Zimtwaffeln, wenn er ausreichend Zeit zum Durchziehen hat. Für besonders leckere Zimtwaffeln sollte man den hochwertigen Ceylon-Zimt verwenden. Er verfügt über ein feineres Aroma als der günstige Cassia-Zimt.

Zutaten für ca. 65 Stück:
500 g Weizenmehl (Type 550)
250 g Zucker
250 g Butter
3 Eier
40 g Zimt

Zubereitung:
Butter und Zucker cremig rühren. Nach und nach die Eier dazugeben und unterrühren.
Zimt und Mehl mischen. Löffelweise dazugeben und unterrühren. Den fertigen Waffelteig mindestens eine Stunde, am besten über Nacht, kaltstellen.
Den Teig zu etwa walnussgroßen Kugeln formen. Je 8 Stück in das vorgeheizte Waffeleisen setzen und ca. 3 Minuten goldbraun backen.
Die fertigen Zimtwaffeln vorsichtig aus dem Waffeleisen nehmen, auf eine schnittfeste Unterlage ziehen, noch heiß entlang der Nahtstellen in Quadrate schneiden und auskühlen lassen.

Lilo Beil

Plötzlich und unerwartet

Johannes Schwinn fuhr bewusst langsam durch das Städtchen, das er lange nicht mehr besucht hatte. Aus dem einst verschlafenen Kandel, mehr Dorf als Stadt, war ein attraktiver Ort geworden. Viele kleinere Geschäfte schienen die Kunden anzulocken, denn es herrschte reger Besucherverkehr. Ein Teegeschäft, mehrere Geschenkestübchen und Blumenläden, Cafés und Eisdielen, Boutiquen, Bäckereien, die nicht die Namen der üblichen großen Handelsketten trugen. Johannes Schwinn erkannte mit Freude das alteingesessene Schuhhaus Grahn und den Buchladen Pausch, in dem er schon zu seiner Zeit Schulbücher, Hefte und auch seinen geliebten Winnetou, Lederstrumpf und die amerikanischen Comic-Hefte gekauft hatte, von seinen Eltern als Schund verteufelt und heimlich nachts gelesen, mit einer Taschenlampe unter der Bettdecke.

Die weihnachtliche Dekoration der Innenstadt, die Sterne und Bäumchen und Glitzerkram erinnerten ihn daran, dass ein freudiges Fest bevorstand. Fast hätte ihn der traurige Anlass seines Besuchs all dies vergessen lassen.

Er war auf dem Weg zur Beerdigung eines ehemaligen Schulfreundes, mit dem er erst vor wenigen Jahren wieder Kontakt aufgenommen hatte. Nach einem Klassentreffen hatten sich beide der einstigen Freundschaft erinnert und sich ab und zu besucht.

Peter Bevier, der plötzlich und unerwartet gestorben war, fuhr gerne ins rechtsrheinische Weinheim, wohin es Johannes Schwinn verschlagen hatte und wo er als Polizeichef bis zu seiner Pensionierung vor zwei Jahren gearbeitet hatte. Peter Bevier war aus seinem Dörfchen bei Kandel kaum herausgekommen, wo er als ehemaliger Bauernsohn verwurzelt und wohin er nach dem Pädagogikstudium heimgekehrt war. Unser Kindheitsdorf, dachte Johannes Schwinn. Wir waren so glücklich dort, und Peter wird mir fehlen. Die Nachricht vom Tod des lieben Jugendfreundes so kurz vor Weihnachten, genau genommen am 3. Advent, hatte Johannes Schwinn wie ein Blitzschlag getroffen. Die Vorbereitungen für Weihnachten, das Geschenkekaufen, das Planen für die Festtage, all dies war für Johannes Schwinn unvereinbar mit der Vorstellung, zu einem Begräbnis fahren zu müssen, vor allem dem eines lieben Jugendfreundes. Er hielt es mit Theodor Fontane, der einmal bekannte: »Weihnachten war immer mein liebstes Fest.«

Aber selbst der ehemalige Polizeichef Johannes Schwinn, untypischerweise für seine Zunft ein Romantiker durch und durch, musste sich der bitteren Realität stellen, dass auch an Weihnachten liebe Menschen starben, zumal er in letzter Zeit zusehends die Erfahrung machen musste, dass die Abschiede häufiger wurden. Und seine lange Berufszeit hatte ihm gerade um Weihnachten herum oft die grausamsten Mordfälle serviert.

Bevor Johannes Schwinn von der Ladenstraße abbog, fiel sein Blick auf die Toreinfahrt eines der Fachwerkhäuser, die ihn jedesmal ans Elsass erinnerten. Der elsässische und der südpfälzische Baustil glichen sich zum Verwechseln, zeugten von gemeinsamer Kultur und gemeinsamer Historie. Über dem stattlichen Hoftor prangte ein riesiges Schild mit der Aufschrift: »Wir sind Kandel.« In ganz bunten Lettern.

Ach ja, dachte Johannes Schwinn. Es war nun beinahe ein Jahr her, als das junge Mädchen hier in Kandel an einem Drogerie-Markt von ihrem Exfreund aus Eifersucht erstochen worden war. Sie hatte mit ihm Schluss gemacht, und er nahm auf grausame Weise Rache. Die Tat, schlimm genug, wurde von rechtsradikalen Gruppen für ihre eigenen Zwecke politisiert, da der Täter ein Migrant gewesen war, der zudem sein Alter falsch angegeben hatte und somit unters Jugendstrafrecht fiel.

Die Rechten ließen nicht locker und riefen seither regelmäßig zu Versammlungen auf. Sie kamen von weither, oft aus den neuen Bundesländern, um Unruhe und Hass gegen Ausländer und vor allem gegen Migranten zu schüren. Die Kandeler Bevölkerung konnte sich kaum gegen die Vereinnahmung wehren.

»Kandel ist bunt« stand auf einem anderen Schild und »Wir sind keine Nazis«.

Auch Peter Bevier, der nun so plötzlich verstorbene Jugendfreund, hatte immer wieder beteuert, dass die Bevölkerung der umliegenden Orte darüber verärgert sei, dass Rechtsradikale von außerhalb kamen und mit ihren dumpfen Parolen versuchten, die Menschen der Region aufzuhetzen.

Ich muss mich beeilen, dachte Johannes Schwinn, ich habe schon ziemlich getrödelt, aber die Metamorphose des kleinen Städtchens vom Aschenputtel zur Prinzessin hat mich einfach fasziniert. Wegen der dauernden Aufmarschmeldungen zu Unrecht in die Schlagzeilen der Presse geraten, würde man dem Ort endlich Frieden wünschen.

Viele Menschen standen vor der Trauerhalle hinter dem Kirchlein mit dem Barockportal. Der Jugendfreund war allseits beliebt gewesen, ein treusorgender Ehemann und Familienvater einer Tochter und eines Sohnes und Opa von zwei Enkeltöchtern. Beliebt auch als ehemaliger Leiter der Grund- und Hauptschule des Dorfes. Dass er nach dem Tod seiner ersten Frau, Helga, noch einmal geheiratet hatte, zudem eine ehemalige Schülerin, hatte alle, die ihn kannten, mehr als erstaunt. Nadine, eine attraktive Schwarzhaarige Anfang 40, saß in der ersten Reihe der Trauerhalle, daneben die anderen Hinterbliebenen: der Sohn und die Tochter von Peter Bevier mit ihren Partnern und Kindern, jeweils einem Töchterchen, und andere Verwandte, die Johannes Schwinn nicht kannte.

Gesichter blickten dem etwas verspäteten Besucher verwundert oder mit leisem Vorwurf entgegen. Gesichter aus der Vergangenheit in seinem Kindheitsdorf. Die meisten erkannte er nicht. Auch er selbst wurde kaum erkannt, nur hier und da ein Nicken des Wiedererkennens nach anfänglichen Zweifeln. Sind die alle so alt geworden, dachte er, doch wie alt war er selbst ebenfalls geworden, musste er zugeben.

Er verharrte kurz vor dem Sarg des Verstorbenen, verbeugte sich leicht, nahm in der hinteren Reihe auf dem letzten freien Stuhl Platz.

Die Trauerrede des Pfarrers war seltsam unpersönlich. Standard. Ritual.

Monotone Zeremonie. Austauschbar. Von plötzlichem und unerwartetem Tod war die Rede, und Johannes Schwinn war sich erst eben bewusst, dass er die genaue Todesursache des Freundes nicht kannte.

Das »plötzlich und unerwartet« auf der Todesanzeige, die Peters Witwe geschickt hatte, war von ihm unbesehen als Herzstillstand interpretiert worden, zudem bei einem ihrer letzten Treffen in Weinheim Peter Bevier angedeutet hatte, es stimme in letzter Zeit etwas nicht mit ihm, er habe Panikattacken und Beklemmungen. Angina Pectoris hatte der Arzt diagnostiziert. Altersgerecht. Und er solle sich nicht übernehmen, dies mit einem zweideutigen Augenzwinkern im Hinblick auf die über 20 Jahre jüngere Ehefrau.

Sie ist ein Teufelsweib, hatte Peter mit einem gequälten Lächeln einmal gesagt, auch dies fiel ihm plötzlich ein, während die Trauergemeinde ein Kirchenlied anstimmte.

Nadine kam nie mit zu den Treffen der beiden Jugendfreunde. Zuviel Nostalgie. Zuviel Gefühlsduselei. Ich habe Besseres zu tun, als meine Zeit mit Euch beiden alten sentimentalen Männern zu vertrödeln, hatte Peter sie einmal zitiert.

Johannes Schwinn, der ein sensibler, aufmerksamer Zuhörer war und dem die leisen Zwischentöne nicht entgingen, hatte bei ihren Treffen schon länger herausgehört, dass der Jugendfreund unglücklich war in dieser Beziehung. Reue sprach aus seinen Worten, wenn er sagte, an die Qualitäten von Helga, seiner ersten Frau, komme die Nachfolgerin nicht heran. Nur in den Kochkünsten sei Nadine unschlagbar. Ihr pfälzischer Teufelssalat, ein Gedicht. Zu Weihnachten wird sie ihn wieder zubereiten, meinte er, worauf er ein wenig gequält lachte, denn es war doch allzu grotesk, an Weihnachten, dem christlichsten aller

Feste, einen Teufelssalat aufzutischen. Welch seltsame Gedanken einem bei Begräbnissen durch den Kopf gehen, dachte Johannes Schwinn, zumal bei solch litaneihaften Trauerreden, die aus leeren Worthülsen bestanden und das Innerste in keiner Weise berührten.

Der Pfarrer forderte die Trauergemeinde nun auf, sich zu erheben und das Vaterunser mitzusprechen, wonach er als weihnachtliche Note und als einziges persönliches Zeichen allen Anwesenden friedvolle Feiertage wünschte.

Der weiße Sarg, mit roten Rosen über und über beladen, wurde rumpelnd hinausgerollt, was Johannes Schwinn zum ersten Mal während dieses sterilen Begräbnisses eine Gänsehaut über den Rücken rieseln ließ. Die schöne Witwe stand statuesk am geöffneten Grab. Schwarzes Haar und bleiche Haut. Unbewegliche, erstarrte Miene. Die Trauerkleidung stand ihr gut, und sie schien es zu wissen.

Ein kurzer Blick unter gesenkten Lidern glitt blitzschnell zum nahen Kirchlein hinüber, wo ein junger Mann am Barockportal stand und fast unmerklich zur trauernden Witwe hinübernickte. Ein Nicken unter Komplizen, so erschien es dem Beobachter, der auch im Ruhestand eines nicht verlernt hatte: das genaue Hinsehen, das Registrieren feinster Gesten. Und nur er schien zu bemerken, dass der Gruß von einem kurzen Nicken erwidert wurde, begleitet vom Anflug eines huschenden Lächelns um den schönen Mund der Witwe.

Ein Satz kam Johannes Schwinn in den Sinn, beiläufig in einem Gespräch erwähnt, als es um Treue unter Ehepartnern ging. »Man kann sich seiner Sache niemals sicher sein, vor allem als älterer Mann.« Mehr hatte Peter Bevier nicht gesagt an jenem Abend in Weinheim, als sie bei reichlich Bergsträßer Riesling auf dem Marktplatz saßen und die Zungen gelockert waren. Das eben beobachtete Blickegeplänkel sorgte abermals für Gänsehaut bei Johannes Schwinn und löste in ihm den festen Entschluss aus, dem plötzlichen und unerwarteten Tod des

Freundes auf die Spur zu kommen. Die schwarze Witwe trat nun ans Grab, warf mit pathetischer Geste eine langstielige Rose auf den weißen Sarg. Sohn und Tochter des Verstorbenen und die beiden Enkelmädchen hielten sich im Hintergrund. Die Tochter und die beiden Kinder schluchzten. Sie hatten den Opa geliebt, das wusste Johannes Schwinn aus den Erzählungen des Freundes.

Der Sohn musterte, wie es Johannes Schwinn schien, die trauernde Witwe seines Vaters mit Blicken, in denen Ablehnung zu lesen war. Oder war es ein Anflug von Misstrauen? Gar Verachtung?

»Ich muss auf meine Medikation aufpassen, da stimmt etwas nicht«, hatte Peter Bevier einmal gesagt, bevor er von einem Besuch wieder in die Pfalz zurückfuhr. »Nadine sorgt zwar strikt dafür, dass ich meine Tropfen regelmäßig einnehme, aber trotzdem fühle ich mich in letzter Zeit eher schlechter als besser.«

Lassen wir erst mal das Fest der Liebe verstreichen, dachte Johannes Schwinn. Danach melde ich mich bei Peters Sohn. Und wir werden eine Exhumierung erwirken.

Es begann zu schneien. Die Trauergäste verließen frierend den zugigen Friedhof, auf dem, wie Johannes Schwinn zu seinem Bedauern jetzt erst bemerkte, der schöne alte Baumbestand abgeholzt worden war. Radikalschnitt.

Vom Pfarrer war nicht die sonst übliche Einladung an die Trauergäste weitergegeben worden, sich zum »Leichenimbiss« in ein Restaurant oder Café zu begeben. Keine Einladung seitens der Hinterbliebenen an diejenigen, die sich dem Verstorbenen verbunden fühlten.

Johannes Schwinn stieg ins Auto und machte sich auf den Heimweg ins Rechtsrheinische.

Es wurde langsam Nacht und als er durch Kandel fuhr, erstrahlte die Hauptstraße in festlicher Beleuchtung. Die zweite Gänsehaut an diesem widersprüchlichen und aufwühlenden Tag bekam der ehemalige Polizeichef, als er an besagtem Drogerie-Markt vorbeifuhr, der seit Weihnachten 2017 bundesweit als

Tatort bekannt war. Hier war das junge Mädchen von dem Exfreund erstochen worden.

Treue, Untreue, Eifersucht, Beziehungsdramen, dachte er. Sie bedrohen unsere Idyllen. Überall. Jederzeit.

Ein junges Pärchen, engumschlungen, überquerte die Fahrbahn, auf der sich eine dunkle Schneeschicht gebildet hatte. Der ehemalige Polizeichef freute sich auf sein gemütliches Zuhause, seine Junggesellenwohnung und seinen Hund, der während seiner Abwesenheit von der netten Nachbarin Frieda Gaber versorgt wurde.

Der große schwarz-weiße Mischlingshund würde ihn freudig und schwanzwedelnd begrüßen. Bedingungslose Liebe, bedingungslose Treue. Wir Menschen können von den Hunden lernen, dachte Johannes Schwinn. Und für die Detektivarbeit ist auch noch Zeit nach Weihnachten.

Weihnachtlicher Teufelssalat

500 g Rindfleisch (gekocht)
3 harte Eier
3 Tomaten
2 Paprika
1-2 EL Schnittlauch
3 Teelöffel Zwiebeln

Alles klein schneiden.

4 EL süße Sahne, 1/2 Zitrone (Saft), 3 EL Öl, 1/2 TL Senf, Salz, Zucker, Tomatenketchup miteinander verrühren und unter die anderen Zutaten heben.

Wolfgang Burger

Geschenke für die Kids

Das bisschen Klirren war wegen des tosenden Regens kaum zu hören. Auch vorweihnachtliches Mistwetter kann seine Vorzüge haben. Vor fünf Minuten erst war die Alte losgewackelt, wie jeden Sonntagmorgen zur Kirche und pünktlich wie die Eieruhr. Heute unter ihren überdimensionalen schwarzen Riesenschirm geduckt wie eine Krähe im Sturm. Tom wusste, ihm blieb eine gute Stunde, um zu tun, was getan werden musste. Mit dem Ellbogen drückte er die letzten Scherben aus dem Fensterchen, griff hindurch und drehte den Schlüssel der Kellertür, der von innen steckte. Schon war er drin. Vielleicht würde es dieses Jahr doch Geschenke geben für die Kids. Dunkel war es hier drin. Verdammt dunkel.

Ein Blick zurück. Niemand hatte ihn gesehen. Es war noch früh, halb acht erst, und keine Menschenseele war unterwegs. Bei diesem Sturzregen sowieso. An den Fenstern des Nachbarhauses, einer hässlichen, pseudomodernen Kiste, blinkten die bunten Lichterketten bereits seit Anfang Dezember. Die Bewohner hatte er schon einige Male gesehen. Dort wohnte ein Unternehmer-Typ mit Halbglatze und Jaguar zusammen mit einer viel zu jungen Frau. Oft genug war er ja in den letzten Wochen hier vorbeigekommen, immer begleitet vom faulen Pudel der alten Schmittchen aus dem Erdgeschoss. Ein Mensch mit Hund fällt nämlich nicht so leicht auf. Der Pudel hatte zwei Kilo abgenommen, und Tom wusste jetzt fast alles über die Lebensgewohnheiten der Alten und ihrer Nachbarschaft.

Tom tastete sich durch die Finsternis. Zum Glück kannte er den Keller der Hintz'schen Villa in der Jahnstraße nahe dem Schillerpark von früher. Ungefähr zehn Jahre war das jetzt her. Damals hatte er hin und wieder noch einen Job gefunden und manchmal sogar eine Weile behalten. Und damals hatte er hier geholfen, die moderne Ölheizung einzubauen. Als Ersatz für das prähistorische Koks-Monster, mit dem die Hintzes zuvor geheizt hatten. Seinerzeit hatte der alte Professor noch gelebt und die lästigen Handwerker im Keller nach Herzenslust herumschikaniert. Heute wohnte hier nur noch seine Witwe, die damals die schmutzigen Männer hoheitsvoll ignoriert hatte. Nicht mal das Klo durften sie benutzen, kein Glas Limo zur Vesperpause, kein nettes Wort. Aber das war gut so. Jemanden, den man hasst, beklaut man leichter.

Von ferne gedämpftes Kirchenläuten. In die Pfarrkirche Sankt Maria, dorthin war die Alte unterwegs. Übermorgen würde er mit den Kindern auch mal wieder in die Kirche gehen, zur Christmette, das war Pflicht. Falls nichts schief ging. Falls er bis dahin nicht wieder im Knast saß.

Eine Tür. Vorsichtig stieg er die Treppe hoch. Die nächste Tür am oberen Ende der Treppe war verschlossen, aber damit hatte er gerechnet. Schraubenzieher, der große – doch nicht etwa vergessen? Ah da, ganz unten im Rucksack. Für einen winzigen Moment dachte er an Annegret, die jetzt irgendwo im Süden am Meer lag und sich die Sonne auf den Bauch scheinen ließ. Zusammen mit Oliver, seinem angeblich besten Kumpel. Jetzt nicht daran denken. Gar nichts denken.

Heute würde er zu den Glückspilzen gehören, so viel war mal sicher. Die alte Holztür knackte, schon war sie offen.

Licht. Tannenduft. Eine riesige Nordmanntanne. Er kannte sich aus, seit er einmal vier Wochen lang beim Christbaumverkauf auf dem Marktplatz ausgeholfen hatte. Das Prachtstück, bestimmt seine hundertfünfzig Mücken wert, stand mitten in der Halle. Fünf, sechs Meter hoch, überreich geschmückt mit silbrig glitzerndem Klimperzeugs und tonnenweise Lametta.

Aber keine Zeit jetzt, anderer Leute Weihnachtsbäume zu bewundern. Jetzt ging es um die Wurst. Die Wurst, die es übermorgen nicht geben würde, wenn er weiter diese dämliche Angeber-Tanne anglotzte.

Die Treppe mit dem wunderschön geschmiedeten Geländer, die sich so elegant nach oben schwang, auch die hatte er schon einmal gesehen. Damals, als die Alte ihm mit leicht gerümpfter Nase klarmachte, ihr Haus verfüge nicht über Personaltoiletten, und sie sollten sich nicht unterstehen, etwa in den Garten zu – ähm ... Unten, am Ende der Straße, gebe es ein kleines Lokal – das Wort hatte sie ausgesprochen, als könnte eine Kneipe Herpes haben – und sie sollten doch vielleicht dort um Erleichterung nachsuchen.

Heute war der Tag der Rache. Tom packte den Riemen seines Rucksacks fester.

Wo war der Hund?

Der Hund war ein schwacher Punkt in seinem Plan. Ein schwarzes Riesenvieh, Labrador vielleicht. Von der Straße aus hatte er ihn oft gesehen, im Vorbeischlendern. Den Hund ließ sie jeden Tag einige Male raus aufs Gelände, das für einen Garten zu groß und für einen Park zu klein war.

In der Regel kam Tom mit Hunden gut klar. Jedenfalls besser als mit Frauen. Aber diesen hier kannte er noch nicht. Durch den Zaun hatte man sich auch schon ein wenig angefreundet. Johnny hieß er, so viel wusste er, weil die Alte ihn so rief, wenn seine Pinkelzeit abgelaufen war. Trotzdem war der Hund ein Risiko.

An Johnnys Stelle entdeckte Tom eine Katze, rabenschwarz mit leuchtend blau-grünen Augen, die in sicherer Entfernung vor dem altmodischen Gussheizkörper saß und ihn feindselig beäugte. Eine Katze würde ihm wohl kaum gefährlich werden.

Ah, da kam er.

»Johnny«, sagte Tom ruhig und leise, ging in die Hocke und streckte eine Hand aus. »Wie geht's dir, alter Mistköter?«

Johnny leckte begeistert seine Finger, Tom tätschelte ihm ein wenig die Flanke, und schon hatte man sich angefreundet. Ein Blick auf die Uhr. Seit acht Minuten war er hier. Jetzt aber an die Arbeit.

Neben dem Heizkörper mit Katze ein Megading von Garderobe, an der leider kaum etwas hing. Zwei Handtaschen, leer bis auf ein paar Haarklammern und ein nach Kölnisch Wasser duftendes Tüchlein. In den Taschen des schon ein wenig abgewetzten Wintermantels nichts als Flusen und noch zwei Haarklammern.

Die große Küche war rasch erledigt. Was findet man schon in einer Küche? Hundefutter. Johnny war begeistert, die Freundschaft besiegelt. Die Katze ging leer aus und guckte vorwurfsvoll.

Quer durch die Halle zum Wohnraum, ungefähr so groß wie seine Zweizimmerwohnung, in der er zusammen mit Yvonne und Kevin hauste. Altbau, viertes OG ohne Lift, warmes Wasser vor Wochen zum letzten Mal. Yvonne war elf und wünschte sich ausschließlich Dinge, die rosafarben waren. Kevin wurde in wenigen Wochen zehn und hoffte seit Jahren vergeblich auf eine Autorennbahn mit Doppellooping. Übermorgen würde er sie bekommen. Falls sein Vater jetzt keinen Mist baute.

Ein schön geschnitzter alter Sekretär mit sechs Schubladen, drei auf jeder Seite. Bilder an den Wänden, die er nicht würde zu Geld machen können. Vitrinen voller Porzellan, bemalt, vielleicht wertvoll, vielleicht nicht. Zwei der Schubladen waren abgeschlossen. Aber nicht mehr lange. Kein Geld, nicht ein Cent. Dafür eine Taschenuhr, uralt, Gold vielleicht. Rein damit in den Rucksack. Sein Talisman für die nächste halbe Stunde.

Zum Esszimmer ging es durch eine doppelflügelige, hübsch verglaste Tür. In den Schubladen Besteck, Serviettenringe, Plunder. Was hatte er erwartet? Das Silber war was wert, dummerweise aber alles graviert. Besser die Finger davon lassen.

Ein Geräusch ließ ihn herumfahren. War da ein Knacken gewesen? Nein, nur diese blöde Katze, die ihn allmählich nervös machte. Sie hielt sich in sicherer Entfernung und glotzte ihn ausdruckslos an. Auch Johnny war wieder da. Satt und glücklich schien er darunter zu leiden, dass er seinem neuen Freund bei seiner anstrengenden Arbeit nicht helfen konnte.

Der nächste Raum war das ehemalige Arbeitszimmer des Professors. Arbeitszimmer, das klang nach Tresor und großem Schreibtisch. Nach dicken Geldscheinbündeln und kostbaren

Münzsammlungen. Alles Mögliche ließ sich in Arbeitszimmern finden. Nicht jedoch hier. Eine kaputte Armbanduhr, ein mit bunten Steinchen besetzter, potthässlicher Brieföffner, ein alter Füllfederhalter, Goldfeder, immerhin. Der würde auf dem Flohmarkt mit etwas Glück zwanzig Euro bringen. Besser als nichts. Johnny schnüffelte und hechelte. Die Katze guckte blöd.

An den Wänden zwei niedrige Schränkchen voller verstaubter Aktenordner. In Toms Magen machte sie ein unangenehmes Gefühl breit, ungefähr so leer wie die Geldkassette, die er im Schreibtisch fand. Auch hier hässliche Ölschinken an den Wänden. Weit und breit kein Tresor.

Hinter der nächsten Tür eine dämmrige, langgestreckte Toilette, aus der ihm kalter Mief entgegenwehte. Dann eine Art Bibliothek und ein Fernsehzimmer. Der Fernseher war vor zwanzig Jahren bestimmt mal was wert gewesen. Manche Leute versteckten Bares in Büchern. Aber es waren verdammt viele Bücher, tausende. Ob der Professor die tatsächlich alle gelesen hatte? Das eine oder andere womöglich selbst geschrieben?

Hoch zum Obergeschoss. Vielleicht hatte er dort mehr Glück. Hoffentlich hatte er dort mehr Glück. Die Katze schien in ihrem Kopf eine genaue Liste zu führen mit den Missetaten, die dieser unsympathische Fremde vor ihren Augen verübte. Und folgte mit sicherem Abstand. Johnny lief schwanzwedelnd voraus und die Treppe hinauf.

Erste Tür links. Ein riesiges Schlafzimmer, früher wohl das Herrenzimmer. Viel dunkles Holz, ein wuchtiger Schrank, ein einsames hohes Bett, eine klotzige Kommode. In der Luft noch ein letzter Hauch von Zigarrenqualm. Und gähnende Leere hinter jeder Tür, in jeder Schublade. Kalt war es. Kalt wie der Tod. Schaudernd zog Tom die schwere Tür wieder ins würdig knackende Schloss, wandte sich um und starrte in die Mündung eines großkalibrigen Revolvers. Das schief grinsende Gesicht dahinter kannte er. Es gehörte dem Nachbarn mit der Halbglatze. Dem aus dem Haus mit den blinkenden Lichterketten.

»Hallo«, sagte der Nachbar, und seine Stimme klang mindestens so kalt wie das Zimmer, das Tom eben durchsucht hatte. »Wie laufen die Geschäfte?«

»Ähm«, erwiderte Tom. »Was?«

Johnny saß neben ihm und knurrte verhalten. Die Katze dagegen freute sich über den Neuankömmling und schnurrte ihm um die Beine. Der Nachbar schubste sie weg, ohne hinzusehen.

»Schon irgendwas gefunden?«

»Was denn gefunden?«

Die Revolvermündung wurde ein wenig größer.

»Stell dich nicht dümmer, als du bist, Freundchen. Ich beobachte seit Wochen, wie du hier rumschnüffelst. War doch sonnenklar, dass du was ausbaldowerst. Es ausgerechnet jetzt zu machen, wenn die alte Hintze in der Kirche hockt, keine dumme Idee. Hätte ich dir gar nicht zugetraut. Nun sag, was hast du Schönes in deinem Rucksack?«

Die Revolvermündung sank ein klein wenig herab, zielte jetzt auf Toms Hals, was sich auch nicht besser anfühlte. Der Typ musste um die fünfzig sein und hatte die Visage eines zielstrebigen, nicht zu Gewissensbissen neigenden Geschäftsmanns. Seine Bewegungen waren sicher und kraftvoll. Trieb vermutlich Sport.

»Nichts«, brachte Tom heraus. »Bisher bloß eine alte Taschenuhr. Kaputt. Und einen Füller.«

»Verarsch mich nicht«, sagte der Nachbar und stupste ihm neckisch die Mündung an die Brust.

»Holen Sie jetzt ...«, flüsterte Tom, »holen Sie ... die Bullen?«

»Red keinen Scheiß, Junge. Was sollen denn die Bullen hier? Ich weiß, dass hier was zu holen ist. Los, ich helf dir suchen.«

Die Mündung zeigte zur nächsten Tür. Johnny knurrte.

»Sie wollen ... ähm?«

»Klar will ich. Los jetzt. So eine Messe dauert nicht ewig.«

»Sie sehen eigentlich nicht aus, als hätten Sie so was nötig ...«

»Fresse halten, weitersuchen. Was ich nötig habe, weiß ich schon selber.«

Gehorsam trottete Tom zur nächsten Tür. Dahinter befand sich das Schlafzimmer der Witwe. Nicht weniger kalt als das des toten Professors. Das Bett sorgfältig gemacht, ein langes weißes Nachthemd ausgebreitet, als wollte die Besitzerin es so bald wie möglich wieder überstreifen. Für einen winzigen Moment fragte sich Tom, wie und wo die beiden Alten es wohl getrieben hatten, als sexmäßig noch was lief. Abwechselnd mal im einen und mal im anderen Zimmer? Oder hatten sie für diesen Zweck einen dritten, einen besonders plüschig eingerichteten Raum?

Die Revolvermündung fuhr ihm zwischen die Schulterblätter. Tom begann hastig herumzusuchen, Schubladen aufzureißen, Schranktüren zu öffnen. Und als hätte der Nachbar ihm Glück gebracht, wurde er fast sofort fündig. Unter der Matratze eine Tüte mit der Aufschrift Feinkost Kowalski. Darin Geldscheine. Hunderter. Viele. D-Mark.

»Na also.« Der Nachbar nickte anerkennend. »Geht doch.«

Tom sah ihn fragend an. »Und …?«

»Weiter. Geteilt wird später.«

Tom konnte sich ungefähr vorstellen, was der Typ unter Teilen verstand, und warf die Tüte, die nach grober Schätzung mindestens zwanzigtausend Mark enthalten musste, aufs Bett. Die nächste Beute fand er Sekunden später im Schrank hinter einem Stapel fleischfarbener Altweiber-Unterwäsche. Diesmal stammte die Tüte von der Buchhandlung Schmitt und Hahn in der Hauptstraße. Darin ein dickes Album voller bestimmt wahnsinnig wertvoller Briefmarken. Tom schnaubte wütend. Das durfte doch nicht wahr sein! Das Album landete auf dem Bett neben der Tüte. Der Nachbar grinste, die Revolvermündung machte eine unmissverständliche Bewegung. Tom biss die Zähne zusammen. Wahrscheinlich würde der Typ ihm später proforma ein paar Scheine in die Tasche stecken, bevor er ihn angeblich auf frischer Tat ertappte und abknallte. Fieberhaft überlegte er, suchte nach Auswegen, Tricks, Finten. Der beste Trick war vermutlich weitere Beute. Solange er etwas fand, durfte er am Leben bleiben. Johnny, dieses kreuzdämliche

Vieh, sah zu, knurrte nicht einmal mehr. Die Katze strich dem Nachbarn um die Beine und labte sich an Toms Unglück und Angstschweiß.

Die dritte Tüte – von einem der Läden, die in der Innenstadt Touries Kuckucksuhren und original bayerische Maßkrüge andrehten – war prall gefüllt. Sie steckte in einer rostroten Hutschachtel, die Tom schon zweimal in der Hand gehalten hatte, bis ihm auffiel, dass unter all dem Knisterpapier etwas versteckt war. In dieser Tüte waren Euros. Jede Menge.

»Okay«, sagte der Nachbar zufrieden. »Das reicht fürs Erste.«

»Ah«, rief eine helle Frauenstimme von der Tür her. »Hier steckst du also ... Was treibst du hier eigentlich? Und wer ist er hier?« Die Frau war hübsch, verdammt hübsch und jung. Lange rote Haare, Oberweite etwa das Doppelte von dem, was Annegret zu bieten hatte. Mit dem Kinn deutete sie auf Tom, als wäre er ein besonders schleimiges Exemplar von Giftpilz.

»Sannchen, du?« Der Nachbar versuchte, die Knarre in seiner Hand unsichtbar zu machen, aber Sannchen hatte das Ding natürlich längst bemerkt. »Wir ... ähm ...«

»Ist das einer von deinen Geschäftspartnern, die dir bei diesem tollen Italien-Deal die Hosen runtergezogen haben?«

»Hör mal«, ächzte der Nachbar. »Ich erklär's dir später, okay? Wie bist du überhaupt rein gekommen?«

»Durch dasselbe kaputte Kellerfenster wie ihr beide. Ihr klaut hier, oder irre ich mich?«

»Also klauen ...«, sagte der Nachbar gequält.

»... würd ich es nicht gerade nennen«, ergänzte Tom.

»Egal. Die alte Hexe hat genug Kohle, dass sie ein bisschen was abgeben kann.«

»Ja, nicht?« Der Nachbar entspannte sich.

Sie betrachtete interessiert die Schätze auf dem Bett. »Ist's genug, dass du davon die Raten für den Jaguar bezahlen kannst?«

»Wir ... also, zum Zählen sind wir noch gar nicht gekommen.«

»So allmählich ...«, wagte Tom einzuwenden. »In zwanzig Minuten kommt sie zurück.«

»Nicht bei diesem Scheißwetter«, war die Frau überzeugt. »Und wie geht's nun weiter? Müssen wir mit ihm hier ...«, wieder dieses Giftpilznicken. »Ist er ein Komplize von dir?«

»Überhaupt nicht«, versicherte der Nachbar eifrig.

»Wir haben uns rein zufällig hier getroffen«, assistierte Tom ohne zu wissen, warum eigentlich. »Aber so 'ne Art Geschäftspartner sind wir schon, nicht wahr?«

Der Nachbar reagierte nicht. Seine Tussi zuckte mit den Schultern, zauberte ein Päckchen Zigaretten aus einer der Gesäßtaschen ihrer explosiv sitzenden Jeans, klopfte eine Kippe heraus und steckte sie ins knallrot geschminkte Schmollmündchen.

»Du wirst dir doch jetzt hier keine anstecken?«, rief der Nachbar erschrocken.

»Wieso nicht?«, fragte sie erstaunt zurück.

»Weil wir hier sozusagen – na ja, irgendwie zu Besuch sind. Und außerdem wird dich deine Scheiß-Qualmerei irgendwann noch umbringen!«

»Das lass mal meine Sorge sein.« Ihr Feuerzeug klickte. Rauch stieg auf. »Und? Was wird nun? Wirst du deinen Geschäftspartner später umlegen?«

»Natürlich.« Der Nachbar hatte plötzlich seine Selbstsicherheit zurückgewonnen. »Er ist hier eingebrochen, und ich hab ihn quasi auf frischer Tat ertappt.«

Tom hatte auf Empörung gehofft, auf Mitgefühl, vielleicht sogar entschiedenen Widerspruch von Seiten der Frau. Aber nichts dergleichen.

»Guter Plan«, befand sie ohne Umschweife. »Ich geh schon mal vor. Ich kann so was nicht sehen. Weißt du ja, Schatzi.«

Ein neckisches Zwinkern unter langen Wimpern, und keine Sekunde später war sie weg. Tom hörte, wie sie fröhlich die Treppe hinabstöckelte.

»Also«, sagte er, »ich find Ihren Plan nicht so toll, wenn ich das mal sagen darf. Ich meine, nehmen Sie von mir aus ruhig die ganze Kohle. Ich werd schweigen wie ein Grab. Ehrenwort!«

Das Wörtchen Grab hatte im Moment einen merkwürdigen Beigeschmack.

»Für wie bescheuert hältst du mich?« Der Nachbar lachte gutmütig. »Nein, nein, das muss schon alles echt aussehen.«

»Aber was sagen Sie der Alten, wo ihre ganze Kohle geblieben ist?«

»Gute Frage.« Der andere runzelte nachdenklich die Stirn. Offenbar hatte er diesen Punkt noch gar nicht bedacht. »Vielleicht hast du ja einen Komplizen gehabt? Und der ist mir dummerweise entkommen? Klingt doch logisch, nicht?«

Tom behielt seine Meinung für sich. Der andere sah sich ratlos um, die Stirn immer noch in sorgenvollen Falten.

»Aber besser nicht hier. Besser auf der Flucht. Sieht glaubwürdiger aus, und in den Rücken zu schießen fällt einem auch leichter. Man erledigt so was ja nicht jeden Tag, nicht wahr?«

Der Revolver machte einen entschlossenen Schwenk in Richtung Tür. »Da lang, wenn ich bitten darf.«

»Soll ich …?« Tom wies zaghaft auf die Tüten.

»Lass mal. Die nehme ich. Nicht dass noch Blut an unsere schönen Sachen kommt.« Der Nachbar lachte herzlich.

Auf dem Weg zur Tür fiel Tom der Schraubenzieher ein. Immerhin so etwas Ähnliches wie eine Waffe. Bis er den allerdings aus dem Rucksack gekramt hatte, war er vermutlich tot. War vielleicht im Flur draußen irgendwas gewesen, mit dem er sich verteidigen könnte?

»Schatzi hat sie mich ewig nicht mehr genannt«, hörte er den Typ in seinem Rücken verzückt murmeln.

Ein Schürhaken vielleicht? Unwahrscheinlich, denn hier gab es ja nirgendwo einen Kamin. Ein Regenschirm? Hoffnungslos. Nein, da war nichts. Keine Rettung in Sicht. Dafür wieder mal die Mündung zwischen den Schulterblättern.

»Ey«, protestierte Tom halbherzig und stolperte auf die Galerie hinaus. »Das tut doch weh, verdammt!«

Hin und wieder vom energischen Druck des Revolvers neu motiviert, taumelte Tom in Richtung Treppe. Irgendwo knurrte

Johnny, dem die ganze Veranstaltung zwar nicht gefiel, der aber auch nicht auf die Idee kam, irgendetwas zu unternehmen. So viel zum Thema Freundschaft zwischen Mensch und Tier. Der Typ hinter ihm hielt die Beute in der linken Hand, überlegte Tom, die Wumme in der rechten. Er hatte also im Moment keine Hand frei. Vielleicht, wenn er herumfuhr, dem anderen den Revolver wegschlug und einfach losrannte? Dummerweise war sein Gegner aber fast zehn Zentimeter größer als er und außerdem sportlich bis zum Gehtnichtmehr ...

Und wenn es ihm gelang, die Sache so lange hinauszuzögern, bis die Alte zurückkam? Schwierig. Der Nachbar war nicht auf den Kopf gefallen und konnte außerdem auch schon die Uhr lesen. Am Fuß der Treppe stand seine Tussi mit dem Rücken zu ihnen und qualmte. Tom war jetzt an der ersten Stufe angelangt, zögerte. Irgendwo auf der Treppe würde es passieren, das war klar. Wieder ein spitzer, schmerzhafter Stoß im Rücken. Die erste Stufe. Und weit und breit nichts, was man packen und dem Idioten um die Ohren hauen könnte. Keine Waffe. Keine Hoffnung.

Tom fühlte sich elend und dumm und traurig. Was würden die Kids machen, an Heiligabend, ohne ihren geliebten Papi? Von wem sollten sie Geschenke bekommen, wenn nicht von ihm?

Wieder ein Stoß. Es half nichts. Zweite Stufe.

Noch ein Stoß. Eher symbolisch diesmal, freundschaftlich fast.

Wie viele Stufen mochte diese Scheißtreppe haben? Und auf welcher würde der Typ abdrücken? Eher auf der ersten oder erst auf der zweiten Hälfte?

Wenn es doch irgendeinen Ausweg gäbe, eine Möglichkeit zur Flucht. Wenn man fliegen könnte ... Tom hörte die Katze schnurren. Das Mistvieh wich seinem neuen Star nicht von der Seite. Und Johnny rannte unten in der Halle herum, bellte blöde und hatte nichts begriffen.

Der Tannenbaum.

Die Hälfte der Treppe lag schon hinter Tom, viel Zeit blieb nicht mehr.

Der Tannenbaum war eine Chance. Es würde wehtun, klar, aber es war eine Chance. Über Sannchen unten stiegen blaue Wölkchen auf. Sie drehte sich nicht um, konnte ja kein Blut sehen, die Ärmste.

Da, ein Geräusch! An der Haustür! Ein dunkler Schatten!

Der Typ hatte es auch gehört. Jemand fummelte von außen einen Schlüssel ins Schloss. Das war die Gelegenheit. Das war die halbe Sekunde Ablenkung, die Tom brauchte. Er flankte über das Geländer, stieß sich mit beiden Füßen ab, gar nicht mal so unelegant, wie er fand. Hinter ihm ein Schrei, mehr ein Brüller, ein Schuss knallte, aber Tom fühlte keinen Schmerz. Er konnte nämlich doch fliegen, für eine Sekunde nur, aber er flog, in den Weihnachtsbaum hinein, in das silberne Geblinke und all die mörderspitzen Nadeln und Tonnen von Lametta. Er krallte sich in der Deko fest, die Tanne kippte, und eine Sekunde später lag Tom über und über gespickt mit qualitativ hochwertigen Nordmanntannennadeln auf dem Boden. Er rappelte sich auf, der offenen Haustür entgegen, die Alte mit sperrangelweit aufgerissenem Mund, er fühlte die kalte Luft, die ihm entgegenströmte, er lief, lief, lief wie noch nie in seinem Leben. Und es fiel kein weiterer Schuss, und der eiskalte Regen war eine göttliche Wohltat.

Sein Rad stand wunderbarerweise, weihnachtswunderbarerweise immer noch an seinem Platz.

Yvonne spielte versunken mit ihrer rosafarbenen Barbie Boutique. Die großen Kinderaugen glänzten, das rotblonde Haar schimmerte im Weihnachtslicht. Kevin war hin und weg von seiner Autorennbahn und versuchte wieder und wieder, zwei Autos gleichzeitig aus dem Doppellooping zu schießen, indem er kurz vor dem höchsten Punkt das Gas wegnahm. Zu seinem Leidwesen war er einen halben Kopf kleiner als seine Schwester und pummelig. Das rotblonde Haar war dasselbe. Wie abgekupfert, sagten manche und fanden das witzig. Die kleine Fichte, die Tom am Vormittag kurz vor Ladenschluss äußerst preisgünstig ergattert hatte, duftete, wie nur Weihnachtsbäume an Heiligabend duften können. Im Radio spielten sie zum dritten Mal Stille Nacht, und Tom fand es immer noch schön. Er hatte versprochen, später in Yvonnes Boutique ein paar Sachen zu kaufen und einige Rennen gegen Kevin zu fahren, die dieser natürlich gewinnen würde. Später. Ein wenig roch es auch noch nach dem Weihnachtsessen, das er selbst zubereitet hatte – Schweinemedaillons in Champignon-Rahmsauce und mit abgeschmälzten Spätzle, wie die Tradition es verlangte. Annegret hatte es früher immer an Heiligabend gekocht, allerdings nicht annähernd so gut, wie es ihm gelungen war.

Tom lag lang gestreckt auf dem gemütlich knarrenden Sofa und las die kleine Zeitungsmeldung, die er schon zwanzig Mal gelesen hatte. Sie war mit Mysteriöser Einbruch im Landauer Westen kostet zwei Menschenleben überschrieben.

Es war nämlich nicht die Alte, die Tom das Leben gerettet hatte, sondern ihre schwarze Katze. Die war dem Nachbarn genau in dem Moment zwischen die Beine geraten, als Tom sprang. Der Typ war gestolpert, hatte keine Hand frei, um sich am Geländer festzuhalten, und hatte beim sinnlosen Herumfuchteln mit der Knarre abgedrückt und Sannchen in den Rücken geschossen. Eine Sekunde später war er beim Versuch, seine Beute nicht zu verlieren, äußerst dumm mit dem Hinterkopf auf ziemlich harten Marmor geschlagen.

Eine besondere Tragik sei in dem Umstand zu sehen, dass die Schussverletzung der Frau gar nicht tödlich war.

Tom schmunzelte zum einundzwanzigsten Mal. Durch den Schlag in den Rücken – ihr Lover hatte sie in der Schulter getroffen – hatte die Zicke nämlich ihre Zigarette eingeatmet. Die nach rekordverdächtig kurzer Zeit eintreffenden Rettungskräfte hatten dies jedoch zunächst nicht bemerkt, sondern nur die Schussverletzung behandelt, die Blutung gestillt, versucht, die Frau zu beatmen. Erst spät, zu spät, war dem jungen und nicht allzu erfahrenen Notarzt aufgefallen, dass seine Patientin inzwischen unter seinen Händen an einer glühenden Zigarette erstickt war.

Der Mann hingegen, ein Geschäftsmann eher zweifelhaften Rufs, war sofort tot gewesen. Genickbruch. Die bemitleidenswerte Hausbesitzerin, eine angesehene Professorenwitwe, stand unter Schock und war nicht vernehmungsfähig. Von einer vierten Person, einem gewissen Tom zum Beispiel, war in dem Dreißig-Zeilen-Artikel keine Rede.

Der Füller hatte es gebracht. Der Füller, den Tom aus reinem Frust eingesackt hatte. Der Trödler in der Altstadt, dem er das Ding gestern Nachmittag auf den Tresen gelegt hatte, angeblich ein Erbstück seines jüngst verstorbenen Opas, hatte ganz glasige Augen bekommen. »Montblanc«, hatte er mit erstickter Stimme geflüstert, »Edition Lorenzo di Medici!«. Und dann hatte er Tom aus dem Stand zwofünf geboten. Als diesem daraufhin für längere Zeit die Luft wegblieb, hatte er sein Angebot auf dreitausend erhöht, letztes Wort, und als Tom immer noch nicht reagierte, auf dreifünf, denn schließlich war Weihnachten, nicht wahr. Tom hatte stumm und feuchten Auges akzeptiert. Für die goldene Taschenuhr, in die er eigentlich seine Hoffnungen gesetzt hatte, hatte der Typ nur schlappe fünfundzwanzig bezahlen wollen. Und so hatte er sie als hübsches Andenken einfach wieder mitgenommen.

Vielleicht würde er sie eines Tages reparieren lassen.

Schweinemedaillons in Champignon-Rahmsauce

Für vier Personen

Zutaten:
1 großes Schweinefilet (600 g)
1 kleine Zwiebel
ca. 50 g durchwachsener Speck
250 ml Sahne (oder Soja cuisine)
Öl zum Anbraten des Fleischs
ca. 20 g Butter
250 g Champignons (gerne auch mehr)
Tomatenketchup
Zitronensaft

Zubereitung:
Schweinefilet in dicke Scheiben schneiden, diese vorsichtig klopfen und in Öl bei nicht allzu großer Hitze beidseitig anbraten. Würzen mit Salz, Pfeffer und (geschnittenem) Rosmarin und zur Seite stellen. In derselben Pfanne die Butter schmelzen, darin die in kleine Würfel geschnittene Zwiebel und den ebenfalls klein geschnittenen Speck anbraten. Die in nicht zu dünne Scheiben geschnittenen Champignons dazugeben, auch diese ein wenig anbraten. Dann wahlweise die Sahne dazu oder erst ein wenig Mehl, 150 ml kalte Milch und nur 100 ml Sahne, damit die Sauce nicht zu fett wird. Würzen mit Salz, Pfeffer, reichlich Rosmarin. Einen Spritzer Ketchup hinzugeben und mit Zitrone abschmecken. Am Ende die Medaillons in der fertigen Sauce wieder anwärmen.
Die Spätzle in gewohnter Weise kochen. In einer großen Pfanne Butter erhitzen, ca. 50 Gramm Paniermehl hinzugeben und unter Rühren goldbraun werden lassen. Die abgegossenen Spätzle hinzugeben und kurz anbraten. Dabei mehrmals wenden, damit sich die Brösel schön verteilen.

VITEN

Hilde Artmeier, geb. 1964 in Oberbayern, absolvierte eine Fremdsprachenausbildung in Nürnberg und ein Biologiestudium an der Universität Regensburg. Nach vielen Jahren in der Industrie und als selbstständige Übersetzerin arbeitet die Mutter zweier Kinder heute als freie Schriftstellerin in Regensburg und Karlsruhe. 2004 erschien ihr Debütroman, nach mehreren weiteren Kriminalromanen folgte 2010 »Die Tote im Regen« (Piper) als Auftakt einer Reihe um die temperamentvolle Privatermittlerin Anna di Santosa, die mit dem 2018 erschienenen »Donauherz« bisher vier Bände umfasst. Zusammen mit ihrem Ehemann, dem Bestsellerautor Wolfgang Burger, schreibt Hilde Artmeier auch Thriller, 2019 erschien bei Knaur mit »Gleißender Tod« ihr erstes gemeinsames Werk. Ihr erster gemeinsam verfasster Kurzkrimi in der Anthologie »Makronen, Mistel, Meuchelmord« (Knaur, 2018) landete auf der Spiegel-Bestseller-Liste.
www.burger-artmeier.com

Michael Bauer ist Lyriker, Satiriker und Romancier (»De klääne Pälzer«, »Dutschki vom Lande«).
Vor drei Jahren hat er seine erste längere Kriminalerzählung (»Slevogts Tod«) vorgelegt, die er aus einem Hörspiel für den SWR entwickelt hat. Michael Bauers Arbeiten sind zuletzt im Wellhöfer Verlag erschienen. Er wurde mit mehreren Literaturpreisen ausgezeichnet.
www.dodedom.de

Lilo Beil (* 1947 in Klingenmünster) wuchs nach einem kurzen Abstecher in die Nordpfalz (Dielkirchen) hauptsächlich in einem südpfälzischen Pfarrhaus auf (Winden bei Kandel). Nach dem Studium der Anglistik und Romanistik in Heidelberg unterrichtete sie 36 Jahre lang an einem Odenwälder Gymnasium (Martin-Luther-Schule Rimbach). Die Mutter von drei Töchtern und Oma von drei Enkelkindern lebt mit ihrem Mann in Birkenau bei Weinheim.
Veröffentlichungen: Zwölf Kriminalromane, davon neun um Kommissar Friedrich Gontard und drei um Charlotte Rapp. Fünf Erzählbände, davon

zwei mit Kurzkrimis. Beteiligung an zahlreichen Kurzkrimi-Anthologien, die meisten im Wellhöfer Verlag erschienen. Vereinzelte Gedicht-Veröffentlichungen.
Inoffiziell textet und illustriert die Autorin Kinderbücher für ihre Enkel »und andere kleine Strolche«. Mitglied im *Syndikat* und im *Literarischen Verein der Pfalz*.
www.lilobeil.de

Wolfgang Burger, geboren 1952 im idyllischen Südschwarzwald, schreibt seit 1995 Krimis. Inzwischen sind 22 Romane erschienen, Gesamtauflage weit über 600.000. Viele seiner Bücher standen für Wochen auf der Spiegel-Bestsellerliste. Letzte Veröffentlichung: 2019 »Gleißender Tod« (Thriller, zusammen mit Hilde Artmeier).
www.burger-artmeier.com

Markus Guthmann, 1964 in Pirmasens geboren, hat sich seit vielen Jahren der Krimischreiberei verschrieben, weil es ihm einfach viel mehr Spaß macht als das mühselige Schreiben von Fachartikeln und Fachbüchern, mit denen er seine Schreibkarriere vor mehr als dreißig Jahren begonnen hat. Heute lebt er an der schönen Deutschen Weinstraße, der Toskana der Pfalz, und liebt nichts mehr, als historische Anekdoten mit Weingeschichten und skurrilen Kriminalfällen zu verweben. Dabei wird lustig rechts und links des Rheins gemeuchelt und es geht durchaus hart zur Sache, wobei allerdings das Gute immer irgendwie siegen muss. Die Reihe der erfolgreichen Weinstraßenkrimis stammt aus seiner Feder und viele seiner Kurzgeschichten sind im Wellhöfer Verlag erschienen.

Rita Hausen wurde 1952 in Dernbach/Westerwald geboren. Sie studierte Germanistik und Katholische Theologie in Bonn. Von 1981 bis 2008 war sie Lehrerin am Gymnasium. Sie schreibt Gedichte, Kurzgeschichten, Erzählungen und Romane, lebt in Walldorf bei Heidelberg, zeitweise auch in einem abgelegenen Haus in Mecklenburg. Sie ist Mitglied bei den *Mörderischen Schwestern e.V.* und anderen Literaturvereinigungen vor Ort. Außerdem ist sie Kunstmalerin mit regelmäßigen Ausstellungen in der Umgebung von Walldorf. 2018

erschien »Der Notenjäger«, ein Science-Fiction-Roman. Zahlreiche Veröffentlichungen in Anthologien.
www.rita-hausen.de

Brigitte Lamberts, promovierte Kunsthistorikerin, freiberufliche PR-Beraterin und Redakteurin. Als Autorin sind drei Düsseldorf-Krimis in Zusammenarbeit mit ihrer Co-Autorin bei edition oberkassel Verlag in Düsseldorf erschienen: »Ausgeweidet«, »Totgetanzt« und »Wutentbrannt«. Diverse Kurzkrimis sind in Anthologien und anderen Printmedien veröffentlicht. Als Mitherausgeberin von »Mallorca mörderisch genießen« und »Blutspuren auf Mallorca« (Wellhöfer Verlag, Mannheim) kam sie auf den Geschmack ihre Lieblingsinsel in den Fokus zu stellen und es entstand »El Gustario de Mallorca und das tödliche Elixier«, ihr erster Mallorca-Krimi, dem sogleich die Fortsetzung »El Gustario de Mallorca und der tödliche Schatten« folgte, ebenfalls bei edition oberkassel Verlag. Sie ist Mitglied im *Westdeutschen Autorenverband e.V.*, im *BVjA – Bundesverband junger Autoren und Autorinnen e.V.*, bei den *Mörderischen Schwestern e.V.* und im *Syndikat*.
www.brigitte-lamberts.de

Kerstin Lange wohnt und arbeitet nach Aufenthalten im Oberbergischen Land im Sauerland, am Niederrhein und in Speyer, heute in Düsseldorf. Sie ist als Autorin, Herausgeberin, Schreibworkshop-Leiterin, Sprecherin und Dozentin tätig. Sieben Kriminalromane sind bereits erschienen. Sie schreibt ebenfalls gerne Kurzgeschichten, von denen einige ausgezeichnet wurden. Unter anderem gewann sie den Krimiwettbewerb der Zeitschrift Maxi und des S. Fischer Verlags für »Anders-Artig«. Sie ist Mitglied im *Syndikat e.V.*
www.kerstinlange.com

Heidi Moor-Blank schreibt seit 2000 kriminelle Kurzgeschichten für Erwachsene und Detektivgeschichten für Kinder. Sie lebt in der Südpfalz, arbeitet dort bei einem Softwarehaus und spielt Theater bei der Kleinen Bühne Landau. Mitglied bei den *Mörderischen Schwestern e.V.* Preisträgerin des Mannheimer Literaturpreises 2010, der

Kreisvolkshochschule Südwestpfalz 2014 und des Lotto-Kunstpreises 2017.
www.heidi-moor-blank.de

Ingrid Reidel wurde 1960 in Weinheim geboren und ist Mediengestalterin und Erzieherin. 2012 fand sie im Haus ihrer Großmutter eine Urne. Das änderte alles. Seither lebt sie ihre überschäumende Fantasie so richtig in ihren schwarzhumorigen Geschichten aus.
Zweimal war sie beim Odenwaldkrimiwettbewerb nominiert, 2016 wurde sie mit dem sechsten Platz bei dem internationalen Literaturfestival der »Art Experience« in Baden bei Wien ausgezeichnet. 2017 hat sie den renommierten Krimi-Preis *Tatort Eifel* gewonnen.
www.ingrid-reidel.de

Kirsten Sawatzki, geboren in Bad Dürkheim, aufgewachsen in der Pfalz, begann nach der Schule eine Ausbildung zur Tierarzthelferin und war in diesem Beruf noch weitere 10 Jahre tätig. Danach wechselte sie zu einem Automobilzulieferer, bis heute ist sie dort im Bereich Qualitätssicherung tätig.
Da sie selbst nur Thriller liest, kam ihr vor einigen Jahren die Idee zu ihrem ersten Thriller »Tödliche Mutterliebe«. Das Manuskript hierzu ermöglichte ihre die Teilnahme zu einem Seminar der Bastei Lübbe Academy. Mit dem Manuskript zu »Gottesbrut« konnte sie sich 2013 für die Krimischule des Rowohlt Verlages qualifizieren. Beide Seminare zeigten ihr, dass sie auf dem richtigen Weg ist. »Tödliche Mutterliebe« wurde 2014 und »Gottesbrut 2016« veröffentlicht. 2017 gehörte sie zu den Preisträgern der Wieslocher Kriminacht mit »Gottesbrut«. Sie ist Mitglied der Autorenvereinigung *Mörderische Schwestern e.V.* Zu ihren literarischen Vorbildern gehören Tess Gerritsen und Simon Beckett.
www.kirstensawatzki.de

Petra Scheuermann, geboren in Frankenthal/Pfalz. Von Beruf Sozialarbeiterin, Heilpädagogin und Erzieherin, widmet sie sich heute hauptberuflich dem Schreiben. Seit 2010 wurden zahlreiche ihrer Kurzgeschichten in Anthologien herausgegeben. Bisher hat sie drei

Kriminalromane, »Schoko-Leiche«, »Schoko-Pillen« und »Schoko-Engel« veröffentlicht. Sie ist Mitglied im *Verband deutscher Schriftstellerinnen und Schriftsteller*, im *Syndikat*, bei den *Mörderischen Schwestern e.V.* und im Literarischen Zentrum Rhein Neckar e.V. *Die Räuber '77*.
www.petrascheuermann.de

Regina Schleheck hat sich in der Phantastik wie in der Kriminalliteratur einen Namen gemacht. Ihr wurden mit dem Friedrich-Glauser-Preis und dem Deutschen Phantastikpreis die begehrtesten Auszeichnungen beider Genres zugesprochen – neben vielen anderen. Die 1959 geborene hauptberufliche Leverkusener Oberstudienrätin ist nebenberufliche Referentin, Herausgeberin, Lektorin, fünffache Mutter und veröffentlicht seit 2002, darunter Hunderte Kurzgeschichten, aber auch Hörspiele, Erzählungen, Romane, Lyrik, Theaterstücke, Drehbücher und Essayistisches. Zuletzt erschien von ihr im August 2019 im Gmeiner Verlag: »Mörderisches Bergisches Land - 11 Kurzkrimis und 125 Sehenswürdigkeiten«. Regina Schleheck ist Mitglied in den Krimi-Netzwerken *Syndikat* und *Mörderische Schwestern e.V.*, im Phantastik-Autoren-Netzwerk *PAN*, in der Kölner Autorengruppe *Faust* sowie *PEN*-Fördermitglied.
www.regina-schleheck.de

Ursula Schmid-Spreer hat viele Kurzgeschichten in Anthologien, Fernseh- und Literaturzeitschriften veröffentlicht, die teilweise vertont wurden, eine Anthologie wurde als Theaterstück adaptiert (Haus der 13 Mörder). (Mit-)Herausgeberin von 20 Anthologien. Ihrem Lieblingsland Irland hat sie einen eigenen Krimi gewidmet. 4 Kriminalromane, die in der Region Nürnberg spielen. Mitglied bei den *Mörderischen Schwestern e.V.*, der Fränkischen Wortklauberei und beim *BVjA*, sie arbeitet beim Online-Newsletter »The Tempest« mit und sie organisiert das Nürnberger Autorentreffen.
www.schmid-spreer.de

Claudia Schmid, Jahrgang 1960, lebt seit 1991 zwischen Mannheim und Heidelberg. Sie schreibt Kriminelles, Historisches und Reiseberichte. Neben ihren Büchern hat die Germanistin ca. fünfzig Kurzgeschichten

veröffentlicht und mehrere literarische Preise erhalten. Ihr Roman »Die Feuerschreiber« stand 2018 auf der Longlist des Heidelberger Autoren- und Autorinnenpreises. Sie ist als Redakteurin von www.kriminetz.de sowie als Kommunikationstrainerin tätig und läuft hin und wieder beim TATORT durchs Bild.
www.ClaudiaSchmid.de

Harald Schneider, 1962 in Speyer geboren, wohnt in Schifferstadt und arbeitet als Betriebswirt in einem Medienkonzern. Seine Schriftstellerkarriere begann während des Studiums mit Kurzkrimis für die Regenbogenpresse. Der Vater von vier Kindern veröffentlichte mehrere Kinderbuchserien. Seit 2008 hat er in der Metropolregion Rhein-Neckar und der Pfalz den skurrilen Kommissar Reiner Palzki etabliert, der neben seinem mittlerweile siebzehnten Fall »Ein Mörder aus Kurpfalz« in zahlreichen Ratekrimis in der Tageszeitung Rheinpfalz und verschiedenen Kundenmagazinen ermittelt. Im Jahr 2017 erreichte Schneider bei der Wahl zum Lieblingsautor der Pfälzer den 3. Platz nach Sebastian Fitzek und Rafik Schami.
www.palzki.de

Barbara Steuten, geboren 1969 in Düsseldorf, lebt mit ihrer Familie am Niederrhein. In den 90ern studierte sie einige Semester Wirtschaftsmathematik an der TU Kaiserslautern, bevor sie ins Rheinland zurückkehrte. Seit 2010 widmet sie sich zunehmend dem Schreiben, veranstaltet und moderiert Lesungen und wirkt als Mitglied bei den *Mörderischen Schwestern e.V.*, im *Syndikat* und dem *BVjA* mit. 2011 erhielt sie für ihre Kurzgeschichte »Idylle« den Leverkusener Short Story Sonderpreis. 2014 belegte sie mit »Flugbahn« den 2. Platz des Moerser Literaturpreises und ihr Romanprojekt »Back-Wahn« war für den C.S.Lewis-Preis nominiert. Ihre Kurzgeschichten finden sich in diversen Sammelbänden. Im November 2016 erschien ihr Krimi-Debüt »Kati Küppers und der gefallene Kaplan« im edition oberkassel Verlag. Im Oktober 2018 folgte »Kati Küppers und der entlaufene Filou«. Der dritte Band um die »Miss Marple vom Niederrhein« ist für März 2020 geplant.
www.Barbara-Steuten.de

Brigitte Vollenberg, geb.1953 in Dorsten, Dipl. Betriebswirtin, Mitglied der *Mörderischen Schwestern e.V.* und im *BVjA*; Veröffentlichungen: circa 100 Kurzgeschichten in Anthologien und Literaturzeitschriften: 2012 und 2013 zwei Reiseromane; 2013 Nominierung zur Vestischen Literatur-Eule; in drei aufeinanderfolgenden Jahren Prämierung ihrer Texte bei den Ruhrfestspielen Recklinghausen; 2015 »Gladbeck vor und hinter den Kulissen« Geschichten und Anekdoten; 2016 Krimi »Beziehungsdschungel«, 2017 Krimi »Inselhopping«, 2018 Kurzgeschichtenband »Piranhas im Schlossgraben«.
www.brigittevollenberg.de

www.wellhoefer-verlag.de